Ты ведь снова придёшь, да?
가끔씩 툭하고
러시아어로 부끄러워하는
옆자리의 아랴 양
Иногда Аля внезапно кокетничает по-русски
Summer Stories
4.5

(매워…… 매워, 요…….)

"후, 좀 시원해졌어."

“자기 전에,
칼로리를 신경 쓰지 않으며
과자와 주스를 탐닉한다.
이것이야말로 파자마 파티의
묘미죠!”

Иног

목차

제1화 장미와 백합 011
제2화 공주와 신 039
제3화 무표정과 식욕 063
제4화 브라콤과 시스콤 083
제5화 이상과 현실 103
제6화 창고와 밀실 125
제7화 성좌와 정좌 151
제8화 미녀와 둔중 177
제9화 애정 과다와 자신감 과다 205
제10화 덜렁이와 점원 237
제11화 요리와 추리 263
제12화 연인과 주인 291
제13화 마사치카와 아랴 319
후기 340

но

коке

ни ет по-ру

가끔씩 툭하고 러시아어로 부끄러워하는 옆자리의 아랴 양 4.5

SUN SUN SUN 지음
모모코 일러스트
이승원 옮김

제 1 화 장미와 백합

“형제자매의 재회는 어떤 패턴이라도 맛깔난다니까요! 항상 서로를 생각하던 두 사람이 감동의 재회를 하는 것도 좋지만, 재회했더니 적인 상황도 좋아요!”

“그래요. 피를 나눈 형제자매인 만큼, 두 사람의 관계성에 커다란 드라마가 생겨나니까요.”

마사치카와 유키가 남매라는 게 밝혀진 후, 사야카는 놀이동산의 푸드 코트에서 유키와 『생이별한 형제자매가 얼마나 좋은가』에 관해 열렬한 대화를 나눴다. 그 옆에서는 아야노가 조용히 추로스를 먹고 있었지만, 두 사람 모두 그녀를 전혀 신경 쓰지 않으며 오타쿠 토크에 열중했다. 하지만 10분쯤 지나자, 사야카도 점점 마음이 진정되기 시작했다.

“아, 죄송해요……. 제 이야기만 늘어놨네요. 저기, 저는 이런 이야기를 나눌 수 있는 사람이 주위에 없어서…….”

자기가 오타쿠라는 것을 숨겨왔던 반동으로, 쌓여 있던 것을 한꺼번에 쏟아내고 만 사야카는 부끄러워했다. 그녀는 안절부절못하며 안경을 고쳐 쓰더니, 입술을 꼬물거리면서 어깨를 움츠렸다. 평소 진지하고 의연한 태도를 유지하던 사야카의 이런 모습은 유키도 거의 본 적이 없었다.

(크, 귀엽잖아.)

유키는 마음속으로 그렇게 생각하면서도 전혀 티를 내지 않더니, 상냥한 미소를 머금었다.

"괜찮아요. 저도 그 심정을 이해한답니다."

"……그래요? 감사해요."

사야카는 약간 거북한 미소를 머금으며 그렇게 말했지만, 마음속으로는「사고 쳤어」하고 생각했다.

이 세상의 많은 오타쿠는 자신이 오타쿠라는 사실을 들키는 것을 매우 경계한다. 그것은 상대가 동지(일반인 코스프레)라는 게 판명되더라도 변함없다. 그렇다. 일반인 코스프레를 하는 사람은「자신의 오타쿠 취미」=「남들이 질색함」이라는 인식을 지닌 탓에, 설령 같은 오타쿠 상대로도「상대보다 중증 오타쿠여선 안 된다」라는 수수께끼의 강박 관념을 가지고 있다. 그리고 성가시게도,「숨기고 있다는 사실을 상대방에게 들켜선 안 된다」라는 의식 또한 동시에 존재하는 것이다. 같은 취향을 지닌 이에게, 자기 취미를 떳떳하지 못하게 여긴다는 점을 들켜선 안 된다. 그것은, 상대의 취미에 대한 부정을 의미하기 때문이다.

이제까지 자기 취미를 열심히 숨겨왔던 사야카에게, 그리고 유키에게 있어서도 그것은 공통되는 인식이다. 그 결과, 어떤 일이 벌어지냐면…….

"……."

"……."

그것은, 상대의 오타쿠 레벨을 간파하기 위한 심리전이다. 서로가 입가에 옅은 미소를 머금은 채, 사야카와 유키는 아무 말 없이 서로를 응시했다. 그 옆에서는 아야노가 아무 말 없이 추로스를 짤막하게 만드는 작업에 전념하고 있었다.

대치한 두 사람 사이에서, 긴장감이 서서히 상승하는 가운데…….

"……참, 스오우 양. 이번 분기의 애니 중에서 뭘 보시나요?"

사야카의 일격이 슬그머니 작렬했다. 별것 아닌 이야깃거리 삼아 한 말 같지만, 상대방의 오타쿠 레벨을 일방적으로 오픈하게 만드는 악마의 한 수다. 애니메이션을 몇 편이나 보고 있는지를 통해 오타쿠 레벨을 파악하고, 그 내용을 통해 상대방의 취향을 분석한다. 판타지를 좋아하는지, 러브 코미디를 좋아하는지, 일상물을 좋아하는지…… 혹은 지상파 방영이 간당간당한 수준의 에로 & 그로테스크까지도 좋아하는지를 말이다.

이 별것 아닌 한 마디로, 사야카는 방대한 정보를 아무 위험 부담 없이 손에 넣을 수 있다. 이 사람이 바로 타니야마

사야카. 이제까지의 토론회에서, 이 절묘한 말솜씨로 수많은 라이벌을 해치워온 수재의 실력이다.

사야카는 회심의 미소를 입가에 머금었다. 유키는 감정을 읽을 수 없는 미소를 머금었다. 아야노는 추로스 포장지를 곱게 접고 있었다.

"으음, 그게 말이죠. 이번 분기 작품 중에선—."

사야카의 첫수에 응수하기 위해, 유키가 입을 열었다. 물론 사야카도 이 한 수로 승패가 갈릴 거라고 생각하지는 않았다. 무난한 작품 몇 개를 언급한 후, 「사야카 양은 어떤가요?」라는 질문(반격)이 날아올 거라고 예상했다.

하지만, 문제 될 것은 없다. 왜냐하면 사야카에게는 「똑같군요. 저도 그 작품을 봐요」라는 필살의 카운터가 있는 것이다.

(이 공방전에서 최고의 안전책은, 상대의 등 뒤에 찰싹 달라붙어서 그 대답을 똑같이 베끼는 거죠. 선수를 쥔 시점에서, 저에게 패배는 존재하지 않아요.)

자신의 압도적 우위를 확신한 사야카는 느긋하게 유키의 대답을 기다렸다. 하지만…….

"우선 브레하자와 아노유메는 필수죠. 방송 전에는 브레하자가 이번 분기의 패권을 쥘 거라고 여겨졌지만, 아노유메는 1화부터 완벽 그 자체라 단숨에 패권 후보로 올라선 느낌이에요. 그리고 렌스크와 이세계 터널은 안정적인 완성도예요. 개인적으로 다크호스라 여기는 건 하메존이려나요. 원작의 과격한 표현이 애니에서 어떻게 될지 궁금했는데, 예상 이상으로 잘 표현했답니다. 또한 간바르온은 2기에서도 전혀 기세가 죽지 않는 느낌이며, 또한……."

"앗?!"

이 상황에서 유키가 선택한 것은 노가드 전법이었다. 심리전 따위는 완전히 무시하며, 전부 드러내 보인 것이다. 판타지부터 러브 코미디, 최루 애니부터 로봇 애니, 게다가 에로, 그로테스크, 다크 판타지까지……. 노도와 같은 기세로 정보가 공개되자, 안경 너머에 있는 사야카의 눈동자가 격렬하게 흔들렸다.

사야카는 혼란에 빠졌다. 유키는 몰래 의미심장한 미소를 머금었다. 아야노는 세 개째 추로스를 사러 갔다.

"참, 사야카 양은 어떤가요?"

"으, 음……."

예상대로의 질문이다. 하지만 그 이전의 전개가 너무 예상 밖이라 바로 대답하지 못했다. 이렇게 되면, 필살 「똑같군요. 저도 그 작품을 봐요」를 쓸 수 없다. 왜냐하면, 유키가 언급한 작품 중에는 사야카가 보지 않는 작품도 몇 개나 포함되어 있었다. 하지만, 솔직하게 말해도 괜찮을까. 그것이 상대의 취미를 완곡하게 부정하는 것이 되지는 않을까.

동요하며 고민에 잠긴 사야카의 앞에서…… 여전히 미소를 머금고 있는 유키가 천천히 입을 열었다.

"0(제로)번……."

처음에는, 무슨 말인가 싶었다. 아무런 맥락도 없고, 의미를 알 수 없는…… 그러면서도 가슴속을 간지럽히는 단어였기에, 사야카의 어깨가 흠칫했다. 바로 그때, 유키의 공격이 이어졌다.

"하얀 어둠……."

"아!"

"힘의 대가……."

"아앗!!"

연이어 들려온 그 멋진 단어에, 사야카의 몸이 자연스럽게 반응하고 말았다. 그 모습을 본 유키는 작게 웃음을 흘리더니, 농담 투로 이렇게 말했다.

"초기 중2병이군요. 빠른 치료를 권하겠어요."

"뭐……!"

『중2병』. 오타쿠 사이에서도 꺼리는 이가 많은 그 병명을 듣자, 사야카는 반사적으로 반론하려 했다. 하지만 유키가 입에 담은 단어에 가슴이 살짝 뛴 것도 사실이기에…… 사야카가 입을 우물거리며 아무 말도 못 하자, 유키는 더욱 진한 미소를 머금으며 말을 이었다.

"괜한 심리전은 관두지 않겠어요? 이미 눈치채셨겠지만,

오타쿠 레벨만 본다면 제가 훨씬 높을 거랍니다. 그러니 사야카 양도 괜히 숨길 필요는 없지 않을까요?"

"윽!"

유키는 자신의 레벨을 숨김없이 드러낸 후, 부끄러움이나 머뭇거림을 버릴 것을 종용하고 있다. 그것은 사야카로서도 바라 마지않는 제안이었다. 그렇지만…… 사야카가 그 제안을 듣고 느낀 건, 안도감이 아니라 경쟁심이었다.

"후, 후후……. 정말 그럴까요? 확실히 보는 작품의 숫자만으로 치자면 제가 밀릴지도 모르지만…… 각 작품에 대한 애정으로는 질 생각이 없는데 말이죠."

천천히 안경을 고쳐 쓴 사야카는 자신만만한 미소를 머금었다. 그러자 이번에는 유키가 의연한 미소를 머금었다. 그리고, 설전의 막이 올랐다.

"지난주의 브레하자, 라스트에 성우분이 보여준 연기력은 신들렸죠. 그 성우분은 간데로에서도 멋진 연기를—."

"그런 쪽으로 이야기하자면, 저는 오히려 적측의 성우분이—."

"참, 맞아요. 지지난 주의 아노유메, 엔딩의 특수 연출은 눈치챘나요? 도중에 이제까지 없었던 의미심장한—."

"당연하지 않나요? 오프닝과 엔딩을 넘기는 것 같은 그런 무례한 짓은 하지 않아요. 제가 생각하기에 그건—."

아까까지와는 구도가 정반대로 바뀌더니, 이번에는 누가

더 오타쿠 레벨이 높은지를 가지고 두 사람은 경쟁했다. 학교에서 보여주던 차분한 태도는 어디로 가버린 것일까. 이 자리에 있는 건 두 명의 평범한 오타쿠에 지나지 않았다. 그대로 20분가량 설전을 펼쳤을 무렵, 유키가 갑자기 입을 다물었다.

"잠시 실례하겠어요."

그리고 그렇게 말하며 양해를 구한 후, 호주머니에서 스마트폰을 꺼냈다. 진동하는 스마트폰의 화면을 보자, 유키의 어깨가 움찔했다.

"죄송하지만, 잠시 자리를 비우겠어요."

그렇게 말하며 자리에서 일어난 유키는 스마트폰을 귀에 대며 이 자리를 벗어났다. 아무래도, 급한 전화가 걸려온 것 같았다.

"……."

"……."

그러자, 이 자리에는 사야카와 아야노만이 남았다. 사야카는 아무 말 없이 아야노를 쳐다봤다. 시선을 느낀 아야노는 오도도도독~ 하는 소리를 내며 단숨에 추로스를 먹어 치웠다.

"저기, 그렇게 서두르지 않아도 돼요."

사야카는 배려 삼아 그렇게 말했지만, 아야노는 추로스를 입에서 떼면 죽는 저주에 걸린 것처럼 남은 추로스를 전부 입에 집어넣었다. 그리고 밀크티로 수분을 추가하더니, 입 안에 욱여넣은 추로스를 단숨에 삼켰다.

"윽! ……."

그리고 아무 일도 없었다는 듯이 몸가짐을 고치더니, 사야카를 똑바로 바라봤다. 그 시선에 약간 당황한 사야카는 가볍게 헛기침을 하며 몸가짐을 고쳤다.

"안녕하세요, 키미시마 양. 좀 늦었지만, 제 소개를 할까 해요. 저는 타니야마 사야카. 동급생이지만, 이제까지 이야기를 나눈 적이 거의 없었죠?"

"네. 이렇게 얼굴을 마주하며 이야기를 나눈 건 처음일 겁니다."

"그래요……. 그런데, 으음, 키미시마 양은 스오우 양의 비서, 라고 들었는데 맞나요……?"

"비서…… 그래요. 아."

바로 그때 뭔가가 생각난 것처럼 시선을 들어 올린 아야노는 천천히 몸을 일으켰다. 그리고 갑자기 오른손으로 얼굴 절반을 가린 그녀는 양손을 교차시키면서 그윽한 포즈를 취하더니, 눈을 연달아 깜빡이고 있는 사야카를 향해 의기양양한 얼굴(무표정)로 말했다.

"소꿉친구라 쓰고, 메이드라고 읽습니다. 키미시마 아야노."

완벽했다. 나무랄 데 없을 정도로 완벽했다.

오타쿠 관점에서 멋진 자기소개를 본 사야카는 입을 쩍 벌린 채 굳어버렸다. 사야카가 매우 흔치 않은 표정을 보여주는 가운데, 무표정한 채로 포즈를 바꾼 아야노는 교과서 읽는 말투로 말을 이었다.

"소꿉친구(패배 히로인)는 정체를 숨기기 위한 위장. 마사치카 님은 저희들, 진(眞)서브 히로인이 지킵니다."

한여름의 뜨거운 햇살을 배경 삼아 포즈를 취한 아야노는 해냈다는 듯한 분위기를 자아내며 의자에 털썩 앉았다. 그리고, 사야카를 향해 고개를 꾸벅 숙였다.

"……죄송합니다. 원래라면 유키 님께서 먼저 『소꿉친구라 쓰고 친동생(여동생)이라 읽는다! 스오우 유키!』라고 말해야 합니다만……."

"……어? 어, 그런가요? 스오우 양이? 방금 그 말을요?!"

"어? 네. 그것이 정체를 밝힐 때의 올바른 예법이니까요."

"……."

전혀 의심하지 않을 뿐만 아니라 부끄러워하는 기색도 없는 아야노를 본 사야카는 말없이 전율했다. 초기 중2병에 지나지 않는 자신이, 그녀들에게 맞설 수 있는 미래가 보이지 않았다.

(어, 엄청난 선제공격…… 상대의 멘탈을 뒤흔들면서, 단숨에 대화의 주도권을 거머쥐다니…….)

병마가 자극당해 욱신거리는 가슴을 움켜쥔 사야카는 입

술을 꼭 깨물었다. 그리고, 자신이 어떻게 나올지 여유롭게 관찰하고 있는(그렇게 보이는) 아야노에게, 날카로운 어조로 물었다.

"그런데, 스오우 양의 비서…… 메이드? 인 키미시마 양이 볼 때, 평소의 스오우 양과 쿠제 씨의 관계는 어떤가요?"

"……."

사야카가 그렇게 묻자, 아야노는 그 질문의 진의를 찾듯 그녀를 응시했다.

사야카가 선거전에 있어서 유키의 적이 될 거라는 가정하에, 어떻게 대답하면 좋을지 생각하고 있는 것이리라.

하지만, 사실 그 생각은 아무런 의미도 없다.

왜냐하면, 이 질문은 선거전과 아무런 상관이 없는…… 그저, 사야카의 개인적 흥미에서 비롯된 것이다.

한때 사야카에게 있어 마사치카와 유키는, 최고의 라이벌이었다. 그 감정에는 거무튀튀한 적개심 같은 건 전혀 섞여 있지 않으며, 그저 서로를 인정하는 데서 비롯된 일종의 신뢰감이 존재했다. 그리고 선거전에서 패배한 것을 계기로, 그것은 순수한 존경으로 변했다.

이참에 솔직하게 털어놓자면, 팬이 된 것이다.

그 두 사람을 이상적인 페어라고 생각했고, 「빨리 결혼해버려. 아니, 천천히 해도 되니까 행복한 결혼을 해주세요. 부탁입니다」 하고 생각했다. 만약 두 사람의 관계를 방해하는 자가 등장한다면, 팬 대표로서 온 힘을 다해 해치워버릴 생각이었다.

그런 사야카가 「두 사람은 남매라서, 결혼은 못 한다」라는 정보를 어떻게 받아들였냐면…….

(괜찮아. 오히려 더 끝내줘.)

……였다. 따라서…….

(듣고 싶어……. 두 사람의 사이좋은 남매 에피소드!)

한 명의 팬으로서, 이 기회를 놓칠 수는 없다. 하지만, 아야노도 함부로 정보를 흘릴 것 같지 않았다.

"……저는 종자입니다. 주인의 정보를 함부로 알려줄 수는 없습니다."

사야카가 무엇이든 간에, 당연히 이렇게 나올 것이다. 하지만, 사야카도 이 정도는 예상했던 바였다.

"어머, 그런가요. 그럼 다른 사람에게 물어볼게요."

"……다른 사람?"

아야노가 고개를 갸웃거리자, 사야카는 음료를 홀짝이며 담담하게 말했다.

"키미시마 양이 이야기해주지 않는다면, 다른 사람에게 물어볼 수밖에 없지 않을까요? 스오우 양과 쿠제 씨에게 가까운 사람 중에서, 한 명 정도는 두 사람이 남매라는 걸 아는 사람이 있을 테니까요. 예를 들어…… 쿠죠, 아리사 양이라든가?"

그것은 「이야기해주지 않는다면 두 사람이 남매라는 걸 퍼뜨리겠다」라는 완곡한 협박이자, 압박이다. 하지만, 순진한 아야노는 그것을 눈치채지 못했다.

"그건…… 곤란합니다."

그래서, 솔직하게 대답하고 말았다. 그 솔직한 발언이, 상대방에게 정보를 알려주리라고는 생각도 못 한 채 말이다.

(아하, 주위 사람에게도 두 사람이 남매라는 건 비밀이군요. 쿠죠 양도 그것을 모르는 건가요.)

유키나 마사치카였다면, 이렇게 간단히 빈틈을 드러내지 않았을 것이다.

「그건 곤란하다」란 발언은 어디가 자신의 약점인지 알려주는 것이나 다름없다. 그 두 사람이라면 교묘한 언변으로 피하거나, 거꾸로 협박해서 견제할 것이다.

(처음에는 놀랐지만…… 페이스만 빼앗기지 않는다면 다루기 쉬운 상대군요.)

마음속으로 그런 평가를 내린 사야카는 인정사정없이 몰아붙였다.

다시 한번 말하지만, 그저 팬으로서 존귀한 성분을 섭취하고 싶은 것뿐이다. 사야카는 아이돌 오타쿠 성향이 있는 편이다.

"그럼, 가르쳐주지 않겠어요? 딱히 스오우 양이나 쿠제 씨의 사적인 부분을 알려달라는 건 아니에요. 그저, 그 두 사람이 평소에 어떻게 지내는지 궁금할 뿐이죠."

"……."

마음속으로 응원용 부채를 양손에 쥔 채 눈을 반짝이면서도, 사야카는 어디까지나 담담한 어조로 질문을 던졌다.

"그럼, 오늘 일이라도 괜찮아요. 저희와 만나기 전에, 두 사람 사이에 어떤 일이 있었나요?"

"……."

사야카가 한 걸음 양보하자, 시선이 흔들린 아야노는…… 몇 번 입을 뗐다 다문 후, 체념한 듯이 고개를 숙였다. 승리를 확신한 사야카는 입가에 미소를 머금더니, 마음속으로 응원용 부채를 온 힘을 다해 흔들려다—.

"침대 밑에서 나오지 못하는 유키 님을…… 마사치카 님께서 잡아당겨서 빼냈습니다."

"뭐라고요?"

정색하고 말았다. 마음속에 있는 미니 사야카도, 부채를 양손에 쥔 채 얼어붙었다. 반쯤 반사적으로 되물은 후, 진지한 표정을 짓더니, 혼란에 빠진 머리로 아야노가 한 말을 되새겼다.

(침대, 밑? 어떤 상황이야? 아니, 그런 걸 묻고 싶은 게 아니라…… 앗, 가짜 정보일까? 나를 혼란에 빠뜨리려는 거 아냐?)

거기까지 생각이 미친 사야카는 마음을 추슬렀다. 그와

동시에 아까 품었던 「다루기 쉽다」라는 평가를 버린 후, 다시 아야노와 시선을 마주하며…….

"유키 님이 도롱이벌레처럼 되어 있었던 탓에, 빼내는 게 참 힘들었습니다."

"아니, 진짜로 뭐라고요??"

사야카의 머릿속에 도롱이벌레 모습이 된 유키가 떠오르더니, 이어서 물음표 마크로 뒤덮였다.

"아야노? 농담 좀 적당히 하지 그래? 사야카 양도 아야노를 너무 괴롭히지 말아 주겠어요?"

바로 그때, 유키가 돌아왔다.

이제까지의 대화를 들었을 리가 없지만, 마치 전부 듣고 있었다는 것처럼 사야카에게 한마디 했다. 그러자 사야카도 능청스러운 미소를 머금으며 대꾸했다.

"어머, 잠시 이야기를 나눴을 뿐이에요. 그 이야기에 다소 몰입되었을지도 모르겠네요."

"그런가요? 언제나 쿨한 사야카 양이 몰입되다니, 드문 일도 다 있군요. 대체 어떤 이야기를 나눴나요?"

"스오우 양과 쿠제 씨가 진짜로 친남매가 맞는지 확인하고 싶었을 뿐이에요. 이해가 안 되는 부분이 있어서 말이죠."

"아, 그런 거군요. 뭐, 믿지 못하겠다면 그래도 괜찮답니다. 대외적으로는 소꿉친구인 걸로 해두고 있으니까요."

원래 선거전의 라이벌이었기 때문일까. 아니면 단순히

상성 문제인 걸까.

입만 열었다 하면, 두 사람은 자연스럽게 서로의 속내를 캐내려 했다. 완곡한 발언으로 자신의 진의를 숨기면서, 상대방으로부터 정보를 뽑아내기 위해 대화를 이어갔다.

하지만 그런 심리전은 유키의 한 마디에 의해 또 끝나버리고 말았다.

"그런데 사야카 양은 BL을 즐기나요?"

갑작스러운 화제 변경에 사야카는 한쪽 눈썹이 치켜 올라가더니, 의자에 깊숙이 몸을 맡기면서 천천히 안경을 고쳐 썼다.

"스오우 양…… 이 세상에는, 두 종류의 여성밖에 존재하지 않아요."

"네? 그게 뭔가요?"

그리고 안경 렌즈를 반짝이며, 조용한 어조로 단언했다.

"BL을 좋아하는 여성과, BL을 모르는 여성이죠."

"네, 지당한 발언이군요."

두 사람은 서로를 향해 의미심장한 시선을 보내더니, 부녀자다운 미소를 흘렸다. 사야카가 말한 BL을 모르는 여성에 속하는 아야노는 갑자기 흐르는 이 부녀자 특유의 썩은 내에 눈을 껌뻑였지만, 딱히 개의치 않으며 다시 추로스를 사러 갔다. 사야카 또한 그런 아야노를 전혀 개의치 않으며, 깊은 생각에 잠긴 듯이 턱에 손을 댔다.

“참, 맞아요. 그러고 보니 지난주의 브레하자에서, 카이토가 나크샤의 고백을 거절했잖아요?”

“아, 그랬죠.”

“게르가와 사귀고 있어서 거절한 게 분명해요.”

“역시 그렇군요.”

이 세상의 브레하자 시청자 중 태반이「그럴 리 없어~!」하고 태클을 날릴 법한 추측이지만, 어찌 된 건지 두 사람은 같은 생각을 품고 있었다. 동의를 얻어서 기분이 좋아진 건지, 사야카는 이어서 그렇게 생각하는 근거를 이야기했다.

“2화 첫머리에서, 꿈을 이야기하는 카이토를 바라보는 게르가의 상냥한 눈길을 보고 전 확신했어요.”

사심에 찬 추측이다.

“애초에 같은 드래곤으로 만든 무기를 쓰는 것만 봐도, 명백하게 그런 낌새를 풀풀 풍기고 있다니까요.”

명백하게 사심에 찬 추측이다.

“사막에서의 전투에서 했던『등 뒤를 맡기겠어!』란 말, 그건 완곡한 프러포즈 맞죠?!”

망상력이 뛰어난 것도 정도라는 게 있는 법이다.

“……그렇군요!”

유키조차도, 고개를 끄덕일 수밖에 없을 지경이었다.

BL 작품을 즐기긴 해도 BL 망상을 하지 않는 유키로선,

더는 어울려줄 수가 없었다.

애초에 유키는 장난삼아 부녀자인 척을 하긴 했을 뿐, 실은 장미보다 백합을 더 좋아했다. 하지만 사야카는 멈추지 않았다.

"역시 가장 끌리는 장면은 소꿉친구가 질투해서 폭주하는 부분이라니까요. 쭉 최고의 절친 포지션에서 마음을 억누르고 있던 갸륵한 소꿉친구가, 질투심에 사로잡혀 주인공을 억지로 덮치는 부분은 정말 최고예요."

선도위원이 입에 담아선 안 될 듯한 발언이었기에, 유키의 눈빛이 약간 공허해졌다. 그리고 그 공허한 눈으로…… 이쪽을 향해 걸어오는 마사치카와 노노아를 발견한 그녀는 순식간에 현실로 되돌아왔다.

(큰일 났다아아앗—!!)

눈앞에서는 부녀자 냄새를 마구 풍기는 사야카가 있었다. 솔직히 말해, 아는 사람에게 보여줘도 될 모습이 아니다. 처음에는 오타쿠인 게 드러나는 걸 경계했지만, 지금은 브레이크가 고장 난 상태였다.

"그리고 무심결에 선을 넘은 후부터는 뻔뻔하게 집착을 마구 드러내는데…… 아아, 남녀 간에서는 허락되지 않지만, 남자끼리는 허락되는 그 느낌이 정말……."

"글, 쎄요. 순정만화에선, 아무리 갸륵한 소꿉친구라도 주인공을 덮치는 건 좀……."

사야카가 도취된 듯한 표정으로 이야기를 하는 가운데, 유키는 궤도 수정을 도모했다. 그러자 사야카는 갑자기 침울한 표정을 지었다.

"맞아요……. 게다가 보통은 덮치려다가 주인공의 겁먹은 표정을 보고 정신을 차린 후, 그대로 거리를 두려고 하는 패턴도 많고요……. 다들, 너무 상냥하다니까요! 쭉 좋아했으면서, 결국 주인공의 행복을 바라며 물러나고…… 그럼 당신은? 당신의 행복은 어떻게 되는 거냐고요!"

"……뭐, 보통은『○○의 행복이 내 행복이니까……』라는 결론에 이르죠."

"그건 타협에 지나지 않아요! 자기 자신에게 거짓말을 하고 있을 뿐이라고요! 애초에, 주인공도 주인공이라니까요. 여러모로 성가신 미남보단, 쭉 자신을 소중히 여겨줄 소꿉친구와 함께 하는 편이 훨씬 행복할 거잖아요!"

힘찬 어조로 그렇게 역설한 사야카는 테이블에 올려둔 두 손을 꽉 말아 쥐더니, 마음속 깊은 곳에서 쥐어짜 낸 듯한 고함을 질렀다.

"정말, 몇 번이고 몇 번이고 공식에서 최애 커플을 부정당한…… 제 기분을 아나요?!"

"으, 으음…… 뭐, 소꿉친구 순애 취향이면, 그렇게 되겠죠……."

"왜 다들 불쑥 튀어나온 전학생이나 만난 지 얼마 안 된

클래스메이트에게 끌리는 거냐고요! 어디서 굴러먹다 온 개뼈다귀인지도 모르는 애들보다 소꿉친구를! 항상 주인공을 지켜봐 온 소꿉친구를! 행복하게 해줬으면 한단 말이에요!!"

"아, 아하하……."

메마른 웃음을 흘린 유키는 말로 형용할 수 없는 표정으로 사야카를 쳐다보고 있는 마사치카가 눈에 들어오자, 등에서 땀이 터져 나왔다.

(크으으은일 날 뻔했네—!!)

아슬아슬하게 세이프인 내용으로 화제를 바꾸는 데 성공한 유키는 몰래 가슴을 쓸어내렸다. 그리고 사야카에게 두 사람의 귀환을 알려주기 위해, 공허한 눈빛을 머금은 오빠에게 태클을 날렸다.

"오라버니는 그런 말을 할 자격이 없지 않을까요?"

"내 마음을 읽지 말라고."

그것은 별생각 없이 나눈 대화였다. 하지만 그 안의 「오라버니」란 부분이, 사야카의 머릿속에서 되풀이됐다.

『오라버니!』

클로버가 흐드러지게 핀 꽃밭 안에서, 화관을 손에 쥔 채 마사치카를 부르는 어린 유키…….

『오라버니~.』

번개가 무서운 건지, 봉제 인형을 꼭 끌어안은 채 울먹거리면서 마사치카를 부르는 조그마한 유키…….

『오라버니도 참!』

비난하는 듯한 표정으로, 마사치카의 넥타이를 고쳐 매어주는 성장한 유키…….

남매간의 아름다운 장면들이, 사야카의 단련된 망상력을 통해 순식간에 머릿속에서 재생됐다!

"으읍."

하마터면 코로 존귀함이 흘러나온 뻔한 사야카는 손으로 코를 움켜잡으며, 존귀한 성분의 유출을 막았다.

"아앙~. 호, 호칭이 오라버니……. 존귀해……."

그러자, 입으로 흘러나오고 말았다. 기습적인 남매간의 훈훈한 대화 탓에, 허용량이 완전히 넘어버린 것 같았다.

"……너, 진짜로 오타쿠였구나."

마사치카가 어처구니없다는 듯한 목소리로 그렇게 말하자, 사야카는 퍼뜩 놀라며 정신을 차렸다. 또 사고 쳤다는 걸 눈치챈 사야카는 좀 늦은 감이 있지만 어찌어찌 표정관리를 하며 자리에서 일어났다.

"미안해요. 시간을 너무 빼앗은 것 같네요."

"아뇨, 저도 즐거웠어요."

"그런, 가요? 그럼 다행이지만……. 쿠제 씨한테도 아까 제가 트집 잡듯이 말한 걸 사과할게요."

"아, 괜찮아. 덕분에 대비가 허술했다는 걸 눈치챘거

든……. 하지만, 이 일은……."

마사치카가 말로 형용할 수 없는 표정을 지으며 말끝을 흐리자, 그 의도를 정확하게 파악한 사야카가 고개를 끄덕였다.

"두 사람이 남매라는 건, 제 가슴속에만 담아두겠어요. 노노아도, 그렇게 해줄 거지?"

"응? 뭐, 좋아."

"그럼 이제 정리가 된 것 같군요. 그럼 저희는 이만 실례하겠어요."

"아, 응. 그래. 다음에 봐."

"즐거웠어요. 여름 방학 잘 보내세요."

"네, 그럼 새 학기 때 봐요."

"오오~ 그럼 바이바이~."

인사를 한 사야카는 노노아와 함께 서둘러 이 자리를 벗어났다. 그리고 마사치카와 유키의 시야에서 완전히 벗어난 후, 두 손으로 얼굴을 감싸며 몸을 웅크렸다.

"사고 쳤어……."

"오오~, 왜 그래? 괜찮아?"

"괜찮지 않을지도 몰라……. 아아, 스오우 양이 동지라는 게 너무 기쁜 나머지, 완전히 자제심을 잃었어……."

사야카는 후회에 찬 목소리로 그렇게 말했지만, 유키와 마사치카의 대화를 떠올리자 자연스럽게 미소를 머금었다.

"그래도, 존귀했어……."

"흐음…… 그래?"

"감사해요……. 이걸로 한 달 동안은 힘낼 수 있을 거예요……."

노노아가 어떤 반응을 보이면 좋을지 모르겠다는 투로 그렇게 묻자, 몸을 웅크린 채 합장을 하고 있던 사야카가 눈을 치켜떴다.

"덕질은 하루하루의 생활을 밝게 만들어주고, 존귀함은 살아갈 활력을 줘!"

"……대박~."

노노아가 교과서 읽는 듯한 말투로 대충 대답하는 가운데, 사야카는 그윽한 눈길을 머금으며 어딘가를 응시했다.

"피가 이어진 사이 좋은 남매를 통해서만, 섭취할 수 있는 존귀함이 있는 거야……."

"헐~."

스마트폰을 만지작거리며 대꾸하던 노노아가 문뜩 고개를 들었다.

"……혹시, 툭하면 우리 집에 놀러 오고 싶어 하는 것도 그런 이유에서야?"

"윽……."

사야카는 고개를 휙 돌렸다. 노노아는 그런 그녀의 뒤통수를 도끼눈을 뜨고 쳐다보았다. 그렇게 십여 초 동안 침묵이 흐른 후, 사야카는 거북한 목소리로 더듬더듬 대답했다.

"……레아와 레오는, 사이 좋아서 보고만 있어도 훈훈해."

"응? 걔들, 사이 좋았나?"

"쌍둥이라는 것만으로도 존귀해!"

노노아가 고개를 갸웃거린 순간, 사야카는 그녀를 돌아보며 역설했다. 그러자 노노아는 몸을 뒤편으로 살짝 젖히며 「그렇구나」 하고 대답했다.

"툭하면 다투지만, 그 이면에서 느껴지는 서로를 향한 애정……. 명확한 신뢰감……. 그게 존귀하단 거야……."

"그렇구나……. 그건 그렇고, 슬슬 일어서는 편이 좋지 않겠어? 남들이 쳐다봐."

"아…… 으윽."

그제야 놀이동산 안에서 몸을 웅크리고 있는 자신이 남들의 주목을 받고 있다는 것을 눈치챈 사야카는 헛기침을 하며 몸을 일으켰다. 그리고, 거북한 표정으로 말했다.

"저기, 착각하지 말아줬으면 하는데…… 딱히 레아와 레오를 만나고 싶어서, 노노아네 집에 가는 건 아니거든?"

"알아……. 나와 레아가 꽁냥거리는 것도 보고 싶은 거지~?"

"저, 정말, 아냐……. 알면서 이러는 거지?"

사야카가 심술을 비난하는 듯한 눈길로 쳐다보자, 노노아는 씨익 웃었다.

"으응~? 글쎄~? 사얏찌가 직접 말해줬으면 좋겠네~."

"정말, 됐어!"

그렇게 말하며 고개를 돌린 사야카는 노노아를 내버려 둔 채 성큼성큼 걸어갔다. 하지만 노노아가 히죽거리며 그 자리에서 꼼짝도 하지 않자, 뒤돌아서면서 칭얼대듯 언성을 높였다.

"정말~ 노노! 심술부리지 마!"

"아하~. 미안해, 미안해."

그러자 노노아는 환하게 웃으면서 달려가더니, 사야카와 팔짱을 꼈다. 그리고 삐친 듯이 고개를 돌린 사야카를 향해, 약간 진지한 목소리로 물었다.

"하지만~, 쿠젯찌와 왜 헤어진 거야? 같이 논다는 선택지도 있잖아."

노노아가 그렇게 묻자, 사야카는 그녀를 힐끔 쳐다본 후에 정면을 향해 고개를 돌리며 냉철한 목소리로 말했다.

"그러면 진짜로 방해가 될 거야. 우리는 그 세 사람과 사이가 좋진 않은걸."

"하긴~. 그럼 이 기회에 친해진다는 수도 있지 않아? 이젠 대립 후보도 아니니까 말이야."

"……그것도 관두는 편이 좋아. 대립 후보는 아니긴 해도, 별반 다르지 않은 관계이긴 하잖아."

"하긴, 그래."

오타쿠 풀 스로틀 상태에서 확 달라진 사야카는 담담한 어조로 냉철하게 말했다. 사야카는 완전히 평소 모습으로 되돌아왔다. 오타쿠와 발끈하는 면만 빼면, 사야카는 매우 이지적인 소녀다.

"게다가 나는 그 두 사람과 친해지고 싶은 건 아냐."

"어라, 그래?"

"응. 나는 그저, 그 두 사람의 존귀한 모습을 한 명의 관객으로서, 감상하고 싶을 뿐이거든."

……이지적인, 소녀다. 아니, 진짜로 말이다. 노노아가 옆에서 「진지한 표정으로 무슨 소리를 하는 거야」 하고 말하듯이 눈을 가늘게 떴지만, 그것은 엄연한 사실이다.

"게다가, 원래 오늘은 노노와 놀러온 거잖아. 그것보다 더 우선해야 하는 건 없어."

사야카는 어깨를 으쓱하면서 별것 아니라는 투로 그렇게 말했다. 그러자 노노아는 눈을 치켜뜨더니…… 방긋 웃었다.

"사얏찌도 나를 참 좋아한다니깐~."

"정말…… 당연하잖아? 절친인걸."

"맞아, 맞아~. 나도 사얏찌를 좋아해~."

노노아는 방긋 웃으면서 사야카와 몸을 밀착시켰다. 그러자 사야카는 눈에 들어간 힘을 슬며시 빼면서 딱히 저항하지 않았다. 그대로 잠시 걸어간 사야카는 마음을 다잡듯 후, 하고 숨을 내쉬더니, 주위를 둘러보았다.

"자, 다음에는 어디로—."

바로 그때였다.

"후후후. 오라버니, 꽤 무섭지 않았아요~?"

"뭐가 무서웠다는 거야. 너, 되게 즐거워했잖아."

"그렇지 않답니다. 오라버니의 팔이 참 믿음직한 덕분이라고나 할까요~?"

마사치카는 도끼눈을 떴고, 유키는 그의 팔을 끌어안은 채 아가씨 말투로 말하고 있었다. 그리고 아야노가 그런 두 사람과 함께하고 있었다.

마침 귀신의 집에서 나온 세 사람과 딱 마주쳤다. 뜻밖의 조우 제2탄.

이번에는 동시에 서로의 존재를 눈치채고, 움직임을 멈췄다.

말로 형용할 수 없는 분위기가 주위에 감돌았다.

그 와중에 사야카는 천천히 안경을 고쳐 쓰더니, 이지적인 표정을 유지한 채 이렇게 말했다.

"계속해주세요."

그런 사야카의 코에서, 주륵 하고 존귀함(코피)이 흘러나왔다.

제 2 화 공주와 신

"언니! 머리카락 세팅해줘!"

"으응~?"

여름 방학의 어느 날. 노노아가 방에서 쉬고 있을 때, 방문이 힘차게 열렸다. 그리고 뛰어 들어온 이는 짙은 갈색 머리카락과 약간 치켜 올라간 눈매를 지닌, 드세어 보이는 인상의 미소녀. 노노아의 두 살 어린 여동생, 미야마에 레아다.

여동생이 노크도 하지 않고 들어오자, 침대에 누워서 스마트폰을 만지작거리고 있던 노노아는 도끼눈을 떴다.

"레아…… 노크 좀—."

"그런 건 됐거든?! 빨리해줘!"

"……그래."

동생이 얼굴 앞으로 두 손을 모으며 귀엽게 조르자, 노노아는 침대에서 몸을 일으켰다. 그리고 동생을 화장대 앞에 앉힌 후, 헤어 아이론의 전원 플러그를 콘센트에 꽂았다.

"……그런데? 오늘은 어떤 느낌으로 해줄까?"

"으음, 지난주 촬영에서 언니가 했던 걸로 해줘!"

"그래~."

기억을 떠올리며 여동생의 머리카락을 빗겨주고 있을 때, 활짝 열린 문을 통해 개구쟁이 같은 인상의 소년이 얼굴을 내밀었다.

"이봐, 빨리 해. 이러다 늦겠어."

"시끄러워, 여자를 재촉하면 인기 없거든?"

"뭐? 나는 인기 많다고."

짜증 섞인 어조로 그렇게 말하며 한쪽 눈을 치켜뜬 이는 레아의 쌍둥이 남동생인 미야마에 레오. 레아와 비슷한 인상의 미소년이며, 사람에 따라선 실소를 살 법한 발언도 그가 하면 전혀 위화감이 없다. 실제로 레아와 함께 쌍둥이 주니어 모델로 활약하고 있는 만큼, 레오는 매우 인기가 좋다. 그 점은 이 삼 남매 전원이 마찬가지지만 말이다.

"오늘은 모델 친구와 놀기로 했어~?"

"응, 일전의 촬영 때 알게 된 사람들이야~~. 아, 언니도 같이 갈래?"

"으음~. 오늘은 약속이 있어서 무리야."

"그렇구나~ 그럼 오늘도 내 단독 승리네~?"

레아는 노노아에게 머리 세팅을 받으면서, 소악마 같은 미소를 머금었다. 화장대 거울에 비친 그 표정을 본 건지, 문틀에 기대선 레오가 노골적으로 인상을 찡그렸다.

"완전 밝힌다니깐."

"뭐~? 툭하면 여자를 갈아 치우는 너한테는 그런 소리 듣고 싶지 않거든~?"

"나는 여자애들이 몰려드는 거지, 너처럼 가리지 않고 아무나 유혹하진 않아."

거울 너머로 서로를 노려보며, 남매는 서로를 향해 악담을 퍼부었다. 그런 두 사람을 거울 너머로 본 노노아는 아무래도 상관없다는 투로 말했다.

"뭐, 두 사람 다 적당히 해. 엄마가 말했었잖아? 그러니까—."

"응, 나도 알아. 안심해. 마지막 선은 지켜. 애초에 난 미남은 별로거든~. 자기 외모에 자신 있는 남자는 뭐랄까~ 콧대 높아서 별로야~."

"그럼 유혹 안 하면 되겠네."

"그건 그거고 이건 이거야. 미남들에게 떠받들어지면 기분이 좋거든~."

"칫."

레오는 짜증 난 것처럼 혀를 찼지만, 노노아와 거울 너머로 시선이 마주치자 약간 찔리는 구석이 있는 것처럼 고개를 돌렸다.

"현관에서 기다리고 있을게."

그리고 문틀에서 몸을 떼더니, 뒤돌아섰다. 노노아가 그런 레오의 등을 향해 말했다.

"손수건과 티슈는 챙겼어?"
"되게 시끄럽네. 챙겼거든? 어린애 취급하지 마, 누나."
"응? 어린애 취급하는 게 아냐. 동생 취급하는 것뿐이거든?"
"무슨 소리 하는 건지 모르겠네~."
누나의 반론에 그렇게 대꾸한 레오는 빠른 걸음으로 사라졌다.
"……저게 반항기란 걸까?"
"그렇지 않으려나~? 진짜 어린애라니깐."
그렇게 말하며 코웃음을 치는 레아도, 나이만 보면 레오와 동갑이다. 하지만 노노아는 태클을 날리지 않으며 헤어 아이론을 내려놓더니, 한 걸음 물러서서 레아의 헤어스타일을 확인했다.
"이 정도면 됐니?"
"응! 고마워, 언니! 그럼 다녀올게~."
"그래~."
요염한 미소를 머금으며 방을 나서는 여동생을 바라본 후, 노노아는 이 방의 시계를 힐끔 쳐다봤다.
"……나도 슬슬 준비할까."
그렇게 혼잣말을 한 노노아는 이제까지 레아가 앉아 있던 의자에 앉더니, 헤어 아이론으로 머리카락을 똑바로 편 후에 단정히 땋아서 어깨 앞으로 늘어뜨렸다.

이어서 가로세로 3미터는 되는 옷장을 열자, 총액이 얼마일지 상상도 안 되는 브랜드 옷들이 그 안을 가득 채우고 있었다. 노노아는 그런 옷에는 눈길도 주지 않더니, 바닥에 쌓여 있는 의상 케이스에 들어 있는 수수한 블라우스와 치마를 꺼냈다. 그리고 다른 의상 케이스에서 수수한 가방과 모자, 검은 테 안경을 꺼내 착용했다.

"……뭐, 이 정도면 됐겠지?"

그리하여 완성된 것은 연예인의 위장 스타일 같은 코디네이트다. 꾸미지 않아도 눈길을 끄는 외모를 억눌렀으며, 어딘가 청초함마저 감돌고 있었다.

거울 앞에서 옷차림을 확인하고, 표정 연습을 가볍게 한 후, 노노아는 집을 나섰다. 목적지는 역 뒤편의 약간 은밀한 곳에 있는 노래방. 솔직히 말해 그렇게 깨끗한 곳은 아니고 담배 냄새도 감돌지만, 감시 카메라가 없고 점원이 순찰을 거의 하지 않기 때문에 불량배나 돈 없는 커플이 주로 이용하는 가게였다.

"으, 흑, 우엥……."

"어?"

가게로 이어지는 복잡한 뒷골목에 들어섰을 때, 작게 흐느끼는 소리를 들은 노노아가 시선을 돌렸다.

그러자 모퉁이에서 대여섯 살로 보이는 남자애가 모습을 드러냈다. 미아인지 눈물로 얼굴이 엉망이 된 채, 정처 없이 돌아다니고 있는 것 같았다.

"흐흑, 으으……."

"……."

그다지 치안이 좋다고 할 수 없는 장소를, 어린 소년이 울면서 홀로 돌아다니고 있었다. 노노아는 그 모습을 힐끔 쳐다보더니…… 딱히 개의치 않으며 무시했다. 서둘러야만 하는 상황은 아니지만, 이 소년을 일부러 도와줄 필요성도 느끼지 못한 것이다.

세간에는 일반적으로 「어린아이에게는 상냥히 대해줄 것」이라는 생각이 침투해 있다는 점은 알고 있으며, 만약 주위에 지인이 있다면 그들에게 맞춰 노노아도 그렇게 행동했을지도 모른다. 하지만 지금 이 자리에는 노노아의 지인이 없다. 게다가 무엇보다 부모님에게서도 「동생들에게는 상냥히 대해주렴」이란 말을 들었어도 「어린애에게는 상냥히 대해주렴」이란 말은 못 들었다. 그렇다면 노노아가 미아를 도와줄 이유는 없다. 어린애의 울음소리에 양심이 흔들렸다? 양심 같은 것은 처음부터(태어날 때) 가지고 있지 않았다.

"어서 오십시오~. 몇 분이시죠?"

"아, 여기서 일행과 만나기로 했어요. 으음, 방 번호는……."

목적지인 노래방에 도착한 노노아는 의욕 없어 보이는 점원에게 먼저 와 있는 일행과 합류할 거라고 전했다. 그리고 스마트폰으로 받은 방 번호에 따라 3층으로 향했다.

"아, 노노아! 기다리고 있었어~!"

그렇게 약속 장소인 방에 들어가자, 한 소녀가 안겨들 듯이 다가왔다. 그 모습을 본 노노아는 밝고 친근한 미소를 머금었다.

"미안해. 으음, **내**가 마지막이야?"

평소와 다르게 부드러운 말투로 그렇게 말한 노노아는 방 안을 둘러보았다. 그러자 소파에 앉아 있던 남자 세 명이 친근한 미소를 머금었다.

"그래. 뭐, 신경 쓰지 마. 우리가 부른 거잖아."

"맞아. 오히려 미안해. 쉬는 데 방해했지?"

"빨리 알려주고 싶은 일이 있어서…… 뭐, 앉아."

한 남자애가 그렇게 말하며 자기 옆자리를 손가락으로 가리키자, 다른 두 사람의 눈에 위험한 빛이 어렸다.

"이봐, 왜 은근슬쩍 자기 옆자리를 권하는 건데?"

"정말, 한순간도 방심할 수 없다니깐……."

"거기, 남자들. 꼴사나운 다툼 좀 하지 마. 노노아, 여기 같이 앉자."

남자 셋을 향해 차가운 시선을 보낸 소녀가 노노아를 향해 환한 미소를 지으며 자기 옆자리로 안내했다.

동성이라는 점을 이 상황에서 유효하게 활용하는 그녀에게, 이번에는 남자들이 차가운 눈길을 보냈다. 하지만 소녀는 그런 시선을 개의치 않더니, 시치미 떼는 표정으로 노래방 리모컨을 노노아에게 내밀었다.

"뭐, 일단 노래나 하자. 나, 노노아의 노래가 듣고 싶어~."

"오, 그거 좋지."

"응, 나도 듣고 싶어."

"노래 한 곡 해줘, 노노아."

"으, 응~? ……알았어. 하지만 먼저 마실 것을—."

"아, 내가 뽑아올게. 뭐 마실래?"

노노아의 한 마디에 네 사람은 솔선해서 움직였고, 그녀가 노래를 시작하자 전원이 아이돌 콘서트에 온 것처럼 분위기를 띄웠다. 그 광경은 평소 학교에서 일어나는 일과 똑같아 보이지만, 약간 달랐다.

다른 점은, 노노아의 태도와 주위 사람의 반응이다. 학교에서의 노노아가 들러리들을 이끄는 여왕이라면, 지금의 노노아는 종자에게 공손히 보살핌을 받는 공주님 같았다.

"휴우……."

이윽고 노노아가 발라드곡을 끝까지 부르자, 네 사람은 박수갈채를 보냈다. 노래방에서 부르기엔 가라앉은 분위기의 울적한 노래지만, 누구도 신경 쓰지 않았다. 만약 노노아가 부른 노래가 헤비메탈이나 애니송일지라도, 누구도 신경 쓰지 않을 것이다. 만약 노노아가 엄청난 음치일지라도, 그들은 진심 어린 박수를 보낼 게 틀림없다.

"다, 다들, 그만해……."

자신을 향한 과도한 갈채에, 노노아는 얼굴을 향해 손으로 부채질을 하며 배시시 웃었다. 그러자 네 사람은 마음이 치유된 듯한 표정을 지으며, 노노아의 말에 따라 박수를 멈췄다.

"아아~, 긴장했어. 역시 남 앞에서 노래하면 긴장되네~."

네 사람의 훈훈한 시선을 받은 노노아가 멋쩍은 듯이 웃었다. 그 미소는 평소와 다르게 얌전한 복장이 더해지면서, 지켜주고 싶어지는 표정처럼 보였다. 실제로 이 네 사람은 완전히 마음을 빼앗겼는지, 열기 어린 눈길로 노노아를 응시하고 있었다. 그 시선에 거북함을 느낀 것처럼, 노노아는 몸을 배배 꼬았다.

"으으…… 저, 정말, 너희도 노래 좀 해. 나만 노래하니, 부끄럽잖아……."

"으, 응. 그래. 맞아."

"으음, 그럼 나는 과감하게 록 메들리를 넣어볼까~."

"오, 괜찮은걸. 우리 셋이서 돌아가며 부르자."

"나, 탬버린 가져올게~."

시선에서 도망치듯 고개를 돌린 노노아는 손짓으로 다른 네 사람에게 노래를 부르라고 권했다. 그러자 네 사람은 허둥지둥 노래를 고르더니, 어딘가 건성인 듯한 느낌으로 분위기를 띄우기 시작했다. 마치 소중한 공주님을 대하듯 노노아의 일거수일투족에 민감하게 반응하면서, 네 사람은 지나치지 않을 정도로 그녀를 배려했다. 하지만, 그것도 무리는 아니었다.

왜냐하면 이 네 사람에게 노노아는 「부모님이 시켜서 모델 같은 화려한 일을 하고, 학교에서도 눈부신 리얼충 그룹에 속해 있지만, 실은 그런 자기 자신에게 갑갑함을 느끼고 있는 내성적으로 심약한 여자애」이기 때문이다.

물론, 그것은 사실이 아니다.

『실은 내성적이고 심약한 여자애』란 설정은, 노노아가 이 네 사람의 공감을 얻기 위해 만든 허구에 지나지 않는다. 실제로 자신의 외모와 학교에서의 생활에 갑갑함을 느끼며, 진정한 자기 자신을 드러내지 못하는 사실에 고민하는 건 이 네 사람이다. 그런 그들에게, 노노아는 교묘하게 다가갔다. 실은 나도 그래, 하면서 말이다.

그리하여 학교 신분 제도의 하위에서 중위 사이에 위치한 외톨이들을 끌어모아서, 이 5인조를 만들었다. 평소 학교에서 울적함을 느끼고 있던 그들은 처음으로 얻은 진정한 동지라 할 수 있는 존재에게, 그리고 노노아라고 하는 최고의 존재에게 순식간에 빠져들었다.

「미야마에 노노아의 진짜 모습을 아는 건 우리뿐이다」, 「노노아에게 학교의 리얼충들은 가짜 친구이며, 자신들이야말로 진짜 친구다」. 이런 비밀(환상)은 그들에게 감미로운 우월감을 안겨줬고, 노노아가 보여주는 그들을 향한 친애와 신뢰는 그들에게 뭐든지 해낼 수 있을 듯한 그런 고양감을 마약처럼 안겨줬으며…… 그리하여, 노노아는 이 네 사람 사이에서 공주(신)가 됐다.

"정말 끝내줬어~. 다들 노래 잘 부르네! 예이~."

노노아는 환한 목소리로 웃으면서, 노래를 마친 남자애들과 하이파이브를 했다. 학교에서는 좀처럼 이런 행동을 보여주지 않기에, 네 사람은 싱글벙글했다.

하지만, 네 사람은 그저 놀려고 노노아를 부른 것이 아니었다. 어느 정도 분위기가 풀렸을 무렵에 서로에게 눈짓을 보내더니, 남자 중 한 명이 대표로 입을 열었다.

"저기, 노노아……. 실은 오늘 노래방에 부른 건, 할 이야기가 있어서야……."

"이야기?"

"저기…… 전에, 우리한테 새로운 친구를 소개해줬지? F반의 킨죠라는……."

"아, 응. 킨죠 말이지? 어땠어? 친해졌어? 킨죠도 쓸쓸한 애 같으니까…… 다들 사이좋게 지내줬으면 좋겠네."

"아니, 저기……."

노노아가 자애에 찬 미소를 머금자, 네 사람은 거북한 표정을 지으며 입을 꾹 다물었다. 하지만 곧 「여자는 배짱!」이란 듯이, 노노아의 옆에 앉아 있던 소녀가 입을 열었다.

"저기, 그 킨죠 말인데……."

◇

"쳇, 역시 스오우와 쿠죠는 SNS를 안 하나……. 학생회장이 되겠다면서, 자기 과시욕이 없다고 어필하는 거야, 뭐야? 어이가 없네. 완전 짜증 나."

고급 맨션의 한 방에서, 컴퓨터 앞에 앉아 부정적인 감정으로 가득 찬 목소리를 늘어놓고 있는 한 소년이 있었다. 방금 노노아 일행이 언급한, 세이레이 학원 1학년 F반의 킨죠다.

그의 외모는…… 솔직히 말해, 세간에서 못났다고 분류할 외모를 지녔다. 같은 또래 중에서 키가 작은 편이고, 몸은 비대하며, 여드름으로 뒤덮인 볼은 축 늘어진 데다, 콧구멍이 눈에 띄는 들창코를 지녔다. 이런 모습만 보면 학교에서 집단 괴롭힘을 당할 인상의 순진한 뚱보 같지만…… 고약한 심보가 배어 나오는 듯한 눈매와 입가가, 인상을 정반대로 만들었다.

순진한 돼지라기보다, 음습하고 교활한 뱀. 실제로 그는 타인을 끌어내려서 자신의 열등감을 발산하는 타입으로, 인터넷과 현실에서 자신보다 『위』인 인간을 모함해서 끌어내리는 것을 삶의 보람으로 삼고 있다.

"아앙? 이 녀석은 또 뭐야? 괌 여행 중? 요즘 되게 기어오르네……. 분란 일으킬 만한 코멘트를 전에 올린 적 없는지 살펴볼까…… 어? 픕, 뭐야. 정곡 찔려서 발끈한 거냐고. 자기 사진 가공이나 하는 못난이 확정~."

오늘도 같은 학교의 학생이나 유명인의 SNS 계정을 돌면서, 공격하거나 분란을 일으키고 있을 때…… 책상 위에 둔 스마트폰이 진동했다.

"아……? 어."

화면에 표시된 이름을 본 킨쵸는 스마트폰을 손에 쥐더니, 출렁거리는 볼을 씰룩거렸다.

"뭐, 노래방……? 쳇, 어쩔 수 없지."

그 말과 달리, 들뜬 표정으로 자리에서 일어난 킨쵸는 서둘러 외출할 준비를 했다. 그리고 5분도 채 지나기 전에 집을 나서더니, 지정된 노래방으로 향했다.

당연하다면 당연하겠지만 킨쵸는 성격이 나쁜 탓에 학교에서도 독사처럼 미움을 받고 있었고, 친구라 부를 인간은 없다. 아니, 없었다. 한 달 전에 학교에서 노노아가 말을 걸어올 때까지는 말이다.

『킨쵸……. 우수한 동생과 비교당한다는 게 사실이야? 실은 나도 그래…….』

학교에서 보여주는 평소 모습과는 전혀 다른 분위기인 노노아가 그렇게 말을 걸어왔다. 그리고, 털어놓은 것이다. 부모님의 뜻에 부응하기 위해, 억지로 밝고 화려한 자신을 연기하고 있다. 하지만 진짜 인싸인 남동생과 여동생에게는 미치지 못하기에, 집에서는 항상 주눅이 들어 있다. 학교에서도 연기를 계속 이어가야 하기에, 갑갑함을 느끼고 있다.

『킨죠는…… 나와 마찬가지일지도 모른단 생각이 들었어…….』

노노아가 자신을 올려다보며 불안한 목소리로 한 말에, 킨죠는 심장이 꿰뚫렸다. 그리고, 킨죠 또한 자신의 처지를 이야기했다. 아버지와 계모도, 이복동생만 사랑한다. 동생은 우수하다는 말을 듣지만 그것은 부모가 배울 기회를 줬기 때문이며, 자신에게도 그런 기회가 주어졌다면 동생보다 더 우수할 것이다. 하지만 부모와 교사, 그리고 주위 사람들은 자신의 우수함을 눈치채지 못한다.

킨죠가 가슴속의 불만을 전부 털어놓자, 노노아는 상냥하게 고개를 끄덕이면서 전부 긍정해줬다. 그 후에 노노아는 같은 처지인 네 명의 남녀를 소개해줬고, 그들과도 금방 의기투합했다.

『들었어, 킨죠. 너, 일전의 토론회에서 쿠죠를 엄청 디스했다며?』

『심정은 이해해. 역시 전통 있는 학교의 대표는 순수한 일본인이어야 한다고.』

『우리와 같은 의견인 사람이 있다니, 기뻐……. 다른 학생들은 걔의 반반한 얼굴만 보고 「공주님」이라고 불러대는 하찮은 자식들뿐이잖아.』

다름 아니라, 서로가 아리사의 안티라는 것을 계기로 해서 말이다. 싫어하는 것을 공유한다는 건, 때로는 좋아하는 것을 공유하는 것 이상으로 견고한 관계성을 자아낸다. 킨죠의 경우가 바로 그러했다.

(학교의 바보들은 하나같이 저능아라고. 표면적인 것으로만 사람을 판단하는 쓰레기들이야.)

하지만, 그들은 다르다. 그들은 학교 신분 제도 상위의 인간에게 홀로 도전한 킨죠의 용기를 칭찬해줬다. 그리고, 킨죠가 이제까지 이룩한 수많은 무용담을 듣고 싶어 했으며, 그 내용에 눈을 반짝이며 칭찬해줬다. 남을 헐뜯는 것으로 자아를 유지해왔던 킨죠에게 있어서, 타인에게 칭찬을 받는다는 것은 뇌를 마비시키는 듯한 엄청난 행복감을 자아냈다. 기본적으로 타인을 전혀 신용하지 않는 그가, 무심코 가슴속의 생각을 털어놓을 정도로 말이다.

"그건 그렇고, 노래방은 거의 가본 적이 없는데……. 뭐, 일부러 불러줬으니 가주도록 할까."

킨죠는 입가를 씰룩거리면서 으스대는 듯한 소리를 늘어놓더니, 지정된 노래방에 들어갔다.

엘리베이터를 타고 3층에 도착한 후, 연락받은 번호의 방 앞에 섰다.

(어? 조용하네?)

노랫소리가 들려오지 않는 것은 의아했지만, 딱히 개의치 않으며 문을 연 킨죠는 인싸 같은 어조로 한마디 하며 안으로 들어갔다.

"헤이~. 대뜸 노래방으로 부르면 어쩌냐고~. 뭐, 시간이 남아서 와주긴 했지만 말이지~?"

그렇게 말하며 실내를 둘러본 킨죠는 그제야 위화감을 눈치챘다. 얼음장 같은 분위기가 감돌고 있었다. 그리고 고개를 숙인 노노아가 옆에 있는 소녀의 품에 안겨 있었다. 예상치 못한 어두운 분위기였기에 킨죠는 한순간 당황했지만, 곧 억지로 미소를 머금었다.

"이봐, 분위기가 왜 이래. 어, 그것보다 노노아는 왜 우는 거야? 어어~. 너희들 무슨 짓을 한—."

"킨죠, 입 좀 다물어."

자신의 말을 방해받은 킨죠가 발끈하며 목소리가 들려온 방향을 쳐다봤다. 그리고 남자 세 명에게서 적의에 찬 시선을 받자, 무심코 움찔했다. 바로 그때, 노노아가 천천히 고개를 들며 입을 열었다.

"킨죠……."

"으, 응? 노노아, 왜 그래?"

반쯤 매달리는 듯한 표정으로 그쪽을 쳐다본 순간…… 마치 믿고 있던 사람에게 배신당해 상처 입은 듯한 표정으로 자신을 쳐다보는 노노아와 시선이 마주치자, 킨죠는 반

걸음 물러났다.

"킨죠……. 반년 전에 분란을 일으켜서 모델인 미미코를 은퇴하게 만든 게 사실이야?"

"뭐? 으, 음……. 그게……."

긍정하면 안 될 듯한 분위기가 느껴졌다. 하지만 4인분의 「네가 전에 말했었잖아?」란 시선이 쏟아지는 상황에서, 거짓말을 하는 건 불가능했다.

"뭐, 그런 일도 있었던 것 같긴 하네."

결과적으로 킨죠가 그런 미적지근한 대답을 하자, 노노아는…… 입술을 꼭 깨물더니, 얼굴을 확 찡그렸다.

"왜, 왜 그래? 대체 무슨 이야기를—."

"킨죠……. 미미코는 말이지? 내, 소중한 친구였어……."

"뭐—."

킨죠가 경악하자, 노노아는 눈물에 젖은 목소리로 말을 이어갔다.

"미미코는, 진짜 나를 이해해준 참 좋은 애였어……. 하지만 그 분란으로 심한 상처를 입은 나머지, 나, 나도, 만나주지 않아……!"

그리고 더는 견디지 못하겠다는 것처럼 목소리가 떨리더니, 노노아는 킨죠를 밀쳐내며 방을 뛰쳐나갔다.

"아—."

킨죠는 허공을 향해 손을 뻗은 채, 멍하니 노노아의 뒷

모습을 쳐다봤다. 그런 그의 어깨를…… 등 뒤에서 뻗어온 커다란 손이 움켜잡았다. 뒤를 돌아보니, 잔혹한 미소를 머금은 4인조의 모습이 눈에 들어왔다.

"킨죠, 이제 알겠지? 네가 전에 재미 삼아 파멸시킨 인간은, 노노아의 소중한 사람이었던 거야."

"아, 니, 나는 모르고—."

킨죠는 꼴사나운 변명을 늘어놓으며 뒷걸음질을 쳤지만, 좁은 노래방 안인 탓에 곧 벽에 등이 닿았다. 그런 킨죠를, 네 사람이 바로 둘러쌌다.

"몰랐다는 말로 넘어갈 문제가 아니거든? 애초에, 네가 피해를 준 건 그 모델만이 아니지? 일전에도 그렇게 우쭐대며 떠벌렸잖아."

"그래. 미리 말해두겠는데, 그때 그 대화는 전부 녹음해뒀어. 그리고 그 후에 우리가 조사해봤는데…… 너는 곳곳에서 유명인이나 우리 학교 학생한테 악의적인 댓글을 달았더라? 그들에게 네 본성을 폭로해주면 어떻게 될 것 같아~?"

"왜, 왜 이러는 거야……. 너희들도 들으면서, 나를 그렇게 칭찬해줬잖아……."

상황을 이해 못 한 킨죠가 횡설수설하며 그렇게 말하자, 모멸에 찬 시선이 그에게 쏟아졌다.

"그야 당연히 연기지. 그런 쓰레기 같은 내용을 의기양양하게 이야기해서, 제정신인지 의심스러웠다니깐."

"맞아. 혹시나 해서 말해두는 건데, 노노아의 말처럼 네가 실은 선량한 사람이었다면 우리도 너를 받아들일 생각이었어. 뭐, 실제로는 뼛속까지 썩어빠진 쓰레기였지만 말이지."

"그래서, 노노아에게 네 진짜 본성을 알려줬다고."

"노노아는 순수하고 상냥하거든~. 우리가 너 같은 쓰레기로부터 지켜줘야 해."

노노아를 떠올리며 상냥한 눈길을 머금고 있던 네 사람은 갑자기 흉악한 미소를 머금었다.

그 차이는 어마어마했다. 광기마저 느껴지는 위험한 빛이 어린 눈동자를 보자, 킨쵸는 후들거리며 그 자리에서 주저앉았다. 본능적으로, 이해하고 말았다. 눈앞에 있는 4인조가, 자신을 같은 인간으로도 여기지 않는다는 것을…….

킨쵸라는 인간의 감정도, 존엄도, 목숨조차도 전혀 배려하지 않는다. 필요하다면 그 모든 것을 주저 없이 짓밟을 수 있으리라.

"아, 아아……."

태어나서 처음으로 한 번도 느낀 적 없는, 순수하기 그지없는 잔혹함이다. 혐오와 적의를 넘어선, 자신을 배제하려 하는 그 순수한 의지를 느끼고 몸속 깊은 곳까지 떨려오기 시작한 킨쵸는 자신의 하반신이 축축해지는 것을 느꼈다.

"사 살려줘……."

그저 본능에 따라, 목을 쥐어짜 쉰 목소리를 냈다. 그러자 네 사람은 눈을 반짝이면서, 우습다는 듯이 입가만 일그러뜨렸다.

"아하하. 무슨 소리야. 마치 우리가 너를 해치려는 것 같잖아."

"그런 짓 안 하니까 안심하라고……. 네가 자주적으로, 노노아의 앞에서 사라져준다면, 말이지."

"거절해도 되지만, 그때는 아까 말했던 것처럼 네 본성을 폭로해주겠어. 그러면 너만이 아니라, 네 가족도 사회적으로 말살되지 않으려나? 뭐, 내가 그렇게 되도록 유도해주겠어."

"이제까지 남의 사회적 지위를 실컷 빼앗았잖아. 자기가 그렇게 될 각오라면 되어 있지 않아?"

"으, 아—."

노래방의 방 안에서, 한 소년이 공포에 젖은 목소리를 흘렸다. 하지만, 그 목소리가 밖으로 새어 나가는 일은 없었다.

◇

"아~ 역시 눈물을 흘리는 건 어렵네."

화장실에서 스마트폰을 만지작거리면서, 노노아는 그렇

게 혼잣말을 했다. 그 얼굴에는 아까 전의 비통한 표정을 찾아볼 수 없었다. 당연했다. 전부 연기에 지나지 않으니 말이다.

애초에 노노아는 킨죠를 전혀 원망하지 않았다. 미미코란 모델 동료와는 그렇게 친하지 않았으며, 이번에 킨죠를 궁지에 몬 것은 마사치카와 아리사에게 진 빚을 갚기 위해서일 뿐이다.

(빚을 지면 꼭 갚으라고 아빠가 말했거든~.)

겨우 그런 이유로 한 인간을 공포의 밑바닥에 빠뜨려놓고도, 노노아는 죄책감이나 성취감을 느끼지 않았다. 딱히 새로울 것도 없기에, 이제 와서 뭔가를 느끼지도 않았다. 노노아는 이제까지도, 저 네 사람을 조종해서 방해되는 인간을 제거해왔다.

질투심에 사로잡혀 노노아를 과도하게 괴롭혔던 상급생, 노노아를 눈엣가시처럼 여기던 생활 지도 선생님, 사야카의 악평을 퍼뜨리려 한 선거전 대립 후보. 그들을 제거할 때도, 노노아는 단 한 마디의 지시도 내리지 않았다. 그저 정보를 제시하며, 보호 욕구를 자극하는 행동을 취했을 뿐이다. 그랬을 뿐인데도, 저 네 사람이 알아서 방해꾼을 없애줬다. 그게 가능한 힘과 소질을 지닌 멤버를, 골라서 모았다고도 할 수 있을 것이다.

"으음, 이제 됐을까?"

적당히 시간이 흐른 후에 노노아는 거울 앞에서 표정 연습을 하고 화장실을 나섰다.

"아, 노노아!"

바로 그때, 마침 4인조가 이쪽으로 오고 있었다. 노노아는 그들을 향해 애틋한 미소를 지었다.

"다들…… 미안해. 이제, 진정됐어……."

"노노아…… 정말 괜찮아?"

"응. 흐트러진 모습을 보여서 미안해. 킨죠의 이야기도 들어보지 않고 뛰쳐나왔잖아……. 분명, 뭔가 이유가 있겠지? 제대로 이야기를 들어봐야……."

노노아가 그렇게 말하며 방으로 돌아가려 하자, 남자 세 명이 그녀를 막아섰다. 그리고 일제히 시치미 떼는 듯한 미소를 지으며 말했다.

"아, 킨죠라면 먼저 돌아갔어."

"그 자식도 꽤 반성하는 것 같았거든……. 노노아를 볼 면목이 없다지 뭐야."

"한동안 자기 자신을 돌이켜 보겠다네. 그러니까, 노노아 양도 너무 마음 쓰지 마."

"……그래? 너희 말이 맞을 거야……."

노노아가 스스로를 납득시키려는 듯이 고개를 끄덕이자, 네 사람은 상냥한 눈길로 그녀를 쳐다봤다. 이 네 사람은 자신들이 순수한 공주님을 지키는 기사라고 여겼다. 하지만 노노아가 보기에, 그들은 신에게 심취한 과격한 광신도였다.

(인간의 착각은 참 재미있어~.)

별다른 감정을 느끼지 않으며 그렇게 생각한 노노아는 냉철한 두뇌로 이 4인조를 관찰했다.

"그럼 킨쵸가 마음을 고쳐먹고 돌아올 때까지…… 나, 기다릴래."

그리고, 순수한 미소를 머금었다.

제 3 화 무표정과 식욕

그날, 아리사는 어느 라멘 가게 앞에 있었다. 나무로 된 간판에 붉은색의 섬뜩한 서체로 적힌 가게 이름은 『지옥의 가마솥』. 일전에 마사치카, 유키와 함께 갔던 곳으로, 아리사가 가게 이름대로 지옥을 봤던 매운맛 라멘 전문점이다.

아리사에게 있어 악연이 어려 있는 이 가게에, 왜 다시 찾아온 것이냐면…… 그것은 일전에 마사치카와 데이트……가 아니라, 벽창호인 마사치카에게 여자 마음을 알려주기 위해 데이트 예행연습을 하던 와중에 그로부터 「매운 요리를 좋아한다」는 말을 들어서다.

(아니, 딱히…… 마사치카의 식성을 이해하려는 건 딱히 아냐!)

아리사는 머릿속으로 그런 변명을 늘어놨다. 그렇다. 이렇게까지 좋아하는 사람이 있는 것을 보면, 매운맛 요리에도 그 나름의 매력이 있을 거라고 생각했을 뿐이다. 이것은 어디까지나, 식사의 선택지를 늘리기 위한 시도다. 달콤한 것만이 아니라 매우면서도 맛있는 것까지 이해하게 된다면 식사의 즐거움이 두 배로 늘어날 거란 생각에 근거한 도전이다.

뭐, 그 부차적 효과로서? 친구와 함께 식사를 즐길 수 있게 된다면 좋겠네~, 란 생각도 하기는 했달까? 물론, 그 친구는 마사치카가 아니라 유키지만 말이다.

"응, 좋아."

자기 자신에게 충분한 변명을 하며 각오를 다진 아리사는 미닫이문을 열었다.

"윽!"

그와 동시에 자극적인 성분을 포함한 공기가 눈과 코를 자극하자, 아리사는 미리 각오를 다졌는데도 불구하고 반사적으로 눈을 가늘게 떴다.

"어서 오세요~!"

점원의 힘찬 목소리를 들으며 한동안 눈을 깜빡인 아리사는 다가온 여성 점원을 쳐다봤고…… 그와 동시에 아는 얼굴이 눈에 들어오자, 그녀는 무심코 다시 그 사람을 쳐다봤다.

"어, 키미시마 양?"

"……어? 아."

아리사가 그렇게 말하자, 입구 근처의 2인 테이블에 앉아 있던 아야노는 들고 있던 책에서 시선을 돌려 눈을 살짝 치켜떴다. 그대로 두 사람이 서로에게 인사를 건네자, 다가온 여성 점원은 머뭇거리며 입을 열었다.

"으음, 일행이신가요?"

"어, 그게, 아, 네."

이럴 때, 뭐라고 대답하면 좋을까. 경험치가 부족한 탓에 애매한 대답을 한 아리사는 수치심을 느꼈다. 하지만 일행이란 말을 긍정해 버린 이상, 아리사는 어쩔 수 없이 아야노가 앉은 자리로 향했다.

"으음, 여기 앉아도 돼?"

"네."

아리사는 머뭇머뭇 그렇게 말한 후, 아야노의 맞은편에 앉았다. 아야노 또한, 들고 있던 책을 가방에 넣었다.

"……."

"……."

그리고, 침묵이 찾아왔다. 미소녀 두 사람이 서로를 응시하며 침묵에 잠겼다.

(으, 음…….)

말로 형용할 수 없는 거북한 분위기가 흐르는 가운데, 아리사는 무슨 말이든 하려고 했지만…… 무슨 말을 하면 좋을지 몰라, 벌리려던 입을 다물었다. 원래 아리사는 먼저 잡담을 시작한 적이 거의 없었다. 게다가 아야노와는…… 아직, 애매모호한 관계였다.

(친구……일까? 아니겠지? 단둘이 이야기를 나눈 적이 거의 없으니까, 기껏해야 학생회 동료 정도…… 게다가 대

립 후보니까, 동료이자 적이기도 해. 그래도, 나와 유키 양은 친구인데…….)

자신과 아야노의 관계는 어떤 말로 표현해야 올바를까. 어떤 관계로 여기며, 어느 정도의 분위기로 대화를 나눠야만 할까. 물론 아리사로서는 아야노와 친구가 되기 싫은 것은 아니다. 그저, 친구가 되자는 말을 들은 것도 아닌데도 뻔뻔하게 친구를 자처할 만큼 인격적으로 자신이 있는 게 아닌지라…… 같은, 전형적인 커뮤니케이션 장애 같은 생각에 아리사는 빠져 있었다.

차라리 상대방이 화젯거리를 제시해주지 않을까…… 하고 생각하며 아야노의 눈을 쳐다봤지만, 바로 포기했다. 참 솔직한 눈빛을 머금고 있으며 거북함 따위는 전혀 느껴지지 않았다. 두 손을 무릎 위에 얹고 허리를 쭉 펴더니, 마치 「자, 어떤 이야기든 들어드리겠습니다」라는 마음의 목소리가 들려오는 듯한, 그런 듣는 사람으로서 완벽한 자세를 취하고 있었다.

"물 여기 있습니다~. 메뉴를 정하시면 불러주세요~."

아까 전의 여성 점원이 물을 들고 오자, 정체불명의 시선 교환이 중단됐다. 자연스럽게 아야노로부터 시선을 뗀 아리사는 메뉴판을 손에 쥐었다. 그리고 여전히 무시무시한 요리명을 보고 옅은 쓴웃음을 머금더니, 아야노를 힐끔 쳐다보며 물었다.

"키미시마 양은 뭐로 했어?"

"네, 저는—."

아리사가 나름대로 용기를 내서 던진 질문에, 아야노가 대답하려던 순간이었다. 마침, 그 답이 놓인 쟁반이 나왔다.

"오래 기다리셨습니다~. 바늘산 지옥 나왔습니다~."

나온 것은 시뻘건 국물 위에…… 바늘처럼 얇게 썬 흰 파가 산더미처럼 쌓여 있는 그릇이었다. 메뉴판 상단에서 두 번째에 위치한 요리다. 일전에 아리사가 먹었던 피웅덩이 지옥보다 한 단계 더 매운맛의 라멘이었다.

"……이겁니다."

"그렇구나……."

그 라멘을 본 아리사는 몇 초 동안 생각했다. 원래 아리사는 일전에 먹었던 피웅덩이 지옥을 주문할 생각이었다. 하지만 아야노가 주문한 한 단계 더 매운 라멘을 보자 「같은 걸 주문해선 발전이 없지 않을까?」라는 생각이 머릿속을 스치고 지나갔다. 그리고 단순히, 이 가게에서 가장 덜 매운 라멘을 주문하려니 왠지 지는 것 같다는 느낌이 들었다. 딱히 승부를 하고 있는 건 아니지만 말이다.

"저기, 주문할게요. 저도 같은 걸 주세요."

라멘을 두고 주방으로 돌아가려 하는 점원을 불러세운 아리사가 그렇게 주문했다. 그리고 아야노를 돌아보더니, 「먼저 들어」 하고 말했다.

"그럼, 실례하겠습니다."

손바닥을 맞대며 그렇게 말한 아야노는 젓가락으로 파로 된 산을 무너뜨리더니, 안쪽에서 면을 꺼내서 소리를 내지 않으며 면을 먹었다.

"읏!!"

"어?"

"……."

그리고 한순간 움직임을 멈춘 후, 천천히 면을 입 안에 넣었다. 그리고 종이 냅킨으로 재빨리 입술을 닦으면서 씹었다. 표정에는 변화가 없었다.

(대, 대단해! 딱 봐도 매워 보이는 라멘을, 눈썹 하나 까딱하지 않으면서 먹다니…… 키미시마 양도, 매운 요리를 좋아하는구나…….)

전율에 사로잡힌 아리사는 감탄과 함께 약간의 초조함을 느꼈다. 지금도 일전에 먹은 라멘의 그 파괴적인 매운맛을 생생히 기억했다. 그것을 능가하는 매운맛을 지닌 라멘을, 자신은 다 먹을 수 있을 것인가…….

(괘, 괜찮아! 매운맛은 익숙해지는 거라잖아. 그리고 지난번에는 도중에 매운맛을 추가한 게 문제였어!)

그렇게 자기 자신을 북돋우며 테이블 가장자리를 쳐다보니, 후추 같은 조미료 사이에서 수상한 존재감을 뿜고 있는 조그마한 병이 있었다. 『도깨비 눈물』이란 명칭의, 굉장하게 매운 조미료다.

(저것만 안 넣으면, 괜찮……을, 거야!)

자기 자신을 향해 그렇게 말하며 투지를 북돋고 있는 아리사 앞에서…… 라멘을 먹는 중인 아야노는…….

(매워…… 매워, 요…….)

마음속으로, 울상을 짓고 있었다.

그렇다. 사실 아야노는 매운 요리를 잘 먹지 못했다. 그럼 왜 이런 가게에 온 것이냐면, 이유는 하나다. 경애하는 두 주군이 사랑하는 매운맛 요리를, 자신도 먹을 수 있게 되기 위해서다.

그래서 아야노는 휴일을 이용해 매운맛 요리를 파는 가게를 혼자 찾으며, 남들 몰래 눈물겨운 노력을 해왔다. 그 덕분인지, 이 매운맛 수행을 시작한 2년 전에 비하면 꽤 내성이 생기긴 했지만…… 그런 아야노에게도, 이 매운맛 라멘은 상당한 강적이었다.

(뜨거워, 매워…… 입 안이, 불타는…….)

첫입을 먹었을 때보다도, 훨씬 매웠다. 마치, 입 안에 남아 있던 매운맛 성분이, 면의 열기에 의해 불타오르는 것만 같은 느낌이다. 그런 상황에서 투하된 매운맛 성분이, 유폭을 일으키며 입 안을 불태웠다. 뜨거운 건지 매운 건지 스스로도 알 수가 없었다.

(흐, 흐윽, 으으윽…….)

원래라면 입을 벌리고 크게 숨을 쉬고 싶다. 아무튼 입 안을 환기시키고 싶다. 하지만, 그런 매너를 어기는 짓은 메이드의 의지를 걸고 절대 할 수 없다. 혼자 있을 때라면 모르지만, 지금 눈앞에는 아리사가 있다. 주군(유키)의 라이벌인 이 미모의 동급생 앞에서, 그런 추태를 보일 수는 없다.

"후, 후우."

어찌어찌 표정을 무너뜨리지 않으며 입 안의 음식을 삼킨 아야노는 그제야 작게 숨을 내쉬었다. 본능적으로 물을 벌컥벌컥 들이켜고 싶지만, 그게 위를 압박하기만 할 뿐 효과가 거의 없다는 점을 경험적으로 알기에 참았다. 그 대신, 비교적 안전해 보이는 잘게 썬 파 쪽으로 대피하기로 했다.

(면에 비해 국물이 덜 묻었을 파로…… 잠시 한숨 돌리도록 하죠.)

그렇게 생각하며 파를 입에 넣은 아야노는…… 바로 후회했다. 왜냐하면, 아삭아삭한 파를 씹은 순간, 파 특유의 찌르는 듯한 매운맛이 바늘처럼 혀를 자극한 것이다.

"……?!"

평범한 파와는 전혀 다른 매운맛이었기에, 아야노는 당황하고 말았다. 고추의 불타는 듯한 매운맛과는 전혀 다른, 찌르는 듯한 매운맛이다. 화학적으로 말하자면, 캡사이신의 매운맛이 아니라 아닐린의 매운맛이다. 속성으로 따지자면 불 속성과 바람 속성이다. 전혀 다른 타입의 매운맛이 입 안에 작렬하자, 눈물이 터져 나올 것만 같았다.

(그, 그래……. 이게, 바늘산 지옥…….)

서로를 중화하는 게 아니라, 전혀 다른 방향에서 덤벼드는 두 종류의 매운맛……. 이 이중고야말로 이 라멘의 핵심이란 사실을 눈치챈 아야노는 두 눈을 감았다. 눈을 감고 맛보듯 살며시 고개를 끄덕이면서, 눈물샘을 압박해 눈물을 참았다. 그러면서 입 안의 음식을 삼킨 후, 컵을 향해 천천히 손을 뻗어서 물을 한 모금 마셨다. 그리고 입 안이 씻겨져 나가는 감각에 한숨 돌린 아야노는 입을 열었다.

"정말 맛있습니다. 매운맛 안에서 느껴지는, 채소와 다진 고기의 감칠맛이 절묘하군요."

참고로 말하자면, 아야노는 거짓말을 하는 게 아니었다. 오랜 수행 끝에, 아야노는 매운맛 안의 감칠맛을 느낄 수 있게 됐다. 그러니, 거짓말이 아니다. 그저 그런 감칠맛을 맛볼 여유가 없을 정도로 맵다는 진실을, 입에 담지 않을 뿐이다.

하지만, 아리사는 그런 아야노의 속내를 전혀 눈치채지 못했다.

"그렇, 구나……. 참, 기대되네."

아리사는 약간 어색한 미소를 머금으며, 마음속으로 경악했다.

(저, 저리 여유롭게 먹다니…… 키미시마 양은 매운 요리

를 참 좋아하나 봐…….)

다시 아무 말 없이 라멘을 먹는 아야노를 본 아리사는 점점 불안에 사로잡혔다. 어쩌면 「으으, 맵군요」, 「맞아. 정말 매워」 같은 이야기를 나누며, 공통된 적(매운맛 라멘)을 통해 가까워질 수 있지 않을까……라는 어렴풋한 희망은 깨끗하게 사라졌다. 아야노는 전우가 필요 없는 역전의 용사였다. 애초에, 신출내기 병사는 자신뿐이었던 것이다.

(으으…….)

이제 와서, 아리사는 아야노와 동석한 것을 후회했다. 이런 용사 앞에서 「매워, 매워」 하고 칭얼댄다면 「그럴 거면 여기 왜 왔냐?」라는 눈길로 쳐다볼 게 뻔했다. 이렇게 되면 아야노가 다 먹고 가게를 나설 때까지, 라멘이 나오지 않았으면…… 하고 생각했지만, 일이라는 게 그렇게 뜻대로 될 리가 없었다.

"오래 기다리셨습니다~. 바늘산 지옥입니다."

아야노가 라멘을 절반 정도 먹었을 때, 아리사의 라멘이 나왔다. 이렇게 되면 도망칠 수 없다. 각오를 다진 아리사는 총을 손에 쥐고 전장에 향하는 기분으로 나무젓가락을 쥐었다.

"잘 먹겠습니다."

우선 퍼스트 콘택트가 중요하다. 이 한 입으로, 앞으로의 추이가 결정—.

"윽?! 우읍!"

면을 입에 넣은 순간, 목젖을 캡사이신에 강타당한 아리사는 숨이 막혔다. 겨우겨우 면을 토하는 건 피했지만, 기침이 멎지를 않았다.

"윽! 읍! 으윽!"

면을 입에 넣은 채, 연거푸 기침을 토했다. 그러면서 겨우 진정이 된 후, 젓가락으로 면을 신중하게 입으로 가져갔다. 그러자…… 입 안이 타들어 가는 듯한 매운맛에, 소리 없이 기절했다.

(으으으으으윽~~~~?!)

맵고, 뜨겁고, 아프다. 바보 아닐까. 이런 요리를 만든 인간도, 이걸 시킨 인간도 말이다.

(즉, 나도 바, 보……!)

너무 매운 탓에 사고방식 자체가 거칠어진 가운데, 아리사는 허둥지둥 종이 냅킨으로 입술을 닦았다. 퍼스트 콘택트로 똑똑히 알았다. 이건, 먹으면 안 되는 녀석이다.

(다, 다 먹을 자신이 없어…….)

일찌감치 절망감에 사로잡힌 아리사가 첫입을 삼켰다. 그러자 아야노는 희미하게 흔들리는 눈동자로 아리사를 쳐다보며 말을 건넸다.

"괜찮습니까? 기침을 심하게 하시던데……."

"괘, 괜찮아."

아야노가 걱정스러운 목소리로 그렇게 말하자, 아리사는 반쯤 반사적으로 허세를 부렸다.

"국물이 목에 걸렸을 뿐이야. 너무 급하게 면을 들이켰나 봐."

"아, 이해합니다. 아무 생각 없이 먹다 보면 그럴 때가 있죠."

아리사는 이해했다는 듯이 고개를 끄덕이는 아야노를 향해 애매모호한 미소를 지은 후, 다시 그릇을 내려다봤고…… 다 먹는 순간까지의 험난한 여정을 상상하며 가볍게 절망할 뻔했다. 아리사는 무심코 젓가락질을 멈췄다. 하지만 아야노는 식욕이 줄지 않은 것 같았다.

(이, 일단 파를 먹으며 한숨 돌리자…….)

그리고 아야노와 완벽하게 똑같은 생각을 하며, 똑같은 함정에 빠졌다.

(매, 매워, 으, 큭, 쿨럭!)

입 안에서 눈물샘을 정통으로 때리는 듯한 파의 매운맛에, 아리사의 포커페이스가 무너질 뻔했다. 하지만 아리사는 의지의 힘으로 표정을 유지하더니, 씹으면 씹을수록 더 매운맛을 느낄 거라 즉시 판단했다. 그래서 씹는 횟수를 최소한으로 줄이고, 물을 마시면서 반쯤 억지로 삼켰다. 그러자 냉수의 찬 기운과 파의 찌르는 듯한 매운맛이 합쳐지면서, 입 안에서 기묘한 상쾌함이 생겨났다.

(기회는, 지금뿐이야!)

그것이, 가짜 청량감이라는 사실은 알고 있다. 하지만 설령 착각에 지나지 않을지라도, 거기에 의지하지 않았다간 더 먹을 수 없다. 그렇게 판단한 아리사는 면을 후후~ 불어서 국물을 최대한 털어낸 후, 최대한 빠르게 먹기 시작했다. 이 모든 것은 가짜 무적 시간이 이어지는 동안에 적을 최대한 쓰러뜨리기 위해서다. 일심불란하게 젓가락질하는 아리사를 본 아야노는 눈을 약간 동그랗게 떴다.

(저, 저렇게 거침없이 저 라멘을 먹다니…… 대단합니다. 아리사 님도, 매운 요리를 좋아하시는군요.)

오해다. 서로가 허세를 부린 탓에, 완벽한 오해가 발생했다.

(저도, 질 수는 없어요……!)

그 결과, 상대방의 모습을 보며 의욕을 불태우고 말았다. 아야노는 아리사에게 질 수 없다며 젓가락질을 이어갔다. 그 모습을 본 아리사 또한…….

(저렇게 담담히 저 라멘을 먹다니…… 나도, 힘내야지!)

지옥이었다. 그저 지옥도에 지나지 않았다. 서로가 상대방에게 여유가 있다는 오해를 한 결과, 두 사람의 머릿속에서 항복이라는 선택지가 사라지고 말았다. 이렇게 되면, 남은 건 고집과 자존심에 의지해 계속 나아갈 수밖에 없다. 이 지옥을, 넘어설 때까지 말이다. 그리고…….

"휴…… 잘 먹었습니다."

드디어, 아야노는 바늘산 지옥을 제패했다. 심정적으로는 깃발이라도 치켜들고 싶은 성취감에 사로잡힌 채, 아야노는 승리를 축하하는 술이 아닌 얼음물에 취했다.

(키미시마 양, 왠지 만족한 것 같네……? 그, 그렇게 맛있는 걸까. 나는 이해가 안 되지만…… 나도, 거의 다 먹었어!)

한발 먼저 정상 등반에 성공한 아야노를 본 아리사도 라스트스퍼트에 임했다. 꽤 양이 줄어든 면 덩어리에, 젓가락을 꽂자—.

툭.

젓가락 끝에서 느껴진 불길한 감촉에, 아리사는 젓가락질을 멈췄다. 그것은 아리사가 매운맛 라멘 초보자라 범한 실수였다. 식사를 하면서 국물을 잘 저어주지 않은 탓에 그릇 바닥에 가라앉은, 고추와 다진 고기의 집합체다.

(어? 뭐야?)

그리고, 초보자이기에…… 아리사는 더욱 치명적인 실수를 범하고 말았다. 젓가락에서 기묘한 감촉이 느껴지자, 면을 헤치면서 지옥 밑바닥을 들여다보고 만 것이다.

(어, 엇, 이거……?!)

바닥에 가라앉으면서 반쯤 굳어버린 매운맛 성분 덩어리가…… 지옥 밑바닥에 봉인된 악마 무리가, 해방되고 말았다. 국물 자체의 양이 줄어든 만큼, 그 농도는 초기와 비교조차 되지 않는다. 허둥지둥 면을 건져 올렸지만, 이미 늦었다. 건져 올린 면에는 새빨간 고추 조각과 시꺼먼 산초가루가 잔뜩 붙어 있었으며, 후후~ 분다고 떨어질 것 같은 상태가 아니었다.

(……어. 이걸, 먹어야 하는 거야?)

산꼭대기에 도착하기 직전, 산이 분화하기라도 한 듯한 느낌을 아리사는 맛봤다.

하지만, 계속 쳐다보고 있을 수는 없었다. 골은 코앞이다. 그리고 먼저 꼭대기에 도착한 아야노가 눈앞에서 기다리고 있다.

(나는, 질 수 없어. 반드시 다 먹을 거야. 반드시, 다 먹을…….)

아리사는 귀기 어린 표정으로 면을 노려보며, 투지를 북돋웠다. 그렇다. 이대로 물러서선, 이제까지 죽을힘을 다해 지옥을 헤쳐온 의미가 없어진다. 무엇을 위해…… 아야노에게의 경쟁심? 자기 자신을 향한 의지? 아니다. 이건 전부…….

(나도, 마사치카와 매운맛 요리를 함께 즐길 수 있게 될 거야!!)

지옥 밑바닥에서, 아리사는 드디어 본심을 털어놨다. 그리고, 각오를 다지며 면을 입에 넣었고—.

◇

"윽! ……어?"

정신을 차리고 보니, 아리사는 예전과 마찬가지로 공원 벤치에 앉아 있었다. 눈을 몇 번이나 깜빡이며 주위를 둘러보니, 옆에 앉아 있는 아야노가 걱정스러운 눈길로 자신을 쳐다보고 있었다.

"……아리사 님, 괜찮으십니까?"

"어? 으음, 나는……."

왜 이렇게 된 건가 싶어 기억을 뒤져봤지만, 의식에 안개가 낀 것처럼 생각나지 않았다. 아리사가 미간을 찌푸리며 고개를 갸웃거리자, 아야노는 머뭇거리며 입을 열었다.

"저기, 아리사 님은…… 라멘을 다 먹은 후, 혼이 빠져나간 것 같은 상태가 되셔서……."

"아, 그랬, 구나……."

말로 형용할 수 없는 거북함과 수치심에 사로잡혀 몸을 웅크린 아리사는 아야노를 슬며시 올려다봤다.

"저기, 고마워. 키미시마 양이, 여기까지 데려와 준 거지……? 아, 맞다! 돈! 돈은……."

"으음, 제가 대신 냈습니다……."

"아앗, 미안해! 바로 줄게! 으음, 얼마였더라……."

허둥지둥 정산을 마친…… 바로 그 타이밍에, 아야노가

머뭇거리며 물었다.

“아리사 님은, 저기…… 매운 것을 잘 드시는 편은, 아니시죠?”

“윽…….”

반사적으로 부정할 뻔했지만, 매운 요리를 먹고 얼이 나간 모습까지 보여줘 놓고 허세를 부리는 건 무리였다. 아리사는 잠시 망설인 후, 결국 체념한 것처럼 고개를 끄덕였다.

“……응. 잘 먹는 편은 아냐…….”

“그렇군요…….”

아리사는 고개를 숙인 채, 「그럼 왜 그 가게에?」란 질문을 받게 되는 것을 각오했다. 하지만 들려온 것은 전혀 뜻밖의 말이었다.

“실은, 저도 마찬가지입니다.”

“뭐……?”

“유키 님과 마찬가지로 매운 것을 잘 먹고 싶어서 노력하고 있습니다만…… 좀처럼 익숙해지지 않아요.”

아야노가 말해준 것은 아리사와 똑같은 동기, 그리고 같은 감상이었다. 그 말을 들은 아리사의 내면에서, 아야노에 대한 공감과 친근감이 급상승했다. 지옥 밑바닥에서 유쾌하게 놀고 있는 도깨비(괴물)만 주위에 있는 상황에서, 드디어 살아 있는 사람과 만난 기분이었다.

"시, 실은 나도 그래……. 친구인 유키 양과, 같은 요리를 즐길 수 있게 되고 싶어서……."

"그렇습니까?"

아리사가 동의하자, 아야노의 눈빛에도 기쁨이 어렸다. 마치 고독한 전장에서 동지를 발견한 듯한 눈빛이었다. 역시 인간관계에서는 솔직함이 가장 중요한 걸지도 모른다.

"그럼, 혹시 괜찮으시다면…… 앞으로도, 둘이서 매운 음식 수행을 하지 않겠습니까?"

"뭐……?"

아리사는 아야노의 제안을 듣고 그 자리에서 얼어붙었다. 솔직히 말해, 현재 아리사에게는 다음 일을 생각할 수 있는 상태가 아니었다.

"둘이 함께한다면 든든할 테고, 서로를 도울 수도 있을 거라고 생각합니다만……."

하지만 머뭇거리며 눈을 내리깔면서도 말을 이어가는 아야노를 보자, 거절할 마음이 들지 않았다.

(어쩌면…… 친구가 늘어날지도 몰라.)

그리고, 그런 흑심도 조금은 있었다.

"응, 알았어. 앞으로 잘 부탁해, 키미시마 양."

"아— 네!"

아리사는 딱히 깊이 생각하지 않으며 그 제안을 받아들이고 말았다. 그 결과, 앞으로 아리사는 아야노와 함께 고난에 찬 기나긴 수행의 길을 나아가게 되지만…… 그것은 또 다른 이야기다.

제 4 화 브라콤과 시스콤

"휴우, 겨우 도착했어……."

낡은 셔츠 차림의 한 남성이 어느 일본 가옥 앞에 서 있었다. 그는 등이 꼿꼿하고 키가 크며 적당히 단련된 체격을 지녔다. 은테 안경 안쪽의 눈동자에는 상냥한 느낌이 감돌았고, 남자다운 건 아니지만 마주 선 상대를 안심시키는 분위기를 지닌, 지적인 인상의 매력적인 중년 남성이었다. ……약간 머리숱이 적어 보이지만 말이다. 그것은 본인도 신경 쓰고 있는 점이니 건드려선 안 된다.

그의 이름은 쿠제 쿄타로. 오랜만에 휴가를 얻어서 일본에 귀국한, 마사치카와 유키의 아버지다.

"오랜만인걸……."

시차 탓에 묵직한 머리를 들며 얼추 1년 만에 돌아온 자기 집 앞에 선 쿄타로는 감회에 젖은 목소리로 그렇게 중얼거렸다. 그리고 문을 열고 부지 안으로 들어서자, 첨단에서 자고 있던 하얀 대형견이 고개를 들었다.

"리르도 오랜만이야. 나를 아직 기억하니?"

그렇게 말을 건네자, 리르라고 불린 개는 귀찮다는 듯이 쿄타로의 곁으로 와서 냄새를 맡은 후에 멍, 하고 짖었다.

"응, 착하구나."

쿄타로는 개의 머리를 쓰다듬어주면서 「이래서 집을 제대로 지키려나?」 하고 중얼거리며 쓴웃음을 머금었다.

이 개는 지금으로부터 3년 전에 마사치카와 유키가 주워 온 수컷 들개다. 구체적으로는 유키가 뒷발을 다친 강아지를 발견해서 도와주자 말했고, 마사치카도 그 말에 동의했다. 그리고 둘이서 조부모의 집으로 개를 데려간 것이다. 여기까지만 들으면 훈훈한 미담 같지만…… 당시에 유키가 실제로 한 말은…….

『부상을 당한 새하얀 강아지라면, 펜리르의 새끼가 분명해! 데려가서 부하로 삼아야지!』

……라고 하는, 여러모로 문제 있는 발언이었다. 그런 유키의 소망이 담긴 결과, 그 들개에게는 리르란 이름이 붙여졌다. 다친 강아지에게 너무 과도한 기대를 거는 것 같았다.

그 후로 3년이 흐르면서 체격은 어엿해졌지만, 리르는 아직 신의 늑대로서의 편린을 드러내지 않았다. 그뿐만 아니라 나이를 먹을수록 나태해지는 느낌마저 들었다. 역시 과도한 기대가 성장을 저해한 것일까. 야생으로 돌려보냈다간 얼마 못 가서 죽을 것 같다.

"하아, 누구를 닮은 건지……."

느릿느릿 원래 있던 곳으로 돌아가는 리르의 뒷모습을 보던 쿄타로는 어처구니없다는 투로 그렇게 중얼거렸다. 그리고 마음을 다잡으며 현관으로 향하더니, 문을 열면서 쭉 뻗은 복도 안쪽을 향해 외쳤다.

"나 왔어~!"

그러자 복도 왼편의 장지문이 열리더니, 유키가 고개를 쏙 내밀었다.

"어라. 아빠, 돌아왔구나. 어서 와~."

그리고 활짝 웃으면서 쪼르르 뛰어오더니, 쿄타로를 꼭 끌어안았다. 사랑하는 딸의 변함없는 애정 표현에, 쿄타로는 눈을 감은 채 천장을 올려다보면서 마음속으로 감회에 찬 고함을 질렀다.

(아아, 내 딸은 세상에서 가장 귀여워!!)

이 세상의 아버지 중에는 한창때의 딸에게 미움받아서 슬퍼하는 이도 있다고 들었지만…… 이 사랑스러운 딸에게는 그런 징후가 전혀 없다. 반항기가 없는 것도 좀 신경 쓰이는 일이기는 하지만, 이 사랑스러움 앞에서 그런 것은 사소한 문제다.

딸에게 포옹을 받으며 표정이 누그러진 쿄타로도 살며시 딸을 안아줬다.

"다녀왔단다, 유키. 많이…… 컸구나."

"응? 방금 그 뜸 들임은 어떤 의미려나?"

쿄타로가 딸의 키를 살피고 약간 말을 머뭇거리자, 유키는 빙긋 웃었다.

"아니…… 키가 그다지 자라지 않은 것 같아서 말이지."

"이 사이즈라서 좋은 거야! 품에 쏙 들어오는 사이즈라 딱 귀엽거든?! 아앙?!"

유키는 자기 체격에 전혀 콤플렉스를 느끼지 않는 건지, 불량배 같은 말투로 힘차게 말했다. 시원시원하게 느껴지는 그 단호한 어조에서, 딸의 발육을 걱정하던 쿄타로 또한 고개를 끄덕이지 않을 수 없었다.

"응, 뭐……. 그래. 유키는 귀여워."

"당연하지~."

유키는 그 말을 듣고 의기양양한 표정을 짓더니, 가슴에 팔을 대며 우쭐댔다. 그 뒤편에서, 마사치카와 토모히사가 고개를 내밀었다.

"어서 와, 아버지."

"오오! 돌아왔구나, 쿄타로!"

"다녀왔어."

짤막하게 인사를 나눈 후, 마사치카는 다시 자리로 돌아갔다. 유키의 열렬한 인사에 비해, 이쪽은 참 퉁명했다.

(응…… 내 아들은 오늘도 태도가 매몰찬걸.)

오랜만에 만난 아들의 차가운 태도를 보니 좀 씁쓸했지만, 사춘기인 아이는 다들 이럴 것이다.

(그에 반해…….)

"영국은 어땠지? 미인이 많았냐? 응?"

"……아버지는 정말 여전하네."

엉큼한 미소를 머금으며 다가오는 아버지를 본 쿄타로는 뜨뜻미지근한 눈길을 보냈다. 노년기에 접어든 평범한 아버지들은 이런 느낌이 아닐 거라고 생각했다.

"당신도 참, 오랜만에 돌아온 아들한테 대뜸 한다는 소리가 그런 거예요? 어서 오렴, 쿄타로."

"다녀왔어, 어머니."

쿄타로와 마찬가지로 어처구니없다는 표정을 지으며 안에서 나온 이는 쿄타로의 어머니인 아사에다. 아내와 아들이 도끼눈을 뜨며 쳐다보고 있지만, 토모히사는 전혀 개의치 않으며 언성을 높였다.

"무슨 소리를 하는 거야! 남자라면, 이국의 땅에 발을 들인 순간부터 당연히 그 땅의 술과 미녀를 즐겨야지!"

"아버지는 술 못 마시잖아……."

쿄타로는 어처구니없다는 표정을 지었지만, 허탈한 미소를 무시무시한 미소로 바꾼 어머니를 보고 입을 다물었다.

"당신……?"

"윽!"

"마치, 그런 적이 있다는 듯한 말이군요……."

"아, 아니, 그렇지 않, 거든? 나, 나는 일편단심 아사에

뿐이야…….”

“하지만 할아버지는 전에 외국인은 골반이 동양인과 달라서 엉덩이 라인이 끝내준다고 말한 적이 있지 않아?”

“히익?! 아니, 그건 서양 쪽의…… 저기…….”

“어머나, 당신도 참. 유키한테 그런 말을 한 건가요? 정말…….”

“아니, 저기, 아사에?”

아사에가 불길한 미소를 머금으며 집 안쪽으로 들어가자, 토모히사가 허둥지둥 쫓아갔다. 여전한 부모님을 본 쿄타로는 안심과 어이없음이 반반씩 섞인 표정을 지었다. 바로 그때, 쿄타로를 돌아본 유키가 미소를 머금으며 한마디 했다.

“그런데, 실제로는 어땠어? 몸매가 끝내주는 금발 미녀는 있었어?”

“유키까지…… 뭐, 일단 짐 먼저 내려놓고 이야기하자꾸나.”

쓴웃음을 머금으며 현관 안으로 들어온 쿄타로는 왼편에 있는 다다미방에 들어가더니, 방구석에 짐을 뒀다. 그 사이에도 유키는 쿄타로를 졸졸 쫓아다니면서, 영국 미녀 이야기를 해달라고 졸랐다.

“맞아, 메이드는 봤어? 영국하면 메이드의 본고장이잖아? 리얼 메이드의 사진은 없어?”

"보긴 했는데…… 그렇게 젊지는 않았어. 메이드라기보다, 평범한 가정 도우미 같은 느낌이었지……."

"뭐어~? 쭉쭉빵빵~한 금발 미녀 메이드는 없는 거야~?"

"그런 사람은 없었던 것 같네……."

"뭐야~. 재미없어~. 우랏."

불만 섞인 목소리로 투덜거린 유키는 좌식 의자에 앉아서 스마트폰 게임에 열중하고 있는 마사치카의 다리 위에 털썩 앉았다.

"아얏, 뭐하는 거야."

"이봐~, 아버지가 돌아왔는데 스마트폰만 만지작거리지 말라고~."

마사치카가 스마트폰을 위쪽으로 피신시키며 내려다보자, 유키는 그런 그의 복부에 주먹을 날려댔다.

(여전히 사이가 좋구나.)

쿄타로는 그 광경을 훈훈한 기분으로 바라보았다. 저 또래 남매 중에는 한집에 살면서도 이야기를 나누지 않을 뿐만 아니라, 눈도 마주치지 않는 이들도 있다고 들었는데…… 이 두 사람한테는 그런 징후가 전혀 없다. 그뿐만 아니라 평소 떨어져 지내서 그런지, 함께 있을 때는 절친처럼 참 사이가 좋았다.

"하아."

미간을 찌푸린 마사치카도 나름대로 생각하는 바가 있는

건지, 유키의 주먹질을 맞아주며 스마트폰을 내려놨다. 그러자 유키는 그 스마트폰을 재빨리 낚아채더니, 마사치카의 다리 위에 벌러덩 드러누우며 화면을 조작했다.

“오, 벌써 제5장까지 갔구나. 무과금으로 열심히 하네~.”

“아무렇지 않게 남의 스마트폰 만지작거리지 마. 그리고 아까 자기가 한 말을 떠올려보지 그래?”

“응? 외국인은 골반이 동양인과 달라서 엉덩이 라인이 끝내준다는 이야기 말이야?”

“처음 듣는 소리인데?! 그건 또 무슨 소리야!”

“헉! 그럼 아랴 양과 마샤 선배도……? 아무래도 이번 합숙에서 확인해야겠네!”

“확인하긴 뭘 확인해. 빨리 스마트폰이나 돌려줘.”

“싫어~.”

마사치카가 스마트폰을 빼앗자, 유키는 몸을 90도 회전시키면서 그의 복부를 베고 누웠다.

“말은 이러지만~, 오빠도 기대되지~? 아랴 양과 마샤 선배의 수. 영. 복. 차. 림♡”

“내 허벅지에 w를 적지 마.”

“땡! 『w』가 아니라 『ω』(오메가)였습니다!”

“아무래도 상관없어!”

“으응~? 아무래도 상관없지는 않을 텐데~? 허세 부리지 마~. 실은 두 사람의 수영복 차림을 상상하며, 기대로 가슴을 가득 채우고 있잖아?"

"아니, 아무래도 상관없다는 건 그쪽이 아닌데…… 그리고 딱히 기대하고 있진 않거든?"

"흠, 확실히 하반신은 부풀지 않은 것 같꾸엑?!"

마사치카의 팔꿈치에 관자놀이를 얻어맞은 유키가 「끄오오오」 하고 신음을 흘리며 다다미 위를 굴러다녔다. 탁자 앞에 앉으면서 그 광경을 본 쿄타로는 마음속으로 이렇게 생각했다.

(아니, 사이가…… 너무 좋은 거 아냐?)

이 정도면 절친이 아니라 바보 커플이다. 무심코 「어, 너희들 사귀니?」 하고 진지한 표정으로 물어보고 싶을 지경이다.

(아니, 말도 안 돼. 만화도 아니고…….)

우리 애들이 그럴 리가 없다고 생각하며 고개를 좌우로 저은 후…… 쿄타로는 걱정을 털어내기 위해, 별것 아닌 투를 가장하며 입을 열었다.

"그런데 두 사람은 연인 같은 건 생겼니?"

쿄타로가 그렇게 묻자, 마사치카는 수상한 시선을 보냈고, 유키는 머리를 감싸 쥔 채 고개를 살짝 들었다.

"안 생겼다고……. 얼마 전에도 말했잖아?"

"나도 안 생겼어~. 딱히 만들 생각도 없지만 말이야."

(어어~~?)

이 대답 자체는 예상했다. 두 사람과는 자주 메시지를 주고받고 있으며, 그러면서 이런 말을 들은 적도 있다. 하지만 신경 쓰이는 건, 유키의 「딱히 만들 생각도 없다」라는 발언이다.

(요즘에는 중학생도 남친이나 여친을 만든다고 들었는데…… 유키처럼 귀여운 애라면, 남자들이 얼마든지 몰려들지 않을까? 아니, 물론 변변찮은 남자와 사귀길 바라는 건 아니지만 말이야!)

그런 생각을 하고 있을 때, 부활한 유키가 네발로 기는 듯한 움직임으로 슬그머니 다가왔다. 그리고 아까 전의 토모히사처럼 엉큼한 미소를 머금으며 쿄타로를 올려다보았다.

"그러는 아빠는 어때?"

"뭐가 말이니?"

"아까 이야기! 금발 미녀와는 만났어? 외교관은 파티에도 자주 참석하잖아? 영국 정부의 높은 분한테서, 괜찮은 가문의 아가씨를 소개받진 않은 거야~?"

"그 이야기구나……. 뭐, 예쁜 사람이 있긴 했어."

실제로 쿄타로는 외교관이라는 지위 때문에, 파트너를 동반하는 파티에 출석하는 일이 잦았다. 상황에 따라서는 독신 여성 후배에게 파트너 역할을 부탁하기도 했지만, 보통은 혼자서 참석했다. 그런 자리에서 「호오, 자네는 독신인가? 그럼 우리 딸을 만나보지 않겠나?」 같은 말을 듣는 일도 없지는 않았다. 하지만 쿄타로는 전부 사교적인 자리에서의 겉치레라고 생각하며 진담으로 받아들이지는 않았다.

쿄타로가 짤막하게 본론만 이야기해주자, 유키는 「뭐어~?」 하고 미심쩍은 목소리로 말했다.

"그거, 진짜로 겉치레 맞아~?"

"물론이지. 그 사람의 딸은 20대 중반이니 말이야. 농담일 게 틀림없단다."

뭐, 술에 취한 그 여성과 약간 그렇고 그런 분위기가 된 적이 없는 건 아니지만 말이다. 하지만 시기적으로 중요한 국제회의를 앞두고 있었던 만큼, 아마 미인계 같은 걸 쓰려했던 거라고 생각한다. 참고로 그때는 평소 파트너 역할을 부탁하던 후배가 급히 와준 덕분에 아무 일도 없었다. 그리고 그 후배로부터 「쿠제 씨는 술이 약하니까 저런 사람은 더 조심하세요!」라는 주의를 들었으며, 그 후로는 미인계 경계 담당을 자처하며 그 후배와 동반으로 파티에 나가는 일이 늘었지만……. 쿄타로로서는 미인계를 경계해야 하는 건 젊고 미인인 후배 쪽이 아닐까 하고 생각했다.

(하지만 그녀는 똑 부러지는 사람이고, 직무상 기밀정보를 접하지도 않을 테지만…….)

그런 생각을 하면서도 딸에게 해줄 이야기는 아니기에, 「중년의 애 딸린 이혼남 따위는 아무도 관심을 가지지 않는단다」 하고만 말했다. 이 말은 진심이며 설령 관심을 가지는 특이한 사람이 있더라도, 쿄타로는 재혼할 생각이 없다. 하지만, 유키는 물러나지 않으며 계속 캐물었다.

"그럼 미모의 중년 미망인 같은 사람은 없었어? 아빠와 마찬가지로 자식이 있어서 말이 잘 통하는 농밀한 미녀는 있었을 것 같은데 말이야."

"뭐~? 으음~, 회의에서 만난 프랑스 외교관 중에 그런 사람이 있긴 한데……."

"있는 거냐고."

"프랑스 미녀!"

마사치카의 태클과, 유키의 즐거운 목소리가 포개졌다.

"아니, 그 사람도 딸을 조국에 두고 일하러 온 것 같았거든. 그래서 말이 좀 통했을 뿐이란다."

흥분한 듯한 유키를 진정시키려고 그렇게 말했지만, 그녀는 눈을 가늘게 떴다.

"하지만 아빠는 방금 『있었다』가 아니라 『있다』고 말했지? 그 말은 지금도 어떤 식으로 교류하고 있는 거 아냐?"

"윽?! 그게……."

쿄타로는 딸의 날카로운 지적을 듣고 무심코 숨을 삼켰다. 바로 그때, 아들에게서 날카로운 공격이 이어서 날아왔다.

"그 사람, 혹시 내가 반년 전쯤에 오타쿠 굿즈를 보내줬던 상대 아냐?"

"윽?! 으, 음, 아마 그럴걸?"
"뭐? 아~! 그 편지 말이구나!!"
정곡을 찔린 쿄타로는 이유도 없이 눈을 피했다. 실은 그 프랑스 외교관의 딸이 일본 오타쿠 문화 마니아인지, 어머니를 통해 어떤 작품의 굿즈를 구해줄 수 없는지 물어왔다. 엄청난 노력을 기울여 일본어로 겨우겨우 쓴 편지로 말이다. 그 엄청난 열의를 거절하지 못한 쿄타로는 마사치카에게 오타쿠 굿즈를 구해서 보내달라고 부탁한 것이다.
그 굿즈는 일본에서라면 어렵지 않게 구할 수 있는 것들이었기에, 마사치카도 아버지를 위해 부탁을 들어줬다. 그러자 열렬한 감사 메시지를 아버지를 통해 전달받았기에, 마사치카와 유키도 그 일이 기억에 남아 있었다.
"므흐흐~. 아빠, 거짓말하면 안 되지~. 충분히 사적으로 교류하고 있잖아~."
"아, 그런 게 아니야. 그때 답례로 가볍게 식사를 같이했을 정도거든? 애초에 서로가 한 나라를 대표하고 있는 만큼, 항상 상대방의 속내를 살펴야만 한달까—."
쿄타로가 그렇게 변명했지만, 유키는 계속 히죽거렸다.
"괜찮아~. 다른 나라의 외교관끼리, 금단의 사랑에 빠져도 돼~."
"아니, 딱히 금단은 아니다만……."
"괜찮아~. 금발 미녀와 재혼하고, 상대방의 프랑스 미소녀는 별 이유 없이 이쪽으로 보내도 돼~. 오빠가 느닷없이 의붓남매가 된 금발 미소녀와 만나고 3초 만에 동거 생활을 가능하게 만들어도 돼~."

"라이트노벨도 아니고, 될 리가 없잖아."

유키가 오타쿠 뇌를 풀가동시키자, 마사치카가 뒤편에서 태클을 날렸다. 하지만 유키는 그 태클을 깔끔하게 무시하며 쿄타로에게 계속 캐물었다.

"참고로 그 프랑스인의 딸은 몇 살이야?"

"으음, 아마 열네다섯이라고 했던가?"

"호오? 즉, 의붓동생이구나. 나와 그 애의, 의붓동생 친동생 전쟁이 발발하겠어!"

"말은 그렇게 해도, 너라면 그 애와도 친해질 게 뻔하거든?"

"그리고 금발 의붓동생과 은발 동급생 사이에서, 오라버니를 둘러싼 처절한 러브 코미디 배틀이 시작되는 거네?!"

"시작 안 되니까 꿈 깨."

"음? 은발 동급생? 혹시 일전에 이야기했던, 으음……."

쿄타로가 기억을 뒤지며 말끝을 흐렸을 때, 갑자기 장지문이 텅! 하는 소리를 내며 활짝 열렸다. 그쪽을 쳐다보니, 왠지 정신적으로 지친 듯한 토모히사가 멋진 미소를 머금으며 서 있었다.

"쿠죠, 아리사 양 말이구나! 혹시 진전이 좀 있었던 거니? 응?"

그리고 정답을 입을 담더니, 구경꾼 근성을 마구 드러내며 난입했다.

"아니…… 할아버지가 기대하는 일 같은 건 전혀 없었어."

아버지와 할아버지가 호기심에 찬 시선을 보내오자, 마사치카는 질색하듯 인상을 찡그리며 고개를 돌렸다. 하지만 이 순간을 기다린 것처럼, 유키가 가십거리를 투하했다.

"오빠는 그 애와 여름 방학 숙제를 같이하고 있대. 집에서, 단둘이, 며칠이나 말이야!"

"호오~!"

"흐음~, 꽤 하는걸."

"아니, 진짜로 숙제만 할 뿐인데……."

노골적으로 흥미로워하는 세 사람을 본 질색한 마사치카는 켕기는 짓은 하지 않았다며 변명했다. 하지만, 그런다고 이 여동생이 멈출 리가 없었다.

"피고는 이렇게 말하고 있습니다만, 얼마 전에 오빠 방에 들어갔을 때……."

"누가 피고라는 거야."

마사치카의 태클을 무시한 유키는 비밀을 이야기하듯 입가에 손을 가져가더니, 쿄타로와 토모히사를 향해 몸을 내밀었다. 그리고 두 사람의 흥미를 충분히 끈 후에, 히죽 웃으면서 폭탄을 투하했다.

"오빠 침대에, 아랴 양의 은발이 떨어져 있더라니까요! 꺄아~ 대체 무슨 짓을 한 걸까! 대체 무엇~을 했으려나?! 보건 체육 공부라도 한 걸까나~?!"

"그 말은 흘려넘길 수가 없겠는걸~? 으응? 공부한 거니? 학점을 채우고 졸업한 거니?"

"안 했어~! 억측하지 말라고! 아랴한테 실례란 말이야!"

토모히사가 엉큼한 소리를 늘어놓자, 마사치카가 발끈했다. 유키는 그런 마사치카의 어깨를 살며시 손을 얹었다.

"알아. 오빠는 겁쟁이에다 동정이니까, 아랴 양을 건드리는 건 무리거든. 응, 알아."

"뭐? 시비 거는 거냐?"

"무슨 소리야. 나는 네 편이야. 그러니까 이번 합숙에서 너와 아랴 양이 가까워질 수 있도록, 어시스트해줄게. 알았지?"

"완전 쓸데없는 짓이거든?"

"일단 아랴 양의 수영복이 떠내려가는 것과 단둘이 무인도로 떠내려가는 것 중에 어느 쪽이 좋아?"

"너, 바보지? 양쪽 다 싫다고."

"오케이~. 그럼 아랴 양의 수영복이 떠내려간 후, 오빠는 회장과 함께 무인도로 떠내려가는 걸로 하자~."

"잠깐만. 뭐 그런 지옥이 다 있냐고."

"어? 그야 오빠와 아랴 양이 떠내려간다고는 말 안 했으니까…….”

“큭, 이런 초보적인 함정에 걸려들다니…… 그런 것에 수요가 있겠냐고.”

“부녀자들한테 수요가 있을걸? 그리고 여자애가 수영복 차림으로 노닥거리는 광경에 남자는 필요 없다고 주장하는 유저에게도 수요가 있겠지.”

“뭐야, 내 이야기구나.”

“그러니까, 오빠도 끼고 싶으면 우선 성전환해.”

“『우선』적인 요구 수준의 난이도가 너무 높잖아.”

“괜찮아. 평범남도 성전환하면 미소녀로 변하는 게 이 세상의 섭리거든.”

“설령 그렇더라도, 학생회 멤버한테는 뭐라고 설명할 건데?”

“어, 내 친척인 쿠제마사 치카 양이라고 소개할 수밖에 없지 않아?”

“이름에서 속일 마음이 제로네.”

“괜찮아! 나는 치카 언니라고 부를게!”

농담을 늘어놓으면서도 오빠의 연애를 도와주려 하는 유키를 본 쿄타로는 자신이 괜한 걱정을 했다는 걸 깨달았다.

(뭐야……. 역시 괜한 생각이었나. 하긴, 그렇겠지.)

친남매인 이 두 사람이 금단의 사랑을 한다는 건 바보 같은 망상이다. 잠시나마 그런 말도 안 되는 생각을 한 게 부끄러웠다.

(이 두 사람은 사이좋은 남매야. 응, 보고만 있어도 훈훈한걸.)

그렇게 생각한 쿄타로가 토모히사와 함께 두 사람을 따뜻한 눈길로 바라보고 있을 때…… 유키가 마사치카의 등을 끌어안으면서 두 팔과 두 다리로 그를 꽉 움켜잡았다.

"이봐, 뭐 하는 거야?"

"아니, 그냥…… 아빠한테도 안겼으니까, 오빠한테도 안길까 해서 말이야."

"이건 안기는 게 아니라 업히는 건데…… 그리고 무겁거든?"

"뭐? 지금 여자애한테 무겁다고 말한 거냐?"

"응, 말했어."

"이 자시이이익—!"

유키는 고함을 지르면서 입을 벌리더니, 이빨로 마사치카의 목덜미를—.

"오물오물."

"인마, 깨물지 마."

"으음~ A2랭크인가~."

"으음! 태클 날리기 어렵네……. 기왕이면 F1랭크 같은 거로 하라고."

"F1 같은 고기 등급은 없거든? 자동차도 아니고 말이야."

"뭐, 그건 알아. 하지만 보통 이럴 때는 F랭크를 붙이지 않아?"

"『여동생한테 F랭크라 무시당한 나의 학식 무쌍』처럼?"

"그래, 그런…… 잠깐만. 방금 학식이라고 하지 않았어?"

"아, 방금 그건 서브 타이틀이거든? 메인 타이틀은 『육우전생』이야."

"잡아먹히는 거냐~! 뭐 그런 작품이 다 있어?!"

"이세계에서 미노타우로스로 전생한 주인공이, 식문화가 황폐해진 학교의 식당에서 자기 육체를 조리해 만든 요리로 히로인들이 『맛있어~』 하고 외치며 노출쇼를 펼치게 만드는 작품이야."

"귀여운 여자애를 벗기면 독자들이 읽어줄 거라고 생각하지 마."

"아, 참고로 히로인은 전원이 트롤이야."

"일러스트가 엉망이겠네!"

"무슨 소리를 하는 거야. 종족이 다른 이들이 식사의 기쁨이라고 하는 모든 생물의 공통된 행복을 통해 서로를 이해하는, 감동적인 작품이란 말이야."

"동족 포식 요소만 안 들어가 있다면 말이지."

"이야기 종반에 학교 이사장의 손녀에게 남은 오른팔을 먹여주고, 『아아, 이제 나는 요리를 할 수 없구나』 하고 말하며 쓸쓸히 웃는 주인공의 모습에서는 눈물을 금할 수 없을 거라니깐."

"그런 작품은 사이코나 볼걸?"

"그리고 마지막에는 자기를 무시하던 여동생에게 최고의 심장 요리로 본때를 보여주는 거야."

"최악의 복수잖아!! 완전 질리겠거든?!"

"뭐, 여동생은 초식 미노타우로스라서 그 요리를 먹진 못하지만 말이지."

"음식물 쓰레기에 토사물을 끼얹은 듯한 찝찝함이네."

"어때? 흥미가 끓어오르지 않아?"

"응. 네 머릿속의 내용물이 끓어오르네."

노도와 같은 헛소리를 늘어놓은 유키가 깔깔 웃으면서 마사치카의 몸을 마구 흔들었다. 그 광경을 본 쿄타로는 훈훈한 미소를 머금은 채 툇마루 쪽으로 이동하더니…….

(으음, 역시 너무 사이가 좋은 거 아냐?)

곰곰이 그런 생각을 했다.

제 5 화 이상과 현실

"방학인데 이렇게 불러서 미안해."

여름 방학 기간의 학생회실. 임원들을 소집한 토우야가 사과하자, 모인 이들은 개의치 말라는 듯이 고개를 좌우로 저었다. 그리고, 마사치카가 대표로 입을 열었다.

"괜찮아요. 그것보다…… 예의, 교복 변경 건인가요?"

"응? 아, 그건 나와 치사키가 진행하고 있으니 괜찮은데……."

"그런가요? 저희가 도울 일이 있다면 돕겠어요."

"고마워. 하지만 그쪽은 정말 괜찮아. 그 대신, 너희에게 부탁하고 싶은 일이 있는데 말이지……."

"그게 뭐죠?"

토우야는 치사키를 제외한 멤버를 둘러본 후, 눈을 살짝 내리깔며 물었다.

"너희는…… 우리 학교에서 7대 불가사의가 유행하고 있다는 걸 알고 있어?"

"7대 불가사의라면…… 화장실의 하나코 양이라든가, 움직이는 인체 모형 같은 거 말인가요?"

"그래. 뭐, 내용은 좀 다르지만……."

토우야가 긍정하자, 마사치카는 딱히 짚이는 구석이 없었기에 옆에 있는 아리사를 쳐다봤다. 하지만 마사치카보다 교우 관계가 좁은 아리사가, 그가 모르는 것을 알 리가 없었다. 두 사람이 당황한 듯이 시선을 교환하는 가운데, 맞은편에 앉아 있던 유키가 입을 열었다.

"저는 몇 가지를 들은 적 있어요. 《옥상에 서 있는 누군가》, 《반전하는 석고상》, 《빨간 여학생》……이던가요."

"스오우는 알고 있구나. 그래. 그 세 가지는 7대 불가사의에 포함되지."

"흐음……. 딱히 들은 적 없네요."

"맞아. 화장실의 하나코 양이나, 밤에 저절로 소리를 내는 피아노, 늘어나는 계단? 그런 거라면 듣자마자 내용을 알겠는데 말이지."

"뭐, 고등학생 사이에서 그런 뻔한 괴담이 유행하는 것도 좀 그럴 것 같지만요……. 그런데, 그 세 가지는 어떤 내용이야?"

마사치카가 쓴웃음을 머금으며 묻자, 유키는 약간 의미심장한 미소를 머금었다.

"괜찮겠어요? 꽤 섬뜩한 이야기도 섞여 있답니다."

"어, 그래? 얼마나 무서운데?"

"전자레인지 근처에 조그마한 나사가 떨어져 있는 것만

큼 무서워요."

"그거 무지막지하게 무섭네! 아니, 그건 다른 의미에서 무서운 것 아냐?"

"후훗, 농담이랍니다."

유키는 작게 웃음을 흘리더니, 7대 불가사의의 내용을 이야기하기 시작했다.

《옥상에 서 있는 누군가》. 출입이 금지된 학교 옥상에, 때때로 누군가가 서 있는 모습이 보인다. 어찌 된 건지 흐릿하게 보이는 탓에 성별도 알 수 없지만, 그걸 목격한 학생은 하나같이, 그 누군가로부터 강렬한 시선을 받았다고 말한다.

《반전하는 석고상》. 한밤중에, 미술실에 있는 석고상의 좌우가 반전된다. 현상 자체는 그게 전부지만, 여러 미술부원이 목격했다고 증언했으며, 반전한 모습을 촬영한 사진도 존재한다고 한다.

《빨간 여학생》. 방과 후에 학교 안에서, 몸 어딘가를 다친 여학생과 마주친다. 마주친 학생 중 누구 하나 그 여학생의 얼굴을 기억하지 못하며, 며칠 안에 그 여학생이 다친 곳과 똑같은 곳을 다친다.

"흐음……."

마사치카는 유키의 설명을 듣더니, 딱히 관심 없는 듯한 반응을 보였다. 노골적으로 믿지 않는 듯한 반응이었기에,

유키는 쓴웃음을 머금었다.

"흥미가 없나 보군요."

"아니, 그게…… 어차피 소문에 지나지 않잖아? 증거 사진이 있다지만, 사진 편집 정도는 아무나 다 할 수 있는걸."

"뭐, 그건 그렇죠."

유키도 마사치카와 같은 생각인지, 고개를 끄덕이며 어깨를 으쓱했다. 애초에 유키도 7대 불가사의를 믿지는 않는 것이리라. 두 사람만이 그런 게 아니라, 다른 멤버도 쓴웃음을 짓거나 무표정한 얼굴로 흥미를 보이지 않았다. 딱 한 명을, 제외하고 말이다.

"으으…… 그 이야기, 뭐야……. 이제, 방과 후에 학교 안을 못 돌아다니겠어…………."

"어, 마샤 씨?"

두 팔로 자신의 몸을 감싼 마리야가 목을 움츠렸다. 그 표정에서는 미소가 사라졌으며, 신경질적으로 주위를 두리번거리는 모습에서는 마리야가 진심으로 무서워하고 있다는 것을 알 수 있었다. 그런 절친의 과도한 반응을 맞은편에서 본 치사키는 쓴웃음을 머금으며 말했다.

"저기, 마샤. 이건 그냥 소문이니까, 그렇게 무서워할 필요 없는데……."

"으으, 하지만, 아니 땐 용의자에 혐의가 씌워질까, 라는 말도 있잖아?"

“응? 내가 잘못 들은 거야? 아니 땐 굴뚝에 연기 날까, 아냐?”

“하하. 꽤 어려운 비유군요……. 의미 자체는 비슷하다고 생각하지만 말이에요.”

“어어?”

“정말, 마샤! 뭘 착각하고 그래…….”

마리야가 눈을 껌뻑이며 영문을 모르겠다는 표정을 짓자, 아리사는 부끄러워하며 착각을 지적했다. 그 모습을 곁눈질하던 마사치카는 치사키를 향해 뜻밖이라는 표정으로 말했다.

“그건 그렇고, 사라시나 선배는 유령을 무서워하지 않나요?”

“응? ……뭐, 하나도 안 무서워. 왜 그렇게 생각한 거야?”

“아니, 그게…… 『유령을 때릴 수 없으니까 무서워!』 하고 말하는 타입이고 생각했거든요.”

마사치카가 2차원에서 뇌가 근육인 타입의 캐릭터가 뱉는 전형적 대사를 입에 담자, 치사키는 진심으로 의외라는 듯이 고개를 갸웃거렸다.

“무슨 소리를 하는 거야? 유령은 때릴 수 있거든?”

“어?”

“어?”

“““““““어?”””””””

이 자리에 있는 여섯 명의 시선이 일제히 치사키에게 쏠렸다. 하지만 치사키는 왜 그런 표정으로 쳐다보는지 모르겠다는 듯이 당황했다. 농담기가 전혀 섞이지 않은 반응이었기에…….

"그런데 회장님. 다른 네 가지는 어떤 이야기인가요?"

"아, 저도 듣고 싶어요."

"아, 그래. 다른 이야기는……."

여섯 사람은 아무것도 듣지 못한 걸로 했다. 왠지 더 캐물었다간, 학교의 7대 불가사의는 비교조차 안 되는 심연을 엿보게 될 것만 같았다. 그래. 때릴 수 있다는 건 유령이 아닐 거야. 유령 비슷한 다른 게 틀림없어. 그런 걸로 해두자.

"으음, 내가 들은 이야기는……."

그리고 토우야가 이어서 다른 네 가지 이야기를 해줬다.

《부실 건물의 흐느끼는 소리》. 부실 건물 어딘가에서 여성의 흐느끼는 소리가 들려온다.

《행운을 부르는 계단》. 옥상으로 이어지는 계단에서 가챠를 돌리면, 높은 확률로 SSR이 나온다.

"죄송한데, 잠시 화장실 좀 다녀올게요."

"그런가요. 그럼 스마트폰을 두고 가세요, 마사치카 씨."

"아, 역시 됐어요."

"쿠제는 참 솔직한 녀석인걸."

《보이지 않는 고양이》. 교정 옆에 있는 체육 창고에서, 때때로 고양이 울음소리가 들린다. 하지만, 고양이를 본 사람은 단 한 명도 없다.

《학교 뒤편의 철겨운 벚꽃》. 학교 뒤편에 있는 벚나무는 밤에 필 때가 있다. 그때 핀 꽃이 흰색이라면 본 사람에게 행운이, 붉은색이면 본 사람에게 불행이 찾아온다.

"뭐, 스오우가 말한 것과 합치면 이걸로 딱 일곱 가지군."

토우야가 거기까지 말하고 입을 다물자, 마사치카는 골치가 아픈 것처럼 미간을 손으로 짚으며 말했다.

"으음, 회장님에게 이런 말을 해봤자 소용없겠지만…… 태클 날릴 곳이 너무 많네요. 그리고 가챠 같은 건 『7대』 불가사의로 맞추려고 넣은 거 아닐까요?"

"으음. 뭐, 그렇겠지?"

"여자의 목소리는…… 틈새 바람이나 건물이 흔들리는 소리일 테고…… 그래도 흐느끼는 소리라는 게 좀 신경 쓰이네요. 그리고, 고양이 울음소리는 고양이가 숨어들었을 뿐 아닐까요?"

"뭐, 평범하게 생각하면 그렇겠지."

"그리고, 철겨운 벚꽃? 애초에 우리 학교의 벚꽃은 전부 흰색이고…… 벚꽃의 색깔은 품종으로 정해지니까, 다른 색깔의 꽃이 필 리가 없어요."

"그건 그렇지만…… 그래서, 7대 불가사의인 게 아닐까?"

"으음…… 그래도 보는 사람에 따라 흰색이라 생각할지 핑크색이라 생각할지 정도의 차이에 지나지 않을 것 같은데요……."

이제까지 부정적인 의견을 내놓던 마사치카는 자기가 트집만 잡고 있단 사실을 자각하며 어깨를 으쓱했다.

"죄송해요. 너무 부정적인 소리만 한 것 같네요."

"아냐, 그런 비판적인 의견도 중요하거든. 신경 쓰지 마."

"그렇게 말해주시니 고마워요. 그런데, 이 7대 불가사의가 어쨌다는 거죠?"

마사치카가 그렇게 묻자, 토우야는 표정을 굳히며 팔짱을 꼈다.

"그게 말이지……. 요즘 들어 이 7대 불가사의 때문에 볼일도 없으면서 학교에 침입하는 학생이 늘었거든……."

"하아……."

"부활동을 하러 학교에 온 학생이 여기저기 좀 어슬렁거리는 정도라면 괜찮지만…… 그중에는 폐쇄된 옥상에 들어가려 하거나, 한밤중에 교내에 침입한 학생도 몇 명 있는 것 같아."

"으, 으음…… 고등학생이나 되어 가지고, 그런 짓을 하는 건가요?"

마사치카가 질린 듯한 반응을 보이자, 유키도 동의한다는 듯이 고개를 끄덕이며 의문을 표시했다.

"한밤중에 침입하다니…… 그건 불법 침입이지 않나요? 이 학교에서 그런 짓을 했다간, 그냥 넘어갈 리가 없을 텐데요……. 그 정보는, 어디서 입수하셨나요?"

"그게…… 실은, 그 상황을 실황 촬영한 동영상이 SNS의 비공개 계정에 올라온 것 같아……. 그걸 본 학생이 그저께 밀고해줬지."

"우와아…… 바보네~. 그런 녀석은 진짜 어디에나 있구나."

경우에 따라서는 외부 유출에 따른 분란에서 투고자 특정 및 관계자 공개처형 축제로 발전할 수 있는 내용이기에, 마사치카만이 아니라 아리사와 치사키도 인상을 찡그렸다. 아무래도 세이레이 학원 같은 명문고에도, 위기관리 능력이 낮은 관심병 환자가 있는 것 같았다.

"뭐, 그 영상의 관계자에게는 이미 내부적으로 엄중하게 주의를 줬어. 동영상도 삭제한 것 같으니, 일단 시급한 문제는 아니라고 생각하지만…… 이런 짓을 벌이는 학생이 또 나타나지 않을 거란 보장은 없거든. 이번에는 운 좋게 교사에게 들키지 않아서 다행이지만, 만약 교사에게 들킨다면 처벌을 피하지 못할 테지."

"그렇겠죠. 일이 커지지 않아서 다행이에요."

유키의 말에 고개를 끄덕인 토우야는 목소리의 톤을 살짝 높였다.

"그러니 말이야. 이 7대 불가사의 소문이 잦아들도록,

학생회에서 이걸 조사하는 건 어떨까?"

"조사…… 그럼 원인 규명을 한 후……『전부 헛소문이었다』라는 정보를 퍼뜨려서 학생들이 더는 관심을 가지지 않게 하려는 건가요?"

"그래, 스오우. 솔직히 말해, 날조한 증거라도 상관없어. 예를 들어 체육 창고의 울음소리 같은 건, 어디서 데려온 고양이의 사진을 찍어서 고양이를 발견했다는 걸로 둘러대도 되는 거지. 목적은 7대 불가사의의 정체를 밝히는 게 아니라, 밝혀진 것으로 가장하려는 것이거든. 아무튼, 한시라도 빨리 이 7대 불가사의 소문을 끝내고 싶어."

"실은 검도부 부원들도 그런 이야기를 하더라니깐……. 뭐, 그 애들이 불법 침입을 할 거라고는 생각하지 않지만, 좀 신경이 쓰이긴 해……."

치사키가 그렇게 말하자, 마사치카는 마음속으로『아니, 그건 사라시나 선배가「유령은 있다」같은 발언을 한 탓인 건……』하고 생각하면서도 고개를 끄덕였다.

"알았어요. 확실히 이것도 학생의 자치(自治)라 할 수 있을 테니, 학생회의 역할이긴 하겠죠."

마사치카가 그렇게 말하자, 다른 멤버도 동의의 뜻을 밝혔다. 누구 한 명 빠지지 않고 협력 의사를 밝히자, 토우야는 안심한 것처럼 표정을 누그러뜨렸다.

"고마워. 그럼 바로 조사를 시작할까 하는데……. 미안하지만, 나와 치사키는 이제부터 예의 교복 건으로 협의를 하러 가야 하거든……."

"미안해. 협의가 오후로 잡혀서, 오늘은 참가 못 할 것 같아……."

토우야와 치사키가 진심으로 미안해하는 표정을 짓자, 다른 다섯 명은 개의치 말라는 듯이 한마디씩 했다.

"아뇨, 괜찮아요. 그쪽이 더 중요한 일이니까요. 합숙 때도 회장님의 별장에서 신세를 질 예정이니, 이 정도는 해야죠."

"네. 많은 인원이 필요한 일도 아니니, 이 일은 맡겨주세요."

"이 일은 저희가 대처할 테니까, 걱정하지 마세요."

"다른 분들의 말씀대로입니다. 무운을 빌겠습니다."

"여기는 괜찮으니까, 너희는 그쪽 일을 힘내. 나, 나도…… 무섭지만, 힘낼게!"

다른 이들이 응원해주자, 두 사람은 미소를 머금었다. 그리고 그 후, 구체적으로 어떻게 움직일지 상의하기 시작했다.

"그럼 흩어져서 조사하도록 할까……. 하지만, 절반 이상은 저녁 이후에나 조사할 수 있겠네."

"그렇군요……. 죄송하지만, 저와 아야노는 귀가 시간이 정해져 있어서……."

"아, 그건 어쩔 수 없지. 그럼 저녁 이후의 조사는 나와 아랴와 마샤 씨가 해야겠는데……."

"나는 괜찮아."

"으, 응. 알았어."

"세 사람 다 미안해. 선생님에게 허가는 내가 받아두지. 대외적으로는 침입자가 있었다는 걸 숨기면서, 7대 불가사의로 불안을 느끼는 학생이 있다는 걸로 둘러대야겠어."

"그게 좋겠네요. 부탁드릴게요."

그 후에 몇몇 사안을 논의한 후에 일단 회의를 종료했다. 그리고 휴식을 취한 후에 실제로 조사를 하러 가기로 했다.

"아, 쿠제."

"네?"

휴식 시간을 이용해 다들 화장실에 가거나 음료를 사러 간 가운데, 화장실에 다녀오려던 마사치카는 등 뒤에서 말을 걸어온 치사키를 돌아보았다. 그러자 그녀는 가방에서 무언가를 꺼내서 내밀었다.

"받아. 빌려줄게."

"이건……."

치사키가 내민 것은…… 바로 염주였다. 게다가 반짝이는 흑요석 구슬로 된, 딱 봐도 본격적인 느낌의 염주였다.

(무슨 뜻이지?!)

학교 여자 선배가 염주를 빌려준다고 하는 영문 모를 상황에 부닥친 마사치카는 그대로 굳어버렸다. 마사치카가 당황한 걸 눈치챈 건지, 치사키는 덧붙여 설명했다.

"저기, 만에 하나 **진짜**가 나타나면 쓰라고 빌려주는 거야."

"어어? 진짜라니…… 어, 설마 진짜 유령이 나온다는 소리예요? 그것보다 쓰라니, 대체 어떻게……."

양손으로 잡고 구슬을 넘기면서, 염불이라도 외우라는 걸까. 만화 같은 데서 스님이 유령을 쫓는 장면을 떠올린 마사치카는 그렇게 생각했다.

"어떻게 쓰냐니……."

그러자 치사키는 거꾸로 당황한 듯한 표정을 짓더니, 염주를 오른손 손가락에 둘렀다. 마치 너클이라도 끼듯이 말이다.

"이걸, 이렇게……."

"……호오."

그리고 염주를 두른 손가락을 꾹 말아 쥐더니, 허공을 향해 주먹을 날렸다.

"그리고, 이렇게!"

"아하."

즉, 두들겨 패라는 건가. 염불을 외울 시간이 있으면 그 시간에 두들겨 패라는 것이다. 역시 근육은 모든 문제를 해결해주는 걸까.

“아, 다가가는 게 어려울 때는 뜯어서 구슬을 손가락으로 튕겨서 날리는 것도 괜찮아.”
“구슬 날리는 게 무슨 필수 과목이라도 되는 것처럼 말하네요. 뭐, 오타쿠라서 날릴 줄은 알지만요.”
“오오, 그럼 이야기가 빠르지. 그럼 이걸 빌려줄게. 이 『연양법련벽개주(連陽法蓮劈凱珠)』로, 여자애들을 지켜줘.”
“이름도 라스트 던전에서 얻는 아이템 같네요. 괜찮으려나~. 장비 레벨이 충분하려나~.”
“걱정하지 마. 역량이 부족해도, 수명을 다소 빨릴 뿐이야.”
“뭐야~. 그럼 안심이네!”
마사치카는 「꺄하~☆」 하는 웃음이 어울릴 듯한 어조로 그렇게 말한 후, 염주를 조심조심 넘겨받았다.
(대체 이 사람은 왜 이렇게 멋진 미소를 지으며 저런 소리를 하는 걸까…….)
어디까지 진심이고 어디까지 농담인지 여전히 알 수 없는 선배 탓에 전율한 마사치카는 「절대 이걸 쓰지 말아야지」 하고 마음속으로 굳게 다짐했다.

◇

“자, 그럼 조사를 시작해볼까요!”
“무슨 소리를 하는 거야. 이미 하나는 조사를 마쳤잖아.”

옥상으로 이어지는 계단에서, 아리사가 어처구니없다는 표정으로 태클을 날렸다. 그러자 마사치카는 동공이 활짝 열린 무시무시한 미소를 머금으며 뒤돌아보았다.

"하하하. 무슨 소리를 하는 거야? 이제부터 조사를 시작할 거잖아."

"아니…… 그러니까, 방금 이 계단의—."

"아무 일도 없었거든? 그래. 매일 광고를 봐가며 겨우겨우 모은 돌 오천 개가 순식간에 증발해버리다니, 그건 환상이 틀림없거든?"

"하아……."

마사치카가 온 힘을 다해 현실도피를 하고 있을 때, 옆에 있던 유키가 자신만만한 미소를 머금었다.

"후, 후훗……. 소문이 거짓이라고 단정 짓기엔, 아직 시행 횟수가 부족하죠. 그렇게 생각하지 않나요……?"

"안 됩니다, 유키 님. 여기서부턴 바닥없는 늪이에요."

마사치카와 마찬가지로 동공이 활짝 열린 채 미소를 머금으며 현질을 하려고 하는 유키를, 아야노가 침착하게 뜯어말리고 있었다. 두 사람은 대폭사를 했다. 아니, 평소보다 운이 나빴던 것 같은 느낌마저 들었다.

조사를 시작하자마자, 공포와는 전혀 다른 요인으로 두 사람의 정신력이 폭락했다. 평소 소설 게임 같은 걸 하지 않는 마리야는 그 모습을 보더니, 약간 난처한 미소를 머금었다.

“으음, 괜찮아? 달래줄까?”

“달래줄 필요 없어.”

“그렇습니까?”

“키미시마 양도 괜한 짓 하지 마!”

그렇게 몇 분이 흐른 후에야 겨우 멘탈이 회복된 마사치카는 아리사의 「저렇게는 되고 싶지 않아……」 하고 말하는 듯한 차가운 시선을 깔끔하게 무시하더니, 계단 위를 손가락으로 가리켰다.

“그럼, 옥상으로 GO!”

“왜 그렇게 기운이 넘치는 거야…….”

“아니, 당연하잖아? 학교 옥상은 낭만 덩어리인걸.”

“뭐가?”

아리사는 이해가 안 된다는 듯이 미간을 찌푸렸지만, 옆에 있는 마리야가 깊이 고개를 끄덕였다.

“이해해~. 옥상은 참 좋잖아~. 왠지, 멋진 일이 일어날 것만 같다니깐.”

“후후후. 확실히 청춘 소설을 보면 주인공들이 자주 옥상에 모이죠.”

가슴이 뛰는 듯한 마리야가 환한 목소리로 그렇게 말하자, 유키도 기품 있게 웃으면서 기대감을 드러냈다. 아야노는 공기 상태였다.

"뭐, 그런 거야. 게다가 평소에 봉쇄되어 있다는 것도, 비밀기지 느낌이 나서 좋잖아~."

"흐음, 그래?"

마사치카가 기묘한 열기가 어린 시선으로 옥상을 둘러보자, 아리사는「더는 못 어울려주겠네」하고 말하는 투로 가볍게 한숨을 내쉬었다.

"뭐, 아무래도 좋으니까 원래 목적을 잊진 말아 줄래?"

"그래, 알겠다고……."

아리사의 충고에 대충 답한 마사치카는 계단을 올라가더니, 옥상 입구의 문을 꼼꼼히 살펴봤다.

"으음~ 문에는 이상 없네. 손잡이나 자물쇠가 부서지지도 않았으니까, 침입은 무리…… 아닐까?"

"맞아~. 학생이 함부로 들어가는 건 무리라고 생각해."

주위를 얼추 살펴본 후, 열쇠 없이는 침입이 불가능하다는 결론을 내렸다.

"좋아! 그럼 들어가자!"

"응~. 그럼 열게~."

그리고 드디어 마리야가 교무실에서 빌려온 열쇠로 문을 열자, 옥상으로 이어지는 문이 열렸다.

"오오~."

아직 한 번도 들어가 본 적이 없는 옥상으로의 길이 열리자, 마사치카는 기대감에 찬 목소리를 냈다. 그리고 눈이 부신 햇살 탓에 눈을 가늘게 뜨더니—.

"더럽네!!"

낭만이라고는 눈곱만큼도 없는 광경을 보고, 인상을 찡그렸다.

뭐, 청소를 안 했을 테니 당연하다면 당연하겠지만…… 옥상 전체는 시꺼먼 무언가로 뒤덮여 있고, 곳곳에 새똥이 떨어져 있으며, 철조망 아래에는 녹색 이끼가 자라고 있었다. 청결함이라고는 눈곱만큼도 찾을 수 없는 광경이었다.

"우와아……."

"……이건, 상당하군요."

"으으…… 꿈도 희망도 없어……."

옥상에서 낭만을 찾던 세 사람은 그 환상이 무참하게 박살 나자, 의기소침하고 말았다. 그중에서도 유독 풀이 죽은 마리야를 어처구니없다는 듯이 쳐다본 아리사는 원래 목적을 이야기했다.

"그런데, 어떻게 할 거야? 7대 불가사의 대책으로서는…… 여기 나타난 누군가가 평범한 인간이었다고 설명하는 게 가장 좋지 않을까?"

"그, 래요……. 역시 이 교정 쪽 철조망 부근에 발자국을 남긴 후에, 그걸 촬영하는 게 좋지 않을까요? 그 사진과 함께, 옥상에 업자가 출입했다는 정보를 흘리는 거죠. 학생의 출입이 불가능한 만큼 다른 선택지는 없고, 거꾸로 업자의 존재를 부정할 수 있는 사람도 없을 테죠."

"뭐, 그게 타당하려나……. 그것 말고는 할 수 있는 게 없고 말이야."

유키의 제안에 고개를 끄덕인 마사치카가 얼굴을 들어보니, 다른 네 사람이 자기를 쳐다보고 있다는 것을 눈치챘다.

"……어, 나보고 하라는 거야?"

"신발 크기를 생각하면, 그럴 수밖에 없지 않을까요?"

"체중이 무거운 편이 발자국도 잘 남지 않을까? 그렇게 동경하던 옥상에 발을 들일 수 있어서 좋지 않아?"

차기 회장 후보 두 사람은 완벽한 호흡을 선보이며 마사치카를 궁지에 몰았다. 맞는 말을 하는 것 같지만, 그저 더러운 옥상에 발을 들이기 싫다는 본심이 뻔히 보였다.

"으으……. 여기를, 신발 신고 들어가란 말이야?"

하지만, 그건 마사치카도 마찬가지다. 아니, 누구라도 이렇게 더러운 장소에 들어가서 발자국이 남을 만큼 발에 힘을 주고 싶지 않을 것이다. 그래서 다른 방법이 없는지 찾으며, 도움을 청하는 눈길로 마리야를 쳐다봤지만…….

"으으, 옥상에서 불꽃놀이…… 돗자리를 깔고 점심 식사…… 숨어서 몰래 담배……."

……아무래도, 여전히 산산이 조각난 꿈을 좇고 계신 것 같았다. 그런데, 담배는 여러모로 문제 있지 않나.

"……저기, 그럼 제가 대신 할까요?"

이어서 쳐다본 아야노가 그렇게 말하자, 마사치카에게는 이제 선택지가 없었다.

"아냐. 내가 할게……."

그리고 1층에 내려가서 신발을 가져온 마사치카는 한여름 하늘 아래에서 땀을 뻘뻘 흘리며, 옥상에 발자국을 남겼다.

(과거를 통틀어도, 이렇게 비참한 학생회 업무가 존재했을까…….)

아래편을 쳐다보니, 교정에서는 운동부가 상큼한 땀을 흘리고 있었다. 그리고 위편을 쳐다보니, 새가 자유롭게 하늘을 날고 있었다. 아아, 정말 기분 좋아 보였다. 하지만 옥상을 더럽힌 것만은 절대 용서 못 한다.

"마사치카 씨~? 계속 걸어야 하지 않을까요~?"

너도 마찬가지야. 누구 아이디어로 내가 이 꼴이 된 건지 알긴 하는 거냐, 이 녀석아.

(하아, 정말…….)

더러운 현실에 낭만이 박살 난 상태에서, 비참한 일을 강요당한 탓에…… 여러모로 욕구 불만 상태가 된 마사치카는, 충동적으로 《학교 옥상에서 하고 싶었던 일 랭킹》 제11위를 실행에 옮겼다. 크게 숨을 들이마신 후에 철조망을 향해 달려가더니, 교정에 다가가…….

"청춘은, 바보 멍청이—!!"

"바보는 너야."

실행에 옮긴 직후, 아리사의 매몰찬 말을 듣고 그대로 격침됐다.

제 6 화 창고와 밀실

"하아, 정말 부끄럽다니깐."

"충동적으로 저질러 버렸어……."

옥상에서의 작업을 마친 후, 마사치카는 아리사와 함께 교정으로 향했다. 두 사람은 체육 창고로 향하고 있었다.

남은 다섯 가지 소문 중, 낮에 조사할 수 있는 건 《보이지 않는 고양이》와 《부실 건물의 흐느끼는 소리》다. 이 두 장소는 두 팀으로 나뉘어서 조사하기로 한 것이다.

기본적으로 선거전 페어로 나뉜 후, 조사 범위의 넓이를 고려해서 마리야를 부실 건물 쪽으로 보냈다.

"충동적으로 고함을 지른 거야? 그래선 그냥 위험천만한 사람이잖아."

"……아니, 아래편까지는 들리지 않도록 조절해서 소리를 질렀거든?"

그런 이야기를 나누는 사이, 두 사람은 체육 창고에 도착했다. 무거운 금속 문을 열자 먼지를 가득 머금은 공기가 흘러나왔기에, 두 사람은 반사적으로 인상을 찡그렸다. 입구를 통해 스며든 빛이 공기 중에 떠도는 먼지를 확연하게 비추고 있었다. 딱 봐도 안에 들어가면 건강이 나빠질 것 같았다.

"우와……. 이 안을 조사해야 하는 거야?"

"……불만 있어도 어쩔 수 없잖아. 빨리 시작하자."

마음을 굳게 먹으며 안에 들어간 두 사람은 고양이 울음소리가 들리는지 확인하기 위해 들려오는 소리에 귀를 기울였다.

"……."

"……."

—아.

"앗! 방금, 뭔가 들렸어!"

"뭐? 어느 쪽이야?"

"좀 조용히 해봐!"

마사치카는 아리사의 곁으로 다가가서 함께 귀를 기울였지만…….

"좋아~, 한 번 더!"

"기합 잔뜩 넣고 가자~!"

""""예에에에엡!!""""

"하아, 정말! 밖이 너무 시끄럽네! 마사치카, 문 닫아!"

"아, 넵."

아리사가 짜증 섞인 목소리로 한 말에 따라, 마사치카는 무거운 미닫이문을 닫았다. 그러자, 바람이 통하지 않게 된 창고 안이 한층 더 후덥지근해진 듯한 느낌이 들었다. 하지만 잠시만 참으면 된다고 여기며 소리에 집중했다.

"……."

"……."

하지만 20초가량 귀에 모든 신경을 집중했지만, 들리는 것이라고는 운동부의 목소리뿐이었다. 이윽고, 아리사가 불만 섞인 목소리로 중얼거렸다.

"이제 안 들려……. 하아~, 정말. 아까는 들렸는데……."

"뭐, 그럼 일단 문을 열자……. 이 안은 덥고, 어둡잖아."

그렇게 말해 아리사를 달랜 마사치카는 미닫이문을 열려고…….

터엉!!

"어?"

열리지 않았다. 문 사이로 약간의 틈만 생기더니, 꿈쩍도 하지 않았다.

"어라? 왜 그래?"

"아니, 잠깐만……."

혹시나 하는 마음에 손잡이를 양손으로 잡고 모든 체중을 실어 당겨봤지만, 역시 열리지 않았다.

"어, 거, 거짓말……."

"……진짜야."

아리사가 초조와 의심이 반반씩 섞인 표정을 지으며 다

가오자, 마사치카는 그녀에게 자리를 양보했다.

하지만, 다른 사람이 당긴다고 해서 문이 열릴 리가 없었다.

바로 그 타이밍에, 마사치카의 스마트폰이 가볍게 진동했다. 꺼내서 확인해 보니, 유키에게서 메시지가 와 있었다.

『안녕하세요. 어느 한 곳 나무랄 데 없을 만큼 잘난 여동생, 유키 양입니다.』

마사치카는 그 메시지를 보자마자 스마트폰을 확 집어던지고 싶어졌다. 하지만 꾹 참으면서 다음 메시지가 오기를 기다렸다. 그러자, 곧 다음 메시지가 도착했다.

『아랴 양을 집으로 불러놓고도 아무 짓도 못 한 얼간이 오빠를 위해, 제가 멋진 이벤트를 준비했답니다.』

……아니, 얼마 전에 데이트 비슷한 것을 하긴 했다.

도중에 기억이 날아가 버렸지만 말이다. 하지만 유키가 그걸 알 리가 없으니 태클을 날리지 않기로 했다.

『전통적인 러브 코미디의 정석 이벤트와 요즘 일부 업계에서 인기 있는 정석 이벤트를 융합한, 이름하여「야한 짓을 하지 않으면 나갈 수 없는 체육창—.』

"우랏!"

마사치카는 더는 못 읽겠다는 듯이 스마트폰을 내던져버렸다. 높이뛰기에 쓰이는 거대한 파란색 매트에, 마사치카의 스마트폰이 그대로 파묻혔다. 그와 동시에, 갑작스러운 괴성에 놀란 아리사가 흠칫하듯 어깨를 떨며 돌아보았다.

"뭐, 뭐야? 왜 그래?"

"……아무것도 아냐. 유키와 연락이 안 되어서 울컥했을 뿐이야."

실은 연락이 됐지만 말이다. 하지만 범인에게 연락을 취해봤자 구해줄 리가 없다. 지금 생각해 보면, 아리사가 들었다는 고양이 울음소리도 수상하다. 그것도 유키가 스마트폰으로 낸 거라고 생각하는 게 자연스럽다.

이 모든 것은 마사치카와 아리사가 직접 문을 닫게 하기 위한 계략이다. 그리고 밖에서 문을 잠가서 두 사람을 가둔 것이다.

(동생아아아아아아—!!)

마사치카는 소리를 내지 않기 위해 이를 악물더니, 마음속으로 절규를 토했다. 그러고 있을 때, 또 스마트폰에 메시지가 도착했다.

『안심해. 더위 먹지 않도록, 적당한 타이밍에 풀어줄게.』

(그거 되게 고맙네!)

『그러니 그사이에, 찌찌라도 좀 주물러두라고. 아니면 진짜로 그렇고 그런 짓을 해도 되거든?』

(그런 짓을 할 리가 없잖아~!!)

깨문 이빨 사이로 거친 숨이 새어 나오는 가운데, 마사치카는 스마트폰을 주웠다. 그러자 아리사는 주위를 둘러보며 말했다.

"……틀렸어. 마샤와도 연락이 안 돼."

"……그렇구나."

마사치카는 거기까지 예상했다.

유키가 거기까지 손을 쓰지 않았을 리가 없다. 어쩌면 밖에 있는 운동부에게도 「창고 쪽이 좀 시끄럽겠지만, 개의치 말아주세요~」 하고 말해뒀을 가능성마저 있다.

그러니, 마사치카로서는…….

"……뭐, 학생회 그룹에 메시지를 올려놨잖아. 부실 건물 쪽의 조사가 끝나면 이쪽으로 올 테니까, 그때까지 기다릴 수밖에 없겠네."

……하고, 말할 수밖에 없었다.

"기다린다니…… 고함을 질러서 외부에 도움을 청하면 되지 않을까?"

"관둬. 어차피 들리지도 않을 테고, 괜히 목이 말라서 덥기만 할 거야."

"으……."

수분 보급 수단이 없다는 사실에, 아리사도 입을 다물었다. 그 후로도 10초 정도 탈출할 방법이 없는지 묵묵히 생각해 보는 것 같았지만, 별다른 아이디어가 떠오르지 않은 건지 어깨를 으쓱했다.

"……그럼 도와줄 사람이 올 때까지 고양이나 찾아보자."

"되게 성실하네."

"성실한 게 아니라, 원래 그러려고 온 거잖아. 그리고 아까 고양이 울음소리가 분명 들렸단 말이야."

"으음, 아니…… 그건……."

마사치카는 그것도 유키가 꾸민 짓일 가능성이 크다고 생각했다. 하지만 확증이 없는 데다 그렇게 추측하는 근거를 이야기할 수도 없기에, 마사치카는 고개를 끄덕일 수밖에 없었다.

그것을 소극적 긍정이라고 받아들인 건지, 아리사는 문 옆에 있는 스위치를 눌러서 우선 형광등을 켜려고 했다. 하지만…….

"……어머?"

"맞다, 여기는 형광등이 나갔었지……."

천장에 두 개 달린 형광등 중 하나는 완전히 불이 들어오지 않았고, 남은 하나는 연노란색 빛을 어슴푸레하게 뿜으며 조명의 역할을 거의 수행하지 못하고 있었다.

문이 닫힌 이 상황에서, 제대로 된 빛이라고는 벽의 높은 곳에 설치된 창문뿐이다.

덕분에 서로의 모습은 보이지만, 창고 벽 쪽은 어둑어둑했다.

"……자, 이렇게 어두워선 고양이를 찾는 건 무리야. 그냥 얌전히 있자고."

"그럼 스마트폰의 불빛으로 찾으면 되잖아. 자, 빨리 찾아보자."

"아니, 저기……."

마사치카가 설득해 보려 했지만, 아리사는 우등생답게 고양이를 찾기 시작했다.

이렇게 되면 마사치카도 농땡이를 부릴 수 없었기에, 어쩔 수 없이 수색을 시작했다. 두 사람은 좌우로 흩어져서 고양이의 흔적을 찾기 시작했다. 그리고 약 5분 후…….

"더워 죽겠네!"

고양이는 고사하고 울음소리조차 들려오지 않는 가운데, 창고 안의 찜통 같은 공기를 견디다 못한 마사치카는 교복 외투를 벗었다.

넥타이도 풀어서 근처에 있던 공을 넣어두는 바구니에 걸쳐둔 후, 셔츠 앞섶을 펄럭거렸다.

"하아……. 현재 진행 중인 여름 교복 변경이 참 기다려지네……."

"……맞아. 솔직히 너무 더워."

딱히 대답을 기대하지 않으면서 한 혼잣말에 아리사가 긍정적인 답변을 해주자, 마사치카는 그녀를 힐끔 쳐다봤다. 그러자, 아리사 또한 마사치카와 마찬가지로 교복 외투를 벗었다.

그리고 리본 타이도 풀더니, 어깨끈을 풀어서 점퍼스커

트의 상반신 부분만 반쯤 벗은 상태가 된 아리사는 가볍게 한숨을 내쉬며 손으로 얼굴에 부채질을 했다.

(으…….)

그 모습을 보고…… 한 달쯤 전에 학생회실에서 있었던 일…… 최면술 사건을 떠올린 마사치카는 말로 형용할 수 없는 거북함을 느꼈다.

그런 마사치카의 시선에 뭔가를 느낀 건지, 문뜩 그와 시선이 마주친 아리사는 미간을 살짝 찌푸리면서 자기 몸을 감싸듯 상체를 돌렸다.

"저기…… 이쪽을 너무 쳐다보지 마."

"아, 응. 미안해……."

딱히 옷차림에 문제가 있다고는 생각하지 않는다. 복장 자체만 본다면 일반적인 학교의 여름 교복과 별반 다를 게 없는 것이다. 이제까지 입고 있던 것을 벗었을 뿐인데, 왠지 묘하게 선정적으로 보이는 건 어째서일까.

(하아~ 정말. 이렇게 됐으니 고양이 찾는 데나 집중하자고.)

그렇게 결심한 마사치카는 다시 수색을 개시했다. 하지만…….

"……아무 데도 없네."

이곳저곳을 열어보거나 치우며 살폈지만, 고양이가 보이지 않았다. 뭐, 7대 불가사의의 제목이 《보이지 않는 고양이》인 만큼, 그게 당연한 걸지도 모른다.

"그럼 위쪽에 있나……?"

마사치카는 자기 머리 높이에 있는 선반을 쳐다보면서 인상을 찡그렸다.

그곳에는 운동회에서 쓰일 법한 조그마한 컬러 콘이나 바퀴가 휘어진 라인기, 안에 뭐가 들었는지 알 수 없는 종이 상자 등…… 평소 잘 쓰이지 않는 물건이 잔뜩 놓여 있었다. 저 물건들 중에서 하나만 꺼내는 것도 정말 성가신 일이 될 것만 같았다.

(……아니, 어차피 저녁때까지 조사할 거라면 그때 셋이서 하는 편이 낫지 않아?)

일부러 이렇게 더운 상황에서 찾을 필요는 없지 않을까……하고 생각한 마사치카는 아리사에게 의견을 묻기 위해 고개를 돌렸다.

"이봐, 아—."

그리고 벽 쪽에 뒤죽박죽으로 놓여 있는 허들 아래편에 몸을 집어넣고 그 안을 뒤지는 아리사의 모습이 눈에 들어오자, 그대로 숨을 삼켰다.

허들끼리 부딪치며 덜컹덜컹하는 소리가 들려오는 가운데, 아리사의 엉덩이가 실룩거리고 있었다. 스륵, 스륵하며 움직이는…… 치맛자락. 등에 허들이 닿지 않도록 상체를 숙여서 그런지, 꽤 아슬아슬…… 아니다. 지금은 서 있어서 보이지 않지만, 마사치카가 몸을 숙인다면 그녀의 팬티가 보일 것이다.

(……맙소사.)

뜻밖에도 아리사의 팬티 노출 이벤트가 벌어지려 하자, 마사치카의 입가가 굳었다.

창고 안의 후덥지근한 공기 안에서 실룩거리고 있는 아리사의 엉덩이는, 마치 자신을 유혹하고 있는 것처럼 느껴졌다.

어둠 속에서 어렴풋이 보이는 새하얗고 탱글탱글한 허벅지를 타고 흘러내리는 땀방울이 너무나도 선정적이었다. 아아, 저 땀은 대체 어디서 흘러나온 것일까. 이 눈으로 확인하고 싶—.

"……으흠!"

마사치카는 격한 헛기침 같은 소리를 내면서 자기 이마를 주먹으로 때려서, 엉큼한 생각을 떨쳐냈다. 그리고 숨을 토하면서, 더위 탓에 익어버린 뇌를 진정시키려 했다.

(진정해……. 팬티 노출이라는 건 어디까지나 우발적인 이벤트야. 자기가 의도적으로 그걸 보려 한다면, 그건 노출이라 할 수 없어! 그저 훔쳐보는 것에 지나지 않는다고!)

이게 그런 문제인 거냐는 태클을 받을 듯한 논법으로, 마사치카는 자기 자신을 꾸짖었다. 주먹을 박아 넣듯이 자기 이마를 눌러대면서, 마사치카는 아리사의 치마를 노려봤다.

(아무리 빈틈투성이일지라도, 훔쳐보려 하는 건 쓰레기나 할 짓이야! 아랴와의 신뢰 관계를 파괴하는 행위라고……. 그러니, 나는 절대 그런 짓을 하지 않겠어! 절대로…… 그건 그렇고, 각선미가 끝내주네.)

니삭스의 압박을 받으면서도 말랑말랑해 보이는 허벅지가 정말 섹시했다. 그런 두 허벅지가 맞부딪치면서 육감적으로 그 형태를 바꾸는 모습을 눈으로 계속 좇았다.

(……응. 이건 훔쳐보는 게 아냐. 그러니…… 세이프겠지?)

마사치카는 이마에 주먹을 댄 채, 머릿속이 몽롱한 상태에서 아리사의 다리를 뚫어지게 쳐다봤다. 바로 그 타이밍에 손안의 스마트폰이 진동하자, 마사치카는 흠칫했다. 마치 수업 중에 졸다가 걸린 듯한 반응이다.

허둥지둥 시선을 좌우로 돌린 후에 스마트폰을 확인해 보니, 또 유키에게서 메시지가 와 있었다.

『네발로 기고 있는 아랴 양의 엉덩이 라인을 보고, 사타구니가 불끈불—.』

마사치카는 거기까지 본 후, 아무 말 없이 스마트폰의 화면을 껐다. 그리고 맹렬한 거북함과 부끄러움을 느끼며, 유키가 어딘가에서 보고 있지 않나 싶어 주위를 둘러보—.

"……꺄, 꺄앗!"

느닷없이 새된 비명이 들려오자, 마사치카는 반사적으로 고개를 돌렸다.

그러자, 아리사는 허들이 덜컹거릴 정도로 다급하게 기어 나오려 하고 있었다.

그런 앞뒤 가리지 않는 움직임에, 아리사의 치마가 격렬하게 펄럭였다.

"읏?!"

진짜로 팬티가 보이려 하자, 마사치카는 고개를 치켜들었다. 하지만 아리사는 그런 것을 전혀 개의치 않으면서 새하얗게 질린 얼굴로 뛰어오더니, 양손으로 마사치카의 팔을 끌어안았다.

"뭐, 뭐야?! 왜 그래?!"

"쥐, 쥐, 쥐가……!"

"뭐? 쥐……?"

미간을 찌푸리며 아리사를 쳐다보자, 고개를 든 그녀와 시선이 마주쳤다.

아리사는 그제야 자신이 마사치카에게 매달려 있다는 사실을 눈치챈 건지, 깜짝 놀란 듯한 눈길로 자신의 손을 쳐다본 후에 그의 팔을 놨다.

그리고 소름을 참듯 두 손으로 자신의 몸을 감싸더니, 공포와 혐오에 일그러진 얼굴로 허들 아래를 바라봤다.

"저, 안쪽에…… 죽은, 쥐가……."

"……으윽, 진짜야?"

동물의 사체라고 하는 생리적 혐오감을 느끼게 하는 단

어를 듣자, 마사치카도 인상을 찡그렸다. 하지만, 아리사가 「네가 직접 확인해봐」 하고 말하는 듯한 눈길로 쳐다보자…… 그는 투덜대면서 허들 쪽으로 향했다.

"영차……."

네발로 기는 듯한 자세로 허들 아래편으로 들어간 마사치카는 머뭇머뭇 스마트폰의 불빛으로 벽 쪽을 비췄다. 그러자…….

"윽……!!"

오른편, 줄다리기에 쓰는 거대한 줄 뒤편에 있는 그것을 발견한 마사치카는 신음을 흘렸다. 그리고 허둥지둥 허들 밖으로 빠져나가더니, 아리사의 곁으로 돌아갔다.

"……진짜로 있지?"

"그래. 진짜로 있네. 으으~ 기분 나빠."

마사치카는 쥐를 제대로 본 적이 없다. 본 적이 없기에, 쥐가 불결하다는 인상만 막연하게 가지고 있었는데…… 그런 쥐가 썩어 들어가고 있는 광경을 보자, 혐오감밖에 느껴지지 않았다.

"으으……. 하지만 이건 고양이가 있다는 증거 아닐까? 뭔가에 물린 듯한 흔적이 쥐한테 있었던 것 같은데……."

"그, 그래……. 하지만 저걸 찍어서 증거 사진으로 쓸 수는 없지 않아?"

"당연하지. 모자이크를 하더라도 아비규환일 거야…….

아니, 아무도 체육 창고에 들어가려고 하지 않을걸?"

두 사람은 양손을 문지르며 몸부림쳤다.

이건 7대 불가사의와는 다른 타입의 공포 체험이었다.

등골이 오싹하는 것과 동시에 온몸에서 진땀이 뿜어져 나오자, 마사치카는 빠른 걸음으로 외투를 걸쳐둔 곳으로 가서 와이셔츠를 벗어 던졌다.

"으으~~ 기분 나빠! 진땀이 나네!"

그리고 내의만 걸친 상태에서 바지 호주머니에서 손수건을 꺼내더니, 목덜미와 가슴에 난 땀을 닦았다.

"저, 저기……! 갑자기 옷 벗지 마!"

"응?"

아리사가 초조한 목소리로 그렇게 말하자, 마사치카는 땀을 닦으면서 그녀를 돌아보았다. 그러자 아리사가 어둠 속에서 안절부절못하며 시선을 사방으로 돌리는 모습이 눈에 들어왔다.

"아, 더는 안 벗을 거야. 그리고 어두워서 잘 안 보이잖아?"

"잘 보이진 않지만…… 그런 문제가 아니잖아."

"아니, 이번 합숙에서는 수영복 차림이 될 거잖아? 즉, 상반신 알몸……."

"저, 저기, 이런 밀실에서 갑자기 옷을 벗으면, 어떤 여자애라도 경계할 거란 말이야!"

아리사가 그렇게 말하자, 마사치카는 말문이 막혔다.

확실히 밀실에서 단둘뿐인 상황에서 남자가 갑자기 옷을 벗는다면, 여자는 위험하다고 여길지도 모른다. 설령 그 남성이 잘 아는 상대일지도 말이다.

"……그건 그래. 미안해. 내가 무신경했네."

"어, 으, 응……. 알았으면, 됐어……."

마사치카가 순순히 고개를 숙이자, 아리사는 거북한 듯이 그리 대꾸했다. 그리고 러시아어로 작게 중얼거렸다.

【가슴이 두근두근, 떨렸단 말이야…….】

(경계하는 의미에서……, 맞지?)

즉시 머릿속으로 적절한 해석을 덧붙인 마사치카는 그 말을 깔끔하게 무시했다. 몇 초 동안 체육 창고 안에서 말로 형용할 수 없는 미묘한 분위기가 흘렀다. 하지만 마사치카는 그 분위기를 바꾸려는 듯이 히죽 웃으며 말했다.

"하지만 연약한 여자애라면 몰라도, 아랴가 그렇게 말하니, 영 납득이 안 되네."

"뭐, 그게 무슨 소리야?!"

"아니, 너는 밀실에서 남자를 두들겨 팬 전과가 있으니까……."

"그, 그건, 저기……."

며칠 전에 마사치카의 방에서 있었던 일을 떠올린 아리사는 말끝을 흐렸다. 그대로 몇 초 동안 아까보다 더 안절부절못하며 사방을 쳐다본 후, 아리사는 마사치카를 노려보았다.

"네가, 무드를 망치는 짓을 해서 그런 거잖아!"

"으, 응? 그랬나?"

"그래!"

아리사는 딱 잘라 그렇게 말하더니, 이 이야기는 이걸로 끝이라는 듯이 고개를 휙 돌렸다. 아리사가 그렇게 억지로 이야기를 끝내버리자, 마사치카는 「그런 걸로 해둘까」 하며 쓴웃음을 머금……

【좀, 제대로 해줬다면…… 나도…….】

아리사가 갑자기 러시아어로 그렇게 중얼거리자, 마사치카의 미소가 딱딱하게 굳어버렸다.

(어라? 이건 또 무슨 의미지?)

나도…… 뭘 어쨌다는 걸까. 무드를 망치지 않았다면? 뭐가 어떻게 됐을 거란 말일까.

어둠 속에서는 아리사의 표정이 잘 보이지 않았다. 보이지 않지만, 평소처럼 머리카락을 만지작거리는 걸 보면 아리사는 분명 지금…….

"야옹."

""어?!""

바로 그때, 오른쪽 위편에서 들려온 고양이 울음소리에 놀란 두 사람은 튕기듯 돌아보았다. 그러자 선반에 쌓여 있는 종이 상자 위에 검은 고양이 한 마리가 있었다.

"""……."""

"……."

갑작스러운 대면에, 마사치카와 아리사는 소리조차 내지 않으며 고양이를 응시했다. 고양이로서도 이것은 의도치 않은 조우였던지, 「뭐가 있네?!」 하는 느낌으로 두 사람을 가만히 응시하고 있었다. 그렇게 몇 초 동안 시선을 교환한 후…….

먼저 정신을 차린 마사치카가 고양이 사진을 찍기 위해 스마트폰을 들어 올리자, 고양이가 몸을 앞쪽으로 웅크렸다. 그리고 순식간에 임전 태세를 취한 고양이를 본 마사치카가 움찔하고부터 0.5초 후, 고양이는 몸을 뒤집으며 종이 상자 뒤편으로 몸을 숨겼다.

"앗……."

얼이 나간 목소리를 낸 후, 허둥지둥 고양이가 있던 장소로 다가갔다. 그리고 고양이가 숨어 있던 종이 상자를 치우자…… 환한 빛이 쏟아져 들어온 탓에 반사적으로 눈을 가늘게 떴다.

"어? 이게 뭐야?"

거기 있는 것은 벽에 뚫려 있는 네모난 구멍…… 그리고, 아래쪽을 향해 벌어져 있는 레인 커버 같은 것이었다. 가볍게 점프해 보니, 그 구멍을 통해 바깥의 지면이 보였다.

"어어~? 원래는 환기구라도 달려 있었던 건가……?"

왠지 그런 느낌이 들었다. 유심히 살펴보니, 구멍 가장

자리에 뭔가가 달려 있었던 흔적이 남아있었다.

"이곳을 통해 드나든 걸까?"

"뭐, 그런 것 같네……."

옆으로 온 아리사를 향해 그렇게 말한 마사치카는 별생각 없이 그녀를 쳐다봤다가…… 몇 초 동안 얼어붙은 후, 아무 말 없이 시선을 돌렸다. 왜냐하면…….

(어~~마어마하게 비쳐 보이네.)

그렇게 된 것이다. 구멍을 통해 들어온 빛이 아리사의 상반신을 비추자, 더위 탓에 흘린 땀과 공포 탓에 흘린 식은땀에 축축하게 젖은 와이셔츠가 몸에 달라붙으면서 노란색 레이스가 비쳐 보였다. 게다가 와이셔츠가 피부에 완전히 밀착되면서 드러난…… 곡선이, 엄청났다. 사춘기 남자애한테는 너무 자극적인 몸매였다.

(팬티 구경을 안 했더니, 브래지어 구경을 하게 된 건에 대해서.)

마사치카는 뜻밖의 사태 탓에 머릿속으로 어이없는 독백을 늘어놨지만, 아리사는 전혀 눈치채지 못한 채 구멍을 통해 불어 들어온 바람을 쐬며 숨을 들이마셨다.

"후, 좀 시원해졌어."

마사치카는 몸이 더 달아오르는 것만 같았다. 뜻밖의 이벤트 탓에 머릿속이 또 끓어오를 것 같지만, 일단 눈에 안 좋은 광경을 더 보지 않기 위해 아무 말 없이 종이 상자를 원래 위치에 뒀다. 그리고「시원한데, 왜 막는 거야?」하고 말하는 듯한 아리사의 시선을 눈치채지 못한 척하며, 고양이를 찾느라 옮긴 것들을 원래 위치로 되돌려놓기 시작했다.

"……뭐, 울음소리의 범인은 발견했고…… 저 구멍을 막으면, 더는 침입하지 못하겠지."

"응? 그래."

마사치카가 갑자기 목소리 톤을 낮추자, 아리사는 고개를 갸웃거리면서 뒷정리를 도왔다. 그렇게 몇 분 동안 얼추 정리를 끝냈을 때, 밖에서 유키의 목소리가 들려왔다.

『마사치카 씨, 아랴 양? 어머? 왜 문이 잠긴 거죠……?』

마사치카가 듣기에는 뻔뻔하기 그지없는 목소리가 들려온 후, 찰칵찰칵하며 잠금장치가 풀리는 소리가 들려왔다. 그러자 마사치카는「하아, 드디어 해방인가」하며 어깨를 으쓱……하려다, 문제가 발생했단 것을 눈치챘다.

(잠깐만 있어 봐……. 이대로 아랴를 밖으로 내보내는 건 위험해!)

십중팔구 없겠지만 만에 하나라도 근처에 남자가 있다면 사고가 발생할 것이며, 그런 일이 안 벌어지더라도 유키가 본다면 그걸 가지고 놀릴 게 뻔하다. 분명 나중에「자, 어땠어? 속옷이 훤히 비치는 아랴 양과 단둘이 있으니까, 기분이 어땠냐고~. 응?」하며 놀려댈 게 틀림없다!

(어어, 어쩌지?! 어떻게든 아랴가 몸을 가리게 해야……

하지만, 어떻게 그럴 건데? 애초에 지적할 수가 없잖아! 하지만 지적을 안 하곤 일을 풀어나갈 수 없고, 가능한 한 원만하게, 아아, 시간이 없어—!)

2초 동안 맹렬한 기세로 뇌를 회전시킨 후…… 마사치카는 근처에 있던 자신의 교복 외투를 움켜쥐더니, 등 뒤에서 아리사에게 걸쳐줬다.

"어? 왜 그래?"

그리고 의아한 표정으로 돌아보는 아리사에게, 상냥한 미소를 지었다. 갑자기 자애에 찬 눈동자가 자신을 향하자, 아리사는 어깨를 움찔하며 눈을 치켜떴다.

두 사람의 시선이 밀접한 상태에서 뒤엉켰다. 서로의 숨결마저 느껴질 정도로 가까운 거리였다. 그 모습은 마치, 비에 젖은 여자애에게 남자애가 자기 상의를 걸쳐주는 가슴 콩닥거리는 장면 같았다. 자기 어깨에 닿은 두 팔의 감촉을 느낀 아리사는 마치 등 뒤에서 포옹을 받는 듯한 착각에 사로잡혔다.

평소 같으면 정조의 위기라 여겨도 이상하지 않을 상황이다. 하지만, 아리사는 꼼짝도 하지 않았다. 그저 눈을 치켜뜬 채, 마사치카가 걸쳐준 교복 외투를 꾹 움켜잡았다. 그런 아리사를 더욱 상냥한 눈길로 쳐다보며, 마사치카는 온화한 어조로 말했다.

"아가씨…… 브래지어가 비쳐 보입니다으끄억?!"

그리고, 말을 끊으며 날아온 따귀를 맞고 그대로 날아갔다.

"그그그, 그런 건 빨리 말해, 이 바보야!!"

아리사가 비명에 가까운 목소리로 그렇게 외친 순간, 유키가 문을 열었다. 그리고 높이뛰기용 매트에 파묻혀 있는 마사치카를 보더니, 눈을 깜빡였다.

"으음, 이게 대체—."

"흥!!"

유키가 의문을 풀기 위해 입을 열었지만, 화난 아리사가 거친 발걸음으로 다가오자 허둥지둥 비켜섰다. 그리고 학교 건물 쪽으로 사라지는 그녀의 등을 몇 초간 응시한 후, 갑자기 납득했다는 듯한 목소리로 이렇게 말했다.

"아하. 브래지어가 비쳐 보인 거구나."

"너의 그 예리한 감은 어떻게 되어 먹은 거야?"

"훗, 나는 러브 코미디의 파동을 감지할 수 있는 러브 코미디 센스를 소유했지……."

"진짜냐……. 그런 건 어디에 써먹는 거야?"

마사치카는 어처구니없다는 투로 그렇게 말하며 매트에서 몸을 일으켰다. 그리고 능글맞은 눈웃음을 흘리고 있는 여동생이 무슨 말을 하기도 전에, 선수를 치듯 입을 열었다.

"보이지 않는 고양이를 찾았어. 출입구도 알아냈지."

"……진짜? 어디야?"

마사치카는 흥미가 생긴 듯한 유키를 데리고, 체육 창고의 뒤편으로 향했다.

"저기 봐. 언뜻 보면 환기구 같지만, 실은 환기구가 없어서 안으로 드나들 수 있더라고."

"흐음……."

마사치카가 벽면에 있는 레인 커버를 손가락으로 가리키며 그렇게 말하자, 유키는 생각에 잠긴 표정으로 주위를 둘러보더니…… 갑자기 뭔가를 눈치챈 것처럼 움직임을 멈췄다.

"어? 왜 그래?"

"……저기, 저쪽으로 고양이가 드나드는 걸 실제로 봤어?"

"응? 뭐……. 실제로 그 광경을 보진 못했지만, 전후 사정을 생각하면 저기로 드나들었을 것 같아……. 저기 말고는 드나들 곳이 없었거든."

마사치카가 그렇게 말하자, 유키는 천천히 고개를 들면서…… 진지한 표정으로 불쑥 말했다.

"어떻게?"

"뭐?"

"어떻게, 저기로 드나드는데?"

그 말을 듣고 다시 살펴보니, 체육 창고 뒤편은 완전한 평지라서 발판이 될 만한 게 없었다. 그리고 지면에서 환기구까지의 거리는 적어도 1.5미터 이상은 되어 보였다.

"그러고, 보니……."

그 사실을 눈치챈 마사치카는 등골이 오싹해졌다. 이건 설마, 의미를 알고 보니 무서운 이야기란 걸까…… 하고 생각한 바로 그때였다. 왼쪽의 경사면에서 희미한 소리가 들리자, 마사치카와 유키는 동시에 그쪽을 돌아보았다.

"아……."

그러자, 아까 목격했던 검은 고양이가 눈에 들어왔다. 경사면의 수풀 안에서 「너희는 뭐냐」 하고 말하는 듯한 눈길로 두 사람을 쳐다보고 있었다.

그렇게 몇 초 동안 시선을 마주한 후……. 이번에야말로 고양이를 찍자고 생각한 마사치카는 재빨리 스마트폰을 들어 올렸다. 그리고 동영상 촬영을 시작한 직후, 체육 창고 쪽을 쳐다본 고양이가 엄청난 기세로 달리기 시작했다.

마치 자칼을 쫓는 치타 같은 움직임으로 맹렬히 달리더니, 체육 창고 앞에서 점프했다. 그대로 벽면에 들러붙더니, 아무렇지 않게 **벽을 뛰어올라갔다.** 콘크리트 벽을, 마치 닌자처럼 후다닥 말이다.

""……저 고양이, 완전 대박이야!""

참고로 이때 찍은 영상은 나중에 SNS에서 엄청 화제가 됐다.

제 7 화 성좌와 정좌

"……으음, 그럼 이만 가볼까, 요?"

교내에서의 부활동이 끝나는 오후 일곱 시. 학생회실에서 편의점 도시락으로 저녁 식사를 마친 후, 마사치카는 머뭇머뭇 좌우를 둘러봤다.

"으, 응……."

"빨리 끝내자."

딱 봐도 겁에 질린 듯한 마리야는 떨리는 목소리로 그렇게 말하며 주먹을 들어 보였다. 그리고 별일 아니라는 표정으로 팔짱을 낀 아리사는 약간 안절부절못하듯이 손가락으로 자신의 팔뚝을 톡톡 두드리고 있었다. ……출발 전부터, 불안이 엄습하고 있었다.

"으음. 마샤 씨, 괜찮아요? 딱 봐도, 괜찮지 않아 보이는데……."

"으, 응~? 그렇지 않거든? 나, 힘낼게!"

희미하게 눈가가 질린 마리야가 입술을 꽉 깨물며 두 손을 말아 쥐었다. 의욕은 충분해 보였고, 쳐다보고 있기만 해도 훈훈한 느낌이 감돌지만……

"아니, 힘낸다고 말하는 것만 봐도 전혀 괜찮지 않은 것 같은데……."

그 발언은, 이미 겁에 질렸다는 것을 인정하는 발언이었다. 그런 태도만 봐도 앞날이 걱정됐지만, 마사치카는 「부탁이니까, 무리는 하지 마세요」라고 말한 후에 반대편에 있는 아리사를 쳐다봤다.

"그런데, 아랴는 괜찮아?"

"응? 괜찮아. 나는 마샤 같은 겁쟁이가 아니거든."

아리사는 한쪽 눈을 살짝 치켜뜨더니, 어이없다는 눈길로 마리야를 쳐다봤지만…… 왠지 태연한 척하고 있을 뿐인 것처럼 보이는 건 기분 탓일까. 하지만 이제 와서 그걸 지적해봤자 소용없을 것이기에, 마사치카는 한숨을 삼키며 학생회실의 문을 열었다.

그러자 인체 감지 센서가 반응하면서 복도의 조명이 켜졌다. 그러자 마사치카는 어깨를 으쓱하며 등 뒤를 돌아보았다.

"봐요, 마샤 씨. 불이 켜져요. 그리고 밖은 그렇게 어둡지 않으니까, 괜히 무서워할 필요 없어요."

"응……."

마사치카의 말을 듣고 고개를 끄덕인 마리야는 머뭇거리며 복도로 나섰다. 그리고 아리사 또한 어처구니없는 표정을 지으며 복도로 나온 후에 문을 닫았다.

“그럼 우선 미술실에 가본 후에 학교 뒤편으로 가볼까요……. 그러고 나서 《빨간 여학생》을 찾기 위해 학교 안을 돌아보는 걸로 하죠.”

“아, 알았어.”

“응, 그러는 게 좋겠네.”

두 사람이 고개를 끄덕이자, 마사치카는 앞장을 서려—.

“아, 기다려!”

……던 순간, 누군가가 그의 오른손을 움켜잡았다. 고개를 돌려보니, 마리야가 금방이라도 울음을 터뜨릴 듯한 표정으로 창문 쪽을 힐끔힐끔 쳐다보고 있었다.

“먼저 가지 마~. 무섭단 말이야~.”

“……아니, 그러면 학생회실에 남아서 기다려도 되는데…….”

“혼자 있다간 표적이 될 게 분명해!”

“뭐한테요?! 학교 괴담은 딱히 호러물 같은 게 아니거든요?!”

마리야가 평소와 다르게 빠른 말투로 비명처럼 그렇게 외치자, 살인귀에게 쫓기는 호러물로 착각한 게 아니냐는 태클을 날렸다. 하지만 마리야는 정신이 나간 것처럼 창문 쪽을 몇 번이나 쳐다보고 있었다. 마사치카의 손을 움켜쥔 가녀린 손 또한, 공포 탓에 부들부들 떨리고 있었다.

“나, 알아……. 이럴 때는 느닷없이 밖에서 확 덮쳐들지?”

"아니, 이번 괴담은 딱히 학생을 공격하는 타입이 아닌데……. 하아, 이러면 되겠어요?"

마사치카는 한숨을 내쉬면서 마리야의 옆, 그녀를 창문 쪽으로부터 지켜주는 위치로 이동했다. 그러자 아리사도 한숨을 내쉬며 마리야의 다른 쪽 옆으로 이동했다.

"……자. 이걸로 교실에서 뭐가 튀어나와도 안심되지? 뭐, 튀어나올 리가 없지만 말이야."

"으, 응……. 고마워, 아랴."

마라야는 어색하게 고개를 끄덕이더니, 아리사의 왼손을 꼭 움켜쥐었다. 그 탓에 아리사는 한순간 눈을 치켜떴지만, 마리야의 머리 너머로 마사치카와 눈이 마주치자 체념한 듯이 어깨를 으쓱했다.

마리야는 좌우에 선 마사치카, 아리사와 손을 맞잡았다. 가운데 선 사람이 키가 작아서 그런지, 구도만 보면 부모 자식 같았다. 실은 가운데 선 사람이 가장 나이가 많지만 말이다.

"그러고 보니…… 호러물의 정석 중에는, 손을 맞잡고 있던 양옆의 사람이 어느새 다른 무언가로 바뀌는…… 죄송해요."

마사치카가 작은 목소리로 한 말을 들은 마리야가 믿기지 않는 걸 본 듯한 눈길로 뚫어지게 쳐다보자, 그는 바로 사과했다.

하지만 마리야는 갑자기 놀란 표정을 짓더니, 아리사 쪽을 돌아보았다. 그리고, 머뭇머뭇 말을 걸었다.

"아랴……? 진짜, 아랴 맞지?"

"그래. 마사치카의 농담 좀 믿지 마."

아리사가 어처구니없다는 투로 그렇게 말하자, 마리야는 갑자기 러시아어로 말을 건넸다.

【그럼, 자기 몸에서 가장 눈에 띄는 점은 어디 있어?】

【……뭘 그런 걸 묻는 거야?】

【괜찮잖아. 어차피 쿠제는 알아듣지 못하는걸.】

아니, 알아듣는다. 똑똑히 알아듣지만…… 아리사는 마사치카를 힐끔 쳐다보더니, 고개를 홱 돌리며 작은 목소리로 말했다.

【……오른쪽 허벅지 안쪽의 점이야.】

(……호오.)

뭐, 그게 어쨌다는 건지 모르겠지만 말이다. 굳이 따지자면「아랴한테도 점이 있구나……」정도의 이야기다. 하지만…… 무심코, 치마에 가려진 허벅지에 눈길이 갔다. 그와 동시에, 낮에 체육 창고에서 있었던 일을 떠올리며「흐음, 점이 있었나?」하고 머릿속으로 검증하고 말았다.

"응! 진짜 아랴가 맞네!"

하지만 그렇게 외친 마리야가 갑자기 자신을 돌아보자, 마사치카는 허둥지둥 고개를 들었다. 고개를 드는 타이밍이 늦었던 것 같은 느낌이 들지만…… 마리야는 딱히 개의치 않는지「으음~」하고 신음을 흘리며 고개를 갸웃거렸다.

"그럼, 쿠제는…… 쿠제는……."

그렇게 몇 초 동안 생각에 잠긴 후……. 마리야는「대~앵」하는 효과음이 어울릴 듯한 쇼킹한 표정을 지으며 손을 입가에 댔다.

"어, 어쩌지?! 쿠제가 진짜인지 가짜인지 분간할 질문이 생각나지 않아!"

"아…… 응."

"아랴는? 아랴는 좋은 질문 생각 안 나?!"

"뭐어……?"

아리사는 귀찮다는 듯이 인상을 찡그렸지만, 마리야가 너무 필사적이었기에 잠시 생각에 잠겼다. 그리고 문뜩 뭔가가 생각난 표정을 짓더니, 입가에 심술궂은 미소를 머금으며 마사치카를 쳐다봤다.

"그럼…… 네가 내 선거전 파트너가 되겠다고 했을 때, 구체적으로 어떤 말을 했는지 가르쳐줄래?"

"그, 그걸 말하라는 거야?"

"왜 그래? 진짜라면 대답할 수 있을 거 아냐."

아리사가 노골적인 미소를 머금자, 마사치카의 볼이 딱딱하게 굳었다.

(그래, 기억하고 있어……. 엄청 부끄러운 소리를 했다는

걸 말이지! 그 대사를 이 자리에서 다시 읊으라는 거냐!)

아리사가 본인 확인이라는 구실로 어마어마한 수치 플레이를 요구하자, 마사치카는 질문의 변경을 요구하려다…… 마리야가 울먹거리는 표정으로 자신과 슬그머니 거리를 벌리는 모습을 보고, 입을 다물었다. 마치 「아, 아니지? 거짓말이지?」라고 말하는 듯한 애절한 눈길로 쳐다보니, 본능적으로 어떻게 해주고 싶어졌다.

(하아…… 쳇. 각오할 수밖에 없나.)

이럴 때는 부끄러워하는 쪽이 지는 것이다. 오히려 당당히 말해준다면 상대방이 반대로 부끄러워하는 법이다.

(말하라고 한 사람은 너야……. 후회하지나 말라고. 받아라!)

마음을 다진 마사치카가 헛기침을 한 후에 진지한 표정을 짓더니, 정면에서 아리사를 쳐다보며 말했다.

"『이제 너를 외톨이로 만들지 않겠어. 앞으로는 내가 옆에서 네 버팀목이 될 거야』라고 했었지?"

"……『더는 너를 외톨이로 만들지 않겠어. 이제부터는 내가 옆에서 네 버팀목이 되어줄게』였거든?"

"어, 아, 네."

자신이 우쭐거리며 한 말을 아리사가 불만 어린 표정으로 정정하자, 마사치카는 민망해졌다. 그 직후, 맹렬한 수치심에 사로잡히며 얼굴을 새빨갛게 붉혔다.

(으, 어? 진짜야? 잠깐, 왜 단어 하나하나까지 정확하게 외우고 있는 건데? 우와, 부끄러워서 미치겠네!)

자신의 흑역사 어록을 타인이 똑똑히 기억하고 있다는 사실, 그리고 그만큼 소중한 기억으로 아리사가 뇌에 새겨뒀다는 사실에 마사치카는 머릿속으로 미친 듯이 몸부림쳤다.

"왜, 왜, 갑자기 얼굴을 붉히는 거야……."

노려보며 그렇게 말한 아리사도 뒤늦게 수치심이 밀려온 건지, 볼이 발그레해졌다. 그것을 자각한 건지, 아리사는 시선을 돌리면서 얼버무리듯이 마리야를 쳐다봤다.

"자, 마사치카도 진짜라는 걸 확인했으니까…… 이만 가자."

아리사는 아무 일도 없었다는 표정으로 그렇게 말했지만…… 마리야는 아까와 다르게 기분 좋은 듯한 미소를 머금으며 고개를 갸웃거렸다.

"아라, 귀여워."

"뭐, 뭐어? 뭐가 말이야?"

"응, 청춘이네~. 아, 맞다. 그럼 이렇게 하자."

마리야는 그렇게 말하며 양손으로 잡고 있던 마사치카와 아리사의 손을 잡아당기더니, 반쯤 억지로 두 사람이 손을 잡게 했다.

"자, 친한 사람끼리 손을 잡고 가는 거야~."

"왜 그래야 하는데?!"

"저기, 이야기가 갑자기 달라진 것 같지 않아요?"
연이어 태클을 날린 후, 마사치카와 아리사는 부리나케 손을 놨다.
그러자 마리야는 훈훈한 미소를 머금으며 눈을 살짝 내리깔았다.
"정말~. 두 사람 다 부끄럼쟁이라니깐……."
"저기, 영문을 모르겠거든?"
"애초에, 마샤 씨가 무섭다며 손을 잡자고 했잖아요?"
"맞아~. 그러니까, 두 사람이 손을 잡아~."
"죄송한데요. 뭐가 『그러니까』인지 모르겠는데요."
"접속사 좀 제대로 써주겠어?"
마리야가 핵심인 이유 부분을 생략하자, 두 사람은 그 점을 지적했다. 하지만 마리야는 거꾸로 불만 섞인 표정을 짓더니, 마사치카의 반대편으로 가서 그의 왼손을 움켜잡았다.
"정말, 그런 소리를 하면 내가 쿠제와 손잡을 거야~."
"아니, 대체 왜 그렇게 되는 건데요?!"
"마, 말이 안 통해……."
마사치카는 어이없다는 투로 그렇게 외쳤고, 아리사는 머리가 지끈거리는지 이마를 손으로 짚었다. 하지만 마사치카의 왼손을 잡고 우쭐대는 마리야를 본 두 사람은 결국 이해하는 것을 포기했다. 그리고 지친 듯한 시선을 교환하더니, 누가 먼저랄 것 없이 다시 손을 맞잡았다.

"자, 그럼 출발~!"

그 모습을 보고 만족한 마리야는 기분 좋은 듯이 앞을 손가락으로 가리켰다. ……오른손으로 마사치카의 손을 잡은 채 말이다.

"……."

한순간, 「내가 손을 잡으면 자기는 손을 놓는 거 아니었어?!」라고 말하는 것처럼 한쪽 눈을 치켜뜬 아리사는 삐친 듯한 눈길로 마리야를 쳐다봤다. 하지만 이래봤자 소용없다는 것을 곧 눈치채더니, 한숨을 내쉬며 앞을 바라봤다.

"그럼, 가자……. 빨리 끝내버리는 거야."

"……오케이~."

마찬가지로 체념의 경지에 이른 마사치카는 공허한 눈길을 머금으며 걸음을 뗐다. 오른손으로는 약간 서늘하고 가녀린 아리사의 손을, 왼손으로는 따뜻하고 부드러운 마리야의 손을 쥔 채 말이다.

(어? 뭐야, 하렘인가? 와아~, 양손의 꽃~. 내 인생에 봄이 찾아왔어~.)

머릿속으로 멍청한 소리를 하면서도, 마사치카는 꽤 긴장했다. 아리사와 손을 잡은 적이라면 몇 번 있지만 셀 수 있을 정도이며, 마리야와 손을 잡은 건 처음이다. 그런데 이렇게 두 사람과 동시에 손을 잡으니, 마사치카는 어쩌면 좋을지 알 수가 없었다. 팔을 흔들어야 할까, 손바닥에 땀은 나지 않았을까, 걷는 속도는 이 정도면 될까, 애초에 제대로 손을 잡기는 한 걸까. 그런 것들이 너무 신경 쓰인 나머지, 앉지도 서지도 못했다.

(이, 이건 그거야……. 그냥, 빨리 끝내는 편이 나은 상황이라고.)

왠지 기분이 좋아 보이는 마리야, 그리고 약간 언짢아 보이는 아리사 사이에 끼인 마사치카는 빨리 조사를 마치기로 결의했다. 그 결과…….

"미술실! 이상 없음! 다음!"

"학교 뒤편의 벚나무! 꽃 안 피었음! 다음!"

"너무 대충 아냐?!"

마사치카가 제대로 살펴보지 않고 바로 결론을 내놓자, 아리사가 태클을 날렸다. 하지만 마사치카는 개의치 않았고, 태연한 표정으로 어깨를 으쓱했다.

"애초에 이상이 없다는 걸 확인하기 위한 조사니까, 이래도 괜찮지 않아? 증거 사진도 찍어놨잖아."

"그건, 그렇지만……."

타고난 성실녀인 아리사는 납득이 안 된다는 듯한 표정을 지으며 불만을 표시하듯 말끝을 흐렸다. 하지만 마사치카를 사이에 두고 반대편에 있는 마리야를 힐끔 쳐다보더니, 불만 대신 한숨을 내쉬었다.

"마샤…… 이제 그만 무서워하는 게 어때?"

"어, 하, 하지만……."

아리사가 무모한 요구를 하자, 마리야는 한심한 소리를 내며 어깨를 움츠렸다. 그리고 드디어 어두워지기 시작한 주위를 무섭다는 듯이 둘러보더니, 마사치카에게 다가갔다. 그러자 아리사는 미간을 찌푸렸다.

"하지만, 이제부터 조사할 불가사의…… 정말 무서운걸. 무서워하지 말라는 건 무리야~."

자세한 내용을 이야기하는 것조차 무서운 건지, 마리야는 말끝을 흐리며 마사치카에게 그대로 다가가더니…… 그대로 몸을 밀착시켰다. 오른손으로 마사치카의 왼손을 잡은 채, 왼손으로 마사치카의 팔을 꼭 움켜잡았다. 그러자 두 사람의 팔이 완전히 밀착되면서, 마사치카의 팔꿈치가 마리야의 가슴에 쏙~ 들어갔다. 그러자 마사치카의 얼굴에서 핏기가 싹~ 사라졌고, 아리사의 미간은 확~ 찌푸려졌다.

"……빨리 가자."

짜증 섞인 목소리로 그렇게 말한 아리사는 성큼성큼 걸으며 마사치카의 팔을 확 잡아당겼다. 그런데도 마리야는 마사치카의 팔에 찰싹 달라붙어서 한사코 떨어지지 않았고, 어깨 너머로 그 모습을 본 아리사는 미간을 더욱 찌푸렸다. 아리사는 그대로 거칠게 발걸음으로 옮기며 건물 안으로 들어가더니, 성큼성큼 복도를 나아갔다.
“이봐. 좀 천천히…….”
“뭐야. 건물 안을 돌아보기로 한 것 아니었어? 빨리 돌아보고 끝내자.”
“뭐, 그건 그렇지만…….”
앞장서며 재촉하는 아리사에게서 위화감을 약간 느낀 마사치카는 머뭇거리며 물었다.
“……혹시, 무리하는 거 아냐?”
“…….”
마사치카가 지적하자, 그의 손을 잡은 아리사의 손이 움찔했다. 그런데도 아리사가 돌아보지 않자, 마리야는 작은 목소리로 중얼거렸다.
“아랴는 허풍쟁이라니깐…….”
“어, 뭐야. 역시 무서운 거야?”
“……아니거든?”
아리사는 아무렇지 않다는 투로 말했지만, 역시 돌아보지는 않았다. 그리고 어느새, 걷는 속도가 느려졌다. 마사치카가 쫓아가서 옆에 서자, 아리사는 표정을 숨기려는 듯이 고개를 돌렸다.
“……너, 무서운 걸 질색했어? 작년에 문화제를 준비하면서 담력 시험을 했을 때만 해도 멀쩡해 보였는데…….”
“그러니까, 무섭지 않단 말이야…….”

아리사가 고개를 돌린 채 부정하자, 마리야가 설명해줬다.

"아랴는 말이지~. 그냥 놀래주거나 하는 건 괜찮지만, 스토리 있는 공포물을 무서워해~."

"아하……. 너, 상상력으로 직접 부풀리면서 두려워하는 타입이구나."

마사치카가 이해했다는 투로 그렇게 말하자, 아리사는 마리야를 확 노려본 후에 고개를 돌렸다. 참 알기 쉬운 반응이었기에, 마사치카는 「그럼 무리도 아닌가」 하고 생각하며 쓴웃음을 머금었다.

그도 그럴 것이, 7대 불가사의 중에서 이 《빨간 여학생》은 다른 것과 비교해서 현실감이 어마어마했다. 그 유명한 입 찢어진 여자나 상반신 귀신 같은 것처럼, 상세한 목격 정보까지 존재했다.

이야기에 따르면, 그 여학생은 방과 후에 학교 건물 안에 나타난다. 세이레이 학원의 교복을 입었으며, 리본 색깔은 녹색이다. 검은 머리카락을 허리까지 길렀고, 몸 어딘가에서 피가 흘러나오고 있기에 《빨간 여학생》이라 불린다.

그녀와 마주치더라도, 다친 곳이 걱정되어 말을 걸거나 부축해주면 안 된다. 만약 그런 짓을 하면, 그 여학생은 「고마워, 이제 괜찮아」 하고 말하며 사라진다. 그리고 그 말을 들은 이는 며칠 안에 그 여학생과 같은 부위를 다치게 된다. 그렇다. 마치 《빨간 여학생》의 상처가, 그대로 옮겨온 것처럼…….

(뭐랄까, 다치기만 하고 죽지 않는다는 점이 묘하게 리얼하다니깐……. 게다가 며칠 안이라는 점이 불확실한 느낌을 증폭시킨달까…….)

게다가 진짜인지 거짓말인지는 모르지만, 그 여학생과 마주쳤을 때의 대처법도 존재했다.

우선, 절대 다가가면 안 된다. 그리고, 서둘러 건물 밖으로 나가는 것이다. 평범한 학생과 분간하는 방법은 아까 말한 특징 외에도 인체 감지 센서가 반응하지 않는다는 특징이 있으니, 어두운 복도에 우두커니 서 있는 여학생을 보면 주의하라……고 한다.

(뭐, 이 대처법은 솔직히 말해 대충 갖다 붙인 느낌이지만…… 그래도, 실제 피해자가 있다고 들었어.)

토우야의 말에 따르면, 피해자에 관한 정보를 두 건 입수했다고 한다. 첫 번째는 작년 11월에 벌어졌다. 오른발을 다친 《빨간 여학생》과 마주친 육상부 남학생이 사흘 후에 아킬레스건이 끊어지는 부상을 입었다.

두 번째는 올해 6월에 벌어졌다. 교복의 복부 부분에서 피가 배어 나오는 《빨간 여학생》과 마주친 관악부 부부장이 닷새 후에 맹장염으로 입원했다. 이 부부장은 꽤 인기와 인망이 있는 학생이어서 소문이 순식간에 퍼져나갔고, 그 바람에 7대 불가사의 소문이 생겨나고 만 것 같았다.

(즉…… 이 《빨간 여학생》이야말로, 이 학교의 7대 불가사의의 기원이자 정점인 거구나. 아, 그렇게 생각하니 좀 멋진걸.)

중2병 같은 발상을 한 마사치카가 의미심장한 웃음을 흘렸다. 쿠죠 자매와 다르게 태도에 꽤 여유가 있었지만, 어디까지나 그것은 마사치카가 이 괴담을 믿지 않기 때문이다.

육상부가 아킬레스건을 다치는 것은 드문 일이 아니며, 맹장염 또한 나중에 끼워 맞춘 것이라고 여겼다. 게다가, 양쪽 다 출혈은 발생하지 않았다. 이걸로 「빨간 여학생의 상처가 옮겨 왔다」라고 주장하는 건 무리다.

(베이거나 찔린 상처였다면 신빙성이 있을 텐데 말이지~.)

그런 자신의 견해를 두 사람에게 대략적으로 이야기해준 후, 마사치카는 어깨를 으쓱하며 마리야를 쳐다봤다.

"게다가 이제까지의 7대 불가사의는 전부 헛소문이었잖아요. 여자애의 흐느끼는 소리도 결국 안 들렸죠?"

"으, 응……. 맞아."

마사치카의 말대로, 낮에 마리야가 다른 두 사람과 함께 조사했던 《부실 건물의 흐느끼는 소리》를 조사하기 위해 한 시간가량 돌아다녔지만 그런 소리는 듣지 못했다. 그래서 창문 틈새로 불어 들어오는 「휘오오오—」 하는 소리가 그 정체인 걸로 결론지었다…… 아니, 끼워 맞췄다. 이제까지 확인한 여섯 개의 불가사의 중에서 정체가 확인된 것은 체육 창고의 고양이 뿐이며, 그 외에는 전부 헛소문이었다는 게 이제까지의 조사 결과다. 그렇다면 이 마지막 괴담 또한 학생들이 지어낸 것일 가능성이 짙었다.

"7대 불가사의 같은 건 원래 이런 거예요. 학생들이 약간 불가사의한 일을 경험하면, 그걸 재미있어하며 부풀려서 퍼뜨리는 거죠."

공포 따위 전혀 느끼지 않는 듯한 마사치카가 괴담을 지어낸 이들을 무시하는 투로 그렇게 말하자, 다른 두 사람도 두려움이 조금은 잦아든 것 같았다. 마리야는 마사치카에게서 조금 떨어지더니, 천천히 고개를 끄덕였다.

"응……. 듣고 보니, 그런 것 같네……."

"그렇죠? 애초에, 여학생이 나오는 괴담 같은 건 흔하잖아요. 왜 이런 도시 괴담에는 보통 여자가 나오는 걸까요? 하나코 씨도 그렇고, 입 찢어진 여자도 그렇고, 상반신 귀신도 그렇고, 팔척귀신도 그렇고…… 뒤룩뒤룩 살찐 탈모 영감이 나온다면, 오히려 참신해서 신빙성이 있을지도 모르겠네요."

"그러면 경찰에 신고해야 하는 거 아냐?"

"동감이야."

마사치카가 진지한 표정으로 한 말에 아리사가 태클을 날리자, 세 사람은 웃음을 터뜨렸다. 표정이 조금은 밝아진 마리야가 잠시 생각에 잠겼다.

"하지만 할아버지 요괴라면 있지 않아? 으음…… 퍼석퍼석 할배?"

"애울보 할배예요. 퍼석퍼석 할배라면, 때핥기 요괴와 궁합이 좋을 것 같네요."

"나, 뒤룩뒤룩 살찐 요괴보다 그런 게 더 싫어……."

마리야의 어이없는 발언에, 세 사람 사이에 흐르던 긴장감은 거의 완전히 사라졌다. 그리고 정신을 차리고 보니, 1층부터 시작한 세 사람은 어느새 3층 복도 한복판까지 와 있었다. 이완된 분위기 속에서, 세 사람은 적당히 교실 안을 쳐다보며 복도를 나아갔고—.

"……어?"

끄트머리의 교실에 도착했을 때, 마사치카의 바지 호주머니가 약간 따뜻해졌다. 마치, 이 더운 날씨에 손난로라도 넣어둔 것처럼 말이다.

"왜 그래?"

"아냐……."

의아해하며 묻는 아리사를 향해 석연치 않은 목소리로 대답한 마사치카는 호주머니에 손을 넣어봤다. 그리고 열기를 뿜는 물체가 손가락에 닿자, 그것을 꺼냈다.

"어머? 그게 뭐야?"

"아, 사라시나 선배가 빌려준 건데…… 열기가 느껴지네요……."

그것은 혹시 몰라서 가지고 있던, 그럴듯한 이름의 염주다. 그것이 마사치카의 손안에서 열기를 뿜고 있었다. 마치 뭔가를 알리려고 하듯이…….

"저기…… 그만 좀 해. 겁주려는 거지? ……취향 한번 고약하네."

"뭐? 아냐, 그럴 생각은 없는데……. 뭐, 이게 호러 영화였다면 원령이 다가오고 있다는 패턴이겠지만……."

미간을 찌푸린 아리사에게 변명을 한 마사치카가 농담투로 그렇게 말한 직후…… 몇 미터 앞의 복도 모퉁이에서 손이 튀어나왔다.

"어—."

모퉁이에서 쑥 튀어나온 새하얀 손이, 벽을 움켜잡았다. 세 사람의 시선은 빨려들 듯이 그 손에 쏠렸다.

"""……."""

세 사람이 소리조차 내지 않으며 쳐다보고 있는 가운데, 벽을 움켜쥔 손에 힘이 들어갔다. 그 순간, 마사치카는 모퉁이 너머에서 무시무시한 존재가 모습을 드러내려 한다는 것을 직감했다. 지금 바로 이 자리를 벗어나라고, 본능이 격렬하게 경종을 울렸다. 하지만, 그런 의지와 다르게 발은 꿈쩍도 하지 않았다.

그것은 아리사와 마리야도 마찬가지인지, 두 사람 다 매달리듯 마사치카의 팔을 움켜잡으며 그 자리에서 꼼짝도 하지 않았다.

그리고, 드디어 모퉁이 너머에서…… **그것**이 모습을 드러냈다. 녹색 리본을 맸고, 세이레이 학원의 교복을 입었으며, 긴 흑발을 지녔다. 그리고 검은 머리카락 사이로…… 피에 물든 여자 얼굴이 보였다.

"히익."

"시, 싫어."

좌우에서 마리야와 아리사가 비명을 질렀다. 솔직히 말해, 마사치카도 비명을 지르고 싶었다. 하지만 두 팔에서 느껴지는 두 사람의 체온이, 겁에 질린 두 사람의 떨림이, 일시적으로 마사치카의 두려움을 쫓아냈다. 스스로도 뜻밖이라는 생각이 들 만큼 머릿속이 냉철한 가운데, 마사치카는 이 상황을 어떻게 해결할지 빠르게 생각했다.

(셋이서 도망칠까? 아냐, 아랴는 몰라도 마샤 씨는 못 뛸 가능성이 커. 다리가 풀려 주저앉을지도 몰라. 게다가 이 일이 마샤 씨에게 트라우마가 될지도— 그럼, 이 상황에서는……!!)

순식간에 결단을 내린 마사치카는 두 사람을 팔에서 떨쳐낸 후, 헛웃음을 흘리며 뛰어갔다. 피범벅이 되어서 나타난 여학생을 향해서 말이다. 그리고 떨리는 목을 쥐어짜내서, 장난기 섞인 목소리로 말했다.

"이봐~! 너무 무섭잖아! 누가 이렇게까지 하라고 했냐고!"

이 긴장된 상황에 어울리지 않는, 어처구니없을 만큼 환한 목소리였다. 그것으로 뒤편에 있는 두 사람이 공포에서 일시적으로 해방되는 게 느껴졌다.

마사치카의 결단…… 그것은 이 《빨간 여학생》을, 자신이 꾸민 장난으로 저 두 사람이 여기게 하는 것이다. 「장난이 좀 심했네☆」 같은 느낌으로 뛰어간 마사치카는 치사키에게 빌린 염주를 꽉 움켜쥐었다. 그리고 겉보기에는 장난스러운 태도를 유지하면서, 냉철한 마음으로 각오를 다졌다. 필요한 것은 상처 입을 각오, 그리고 주저 없이 폭력을 행사할 각오다. 그 이외의 감정은, 의도적으로 배제했다.

(아아~. 나, 죽을지도 몰라.)

마치 남 일인 것처럼 그런 직감이 머릿속을 스쳤다. 죽지는 않더라도, 무사히 해결할 수 있을 것 같은 느낌이 전혀 들지 않았다. 저것이 **진짜**라는 건, 본능적으로 알 수 있다. 그런 와중에 자신이 믿을 것이라곤, 효과가 진짜로 있는지 알 수 없는 염주뿐이다. 너무나도 불리한 승부였다. 하지만, 물러선다는 선택지는 존재하지 않았다.

그도 그럴 것이, 눈앞에 나타난 여학생은 하필이면 얼굴을 다친 것이다. 만약 괴담이 사실이라면, 아리사나 마리야가 얼굴을 다칠지도 모른다. 저 두 사람의 얼굴에 상처가 생기는 건…… 두 사람의 친구로서, 그리고 한 명의 남자로서, 절대 용납할 수 없다.

(일단 모퉁이 너머로 데려간 후, 이 염주로 두들겨 패자……. 그걸로 해결이 어려워도, 《빨간 여학생》에게 해를 입는 건 말을 건 사람뿐이야. 그리고 그 효과가 나타나는 건 며칠 후잖아. 만약 내가 진짜로 다치더라도, 여름 방학 동안이라면 어찌어찌 얼버무릴 수 있어.)

합숙에는 참가 못 할 수도 있지만 말이다. 하지만, 저 두 사람의 마음과 몸을 지킬 수만 있으면 된다.

(그러니까…… 어디 한번 붙어보자고!)

그리고 주먹이 닿는 거리까지 접근한 마사치카는 어디를 공격할지 판단하기 위해 여학생의 몸을 쳐다봤고…… 그와 동시에 뭔가 이상하다는 것을 눈치챘다.

(어? 옆구리에도 피가…… 어어? 유심히 보니 다리도 다쳤고, 오른팔까지…….)

다친 데가, 너무 많은 거 아냐?

그런 의문이 머릿속을 스친 순간, 모퉁이 너머에서 쑥 뻗어 나온 새로운 손이 여학생의 목을 등 뒤에서 움켜잡았다. 그리고, 그 손의 주인이 인상을 쓰며 모습을 드러냈다.

"겨우 잡았네……. 어, 쿠제?"

"어, 어라?"

그 사람은 바로 이 자리에 있을 리가 없는 이 학교 부회장이었다. 뜻밖의 인물이 등장하자, 마사치카는 무심코 그 자리에서 멈춰 섰다.

"아, 마샤와 아랴도 있잖아. 수고 많네~."
"어, 아, 응?"
"아, 안, 안녕하세요?"
쿠죠 자매도 연달아 일어난 뜻밖의 사태에 어떻게 반응하면 좋을지 모르겠다는 것처럼, 어색하게 인사했다. 하지만 치사키는 딱히 개의치 않으면서, 평소와 다름없는 어조로 말했다.
"좀 걱정돼서 말이야~. 그래서 회의가 빨리 끝난 김에 들렀는데……. 뭐, 일단 이 녀석은 나한테 맡겨줄래? 이번에는 안 놓칠 거야."
치사키가 그렇게 말하며 여학생을 힐끔 쳐다보자, 그녀는 온몸을 부르르 떨었다. 그리고 피에 젖은 눈으로 마사치카를 쳐다보더니, 갈라진 목소리로 이렇게 말하며 손을 뻗었다.
"사, 살려—."
하지만 여학생이 말을 끝까지 잇기도 전에 치사키가 질질 끌고 가자, 그녀는 모퉁이 너머로 모습을 감췄다.
"아, 안녕히 가세요~."
떨떠름한 목소리로 그렇게 말한 마사치카는…… 목을 갸웃거렸다.
(으음…… 뭐야? 어라? 혹시, 요괴 같은 게 아니라…… 학교에 불법 침입을 했다가, 사라시나 선배한테 두들겨 맞

은 학생인 걸까? 아무리 생각해도 그쪽이 더 현실미가 있는걸……. 사라시나 선배가 여학생을 팰까, 하는 의문은 제쳐두고 말이지.)

혹은 마사치카가 관여하지 않은, 나쁜 장난일지도 모른다. 《빨간 여학생》 행세를 하며, 누군가를 겁주려 한 괘씸한 녀석…… 그렇게 생각하니, 얼굴에 피 같은 걸 잔뜩 바른 것도 정체를 감추기 위해서가 아닐까 하는 생각이 들었다.

(응, 그런 것 같은 느낌이 들어. 뭐야~, 내 착각이었구나~. 괜히 심각하게 생각하며 설치다니, 되게 부끄럽네~~ 하하하.)

치사키의 왼쪽 주먹에 글러브처럼 부적이 휘감겨 있었단 사실로부터 전력을 다해 눈을 돌리면서, 마사치카는 그런 결론을 내렸다. 그리고, 부끄러움을 얼버무리려는 듯이 머리를 긁적이고 있는 마사치카의 어깨를…… 등 뒤에서 뻗어온 두 손이, 꽉 움켜잡았다.

"마사치카……. 이게 어떻게 된 거야?"

"쿠제~? 설명해줄 거지?"

등 뒤에서 얼음장처럼 차가운 목소리가 들려왔다. 굳은 목을 억지로 돌려서 뒤쪽을 쳐다보니, 웃음기가 전혀 섞이지 않은 눈길로 쳐다보며 옅은 미소를 머금은 아리사, 그리고 부자연스러울 만큼 환한 미소를 짓고 있는 마리야가 눈에 들어왔다. 솔직히 말해, 아까 그 여학생보다 훨씬 무시무시했다.

“어, 아, 으음…… 두, 두 사람을 놀래주려고 장난을 준비했거든요? 그런데 쪼끔~ 심했는지, 사라시나 선배에게 교육적 지도~ 같은 걸 받았달까요?”

한번 뱉은 말은 주워 담을 수 없기에, 마사치카는 어쩔 수 없이 거짓말로 둘러댔다. 그러자 아리사는 눈을 가늘게 떴고, 마리야의 미소 또한 더욱 진해졌다. 겸사겸사, 두 사람의 손가락이 마사치카의 어깨에 파고들었다.

“으음, 그럼 나는 사라시나 선배에게 좀 봐달라고 빌러 가봐야…….”

마사치카가 그렇게 말했지만, 두 사람은 어깨를 놔주지 않았다. 그 후, 어마어마하게 설교를 들었다. 아무 잘못도 안 했는데 말이다.

(훗. 뭐, 됐어……. 사나이는, 대가를 요구하지 않는 법이거든…….)

마사치카는 두 사람 앞에서 무릎을 꿇은 채, 그윽한 눈길로 창밖을 올려다보았다. 밤하늘에서 반짝이고 있는 한여름의 대삼각형. 미소녀 자매와 함께, 이렇게 아름다운 성좌를 정좌한 채 보고 있는 오늘은—.

“저기, 마사치카! 내 말 듣고 있어?!”

“쿠제, 제대로 반성해!”

“……넵.”

……운수 사나운 날 같다. 현실도피, 좋지 않다.

훗날, 학생회의 인맥을 이용해 7대 불가사의에 대한 조사 결과를 퍼뜨리자, 학교의 7대 불가사의 소문은 일주일도 채 지나지 않아서 사그라들었다.

가장 화제가 됐던 《빨간 여학생》의 괴담은 반 이상 농담 삼아 「사라시나 부회장이 퇴치했다」는 걸로 했는데…… 학생들은 의외로 믿는 눈치였다.

“그게 더 7대 불가사의 같지 않아?”

“맞아~.”

그 전말을 접하고, 그런 말을 중얼거린 남매가 어딘가에 있었다고 한다.

제 8 화 미녀와 둔중

"조조조, 좋아합니다! 저, 저저, 저와, 사, 사귀어 주세요!"

떨리는 목소리로 더듬거리면서 한 고백(?)을 들은 치사키가 가장 먼저 한 생각은「이 녀석이 무슨 소리를 하는 거야」였다.

"……."

이곳은 세이레이 학원 고등부, 선도위원회실. 치사키는 의자에 앉아서 등받이에 기대며 팔짱을 끼더니, 눈앞에 있는 남자를 가만히 쳐다봤다.

언뜻 본 인상은 전형적인 은둔형 오타쿠였다. 가로로도 세로로도 커서, 둔중해 보이고 커다란 체구, 손질하지 않아서 퍼석퍼석한 머리카락, 여드름이 눈에 띄는 아저씨 면상……. 검은 테 안경 너머의 눈동자는 불안한 것처럼 계속 흔들리고 있었으며, 등까지 굽히고 있는 탓에 안절부절못하는 것처럼 보였다.

(어디서, 본 적은 있어……. 이야기를 나눈 적은 없지만 말이야.)

넥타이 색깔로 볼 때 동급생이며, 중등부 때도 본 적이 있다. 하지만 같은 반이 된 적은 한 번도 없으며, 이야기를 나눈 적도 없을 것이다. 그런데 왜 이 남자가 갑자기 선도위원회실에 찾아왔으며, 고백 같은 짓을 하는 것일까.

(……혹시, 그걸까? 벌칙 게임? 집단 괴롭힘?)

마침 지금은 새로운 학년이 시작되고 한 달 정도 지났을 때였다. 반에서도 그룹이 나뉘고, 교실 안에서의 지위도 확립될 시기다. 그 결과, 집단 괴롭힘의 대상이 된 이…… 실례되는 말이겠지만 학교 신분 제도 하위 같은 이 남자가, 벌칙 게임 같은 걸로 무시무시한 선도위원에게 고백하러 왔다…… 그런 것일까.

(또~ 집단 괴롭힘인 걸까……. 중등부 때 그런 짓 할 자식들은 대부분 박살을 내줬는데 말이야.)

하지만 고등부에 새로 들어온 외부 입학생도 있으니, 그 영향일지도 모른다. 치사키는 그렇게 생각하면서 눈앞의 남자에게 솔직하게 물어봤다.

"……혹시 벌칙 게임이야? 괴롭힘을 당하고 있는 거면, 도와줄 테니 말해봐."

"어……."

치사키가 그렇게 말하자, 눈앞의 남자는 한순간 얼이 나간 것처럼 입을 벌리더니…… 그 직후, 고개를 세차게 저었다.

"아아, 아니에요! 그, 그런 게 아, 아니라, 저는, 진짜로……."

"……뭐?"

진짜로 상대방이 하는 말을 이해 못 한 치사키는 눈을 가늘게 떴다. 치사키는 자신이 평범한 남자들에게 어떻게 여겨지고 있는지 이해하고 있다. 그 정도는 주위의 소문만 들어봐도 바로 알 수 있다.

선도위원회실의 호랑이 중사. 세이레이 학원의 여장부(돈나).

남자들이 자신에게 보내는 감정은 대부분 경외이며, 치사키 본인도 그런 상황에 만족하고 있다. 남자에게 얕보일 바에야, 두려움의 대상이 되는 편이 만 배는 낫다. 그렇게 생각하기에, 자신이 남자에게 호의를 품는 것은 불가능에 지나지 않았다.

고백한 상대가 고등부부터 이 학교에 다니게 된 외부 입학생이라면 그나마 이해가 된다. 치사키는 자신의 외모가 매우 빼어나다는 것을 이해하고 있으며, 얼굴만 본다면 고백을 하는 사람이 있더라도 이상할 것이 없다. 하지만, 눈앞의 이 남자는 내부 진학생이다.

"너…… 이름이 어떻게 돼?"

"어, 아, 켄자키…… 켄자키, 토우야입니다."

"그래……. 그럼 켄자키. 내 어디를 좋아하는 거야?"

"으음, 그게……."

치사키가 차가운 눈길로 묻자, 토우야는 목을 움츠리며 몸을 더욱 굽힌 상태에서 대답했다.

"강하고, 늠름하며, 멋진데도…… 여성스러운 부분도 있죠. 자기 마음에 솔직하고, 당당하게 살아가는 모습에, 마음을 빼앗겼어요."

"윽, 앗, 그, 그래……."

너무나도 솔직하고 올곧은 호의에, 치사키는 허를 찔린 것처럼 당황했다. 실은 이성으로부터 이렇게 솔직한 호의를 받아본 건, 치사키에게 처음 있는 일이었다.

물론, 이제까지도 고백을 받은 적이 없지는 않았다. 하지만 그것은 대부분 「너, 남친 없지? 내가 사귀어줄 수도 있어」나 「드센 여자를 좋아하거든? 내 여자가 되라고」 같은, 고압적인 자세에서의 고백이었다. 그들은 하나같이 치사키를 지배하려 들었다. 물론 그런 착각에 빠진 쓰레기 남자들은 전부 분리수거해서 주제를 알려줬지만, 그건 일단 제쳐두기로 하고…….

아무튼, 뜻밖에도 이런 솔직한 고백을 받고 만 치사키는…… 무심결에 동요하고 말았다.

"으윽!!"

그리고 그런 자기 자신을 얼버무리려는 듯이 헛기침을 한 치사키는 일부러 여유 있는 척을 하며 개의치 않는 듯한 태도를 취했다.

"뭐, 네 마음은 알겠지만…… 나는 너에 대해 전혀 알지 못하거든?"

"아, 무, 물론 그렇죠……. 그러니, 우선, 저기, 친구로, 시작하는 건…… 어떨까요?"

토우야는 우물쭈물하며 작은 목소리로 그렇게 말하더니, 몸을 웅크렸다. 그 비굴한 태도와 주뼛주뼛하는 행동거지를 보고…… 예전의 자신을 떠올린 탓에 울컥한 치사키는 될 대로 되란 투로 말했다.

"나는 말이지. 말도 제대로 못 하는 남자를 싫어해."

"어, 그……런가요."

"그리고 우물쭈물하는 남자도 싫어. 약해빠진 남자도 싫어. 아니, 남자 자체를 싫어하니까 누구와 사귀는 건 무리야."

"그, 그래도 좀……."

일부러 단호하게 거절했는데도 토우야가 주뼛주뼛하면서도 계속 끈질기게 굴자, 치사키는 뜻밖이라고 생각했다. 그리고 안경 너머에서 자신을 응시하는 저 올곧은 눈동자를 보고, 또 약간 동요했고…… 그런 자기 자신을 감추려는 듯이 고개를 돌리면서 꺼지라는 듯이 손을 내저었다.

"그럼 좀 더 멋진 남자가 되어서 다시 찾아와. 그래……. 학생회장이 된다거나? 네가 학생회장이 된다면, 사귈지 말지 한번 생각은 해볼게."

"하, 학생회장?!"

"뭐야. 못하겠어?"

치사키는 자기 입으로 말한 조건이 얼마나 무모한지 잘

알고 있다. 이 학교에서, 학생회장이라는 지위가 지닌 가치는 놀라울 정도로 거대하다. 그래서 그 지위를 갈구하는 자가 셀 수도 없이 많았으며, 세상 물정 모르는 일반 학생이 입후보를 해봤자 선거에 도달하기도 전에 짓밟힐 게 뻔했다.

하지만, 딱히 문제 될 것은 없다. 별생각 없이 내건 조건이지만, 상대방이 자신을 포기하게 할 구실로 나쁘지 않았다. 그렇게 생각했지만…….

"……알겠어요."

"뭐?"

"그럼, 다시 찾아오겠습니다."

이제까지와 다르게 딱 잘라 그렇게 말한 토우야는 고개를 꾸벅 숙인 후, 부실에서 나갔다. 그 뒷모습을 얼이 나간 표정으로 쳐다본 후…….

"어, 진심이야?"

반쯤 무의식적으로 그렇게 중얼거린 치사키는「에이, 말도 안 돼」하고 중얼거리며 고개를 좌우로 저었다.

(내가 가망 없다고 판단해서, 적당한 말을 늘어놓으며 돌아갔을 뿐일 거야.)

자기 자신을 타이르듯 그렇게 마음속으로 중얼거린 치사키는 아까 전의 침입자를 기억에서 지우려고 노력했다. 그런 노력을 하는 시점에서, 그 상대를 의식하고 있다는 사실을 눈치채지 못한 채…….

◇

그로부터, 약 한 달 후.

(그 남자, 그 후로 전혀 소식이 없네……. 나를 좋아한다고 했으면서 말이야. 뭐, 딱히 상관없어!)

자기가 한 생각에 자기가 태클을 날리면서, 치사키는 약간 끙끙대는 심정으로 교내를 돌아보고 있었다. 그런 와중에 근처에 있는 미술실에서 남녀의 낮은 웃음소리가 들려오자, 치사키는 가볍게 한숨을 내쉬었다. 많은 부유층 자녀가 다니는 명문고에도, 방과 후에 부실이나 인적 없는 교실에서 밀회를 즐기는 학생이 있는 것이다.

하지만 교내에서의 불순 이성 교제는 교칙 위반이다. 아무리 키스 정도일지라도, 교사에게 들키면 그냥 넘어가지 않을 것이다.

(하아, 일부러 학교에서 꽁냥거리지 말란 말이야~!)

마음속으로 투덜거린 치사키는 복도를 향해 손에 쥔 죽도를 휘둘렀다.

찰싹! 하는 날카로운 소리가 복도에 울려 퍼지자, 미술실 안에서 들려오던 남녀의 목소리가 멎었다.

"곧 폐문 시간이에요!"

큰 목소리로 그렇게 외친 치사키는 그대로 이 자리를 벗어났다. 원래 불순 이성 교제의 단속도 선도위원이 할 일이지만, 일부러 미술실 안에 들어가면서까지 주의를 줄 생각은 없다. 이 정도로 순순히 돌아간다면 그것으로 됐다. 돌아가지 않는다면, 뒷일은 자기 책임이다. 설령 교사에게 걸리더라도, 그것은 치사키가 관여할 일이 아니다.

"하아, 한심해."

이 학교의 졸업생이나 학생들의 보호자 중에는 일본을 대표하는 정치가나 실업가가 많다. 그들이 주목하는 이 학교에서 정학 처분을 받는다면, 앞날이 깜깜해질 것이다. 과장이 아니라, 그 시점에서 국내 일류 기업에 들어가는 건 불가능해진다고 해도 과언이 아니다.

그런 위험 부담을 짊어지면서까지, 한때의 열정에 몸을 맡기는 이들의 마음을 알 수가 없다. 연애에 뇌가 지배당하면, 인간은 이렇게 어리석어지는 것일까. 그런 식으로 생각하며, 별생각 없이 창밖을 보니…….

"어……? 저건……."

교문 근처에 선 체육복 차림의 2인조를 본 치사키가 눈을 가늘게 떴다. 창가에 다가가서 몇 초 동안 주시해 보니, 그들은 바로 학생회장과 부회장이었다.

"어? 뭐 하는 거지?"

그 두 사람은 교문 바로 옆에 나란히 서서, 치사키의 시점에서 왼편을 향해 손을 흔들며 고함을 지르고 있었다. 학생회 임원인 그들이 방과 후에 학교에 남아있는 것 자체는 부자연스러운 일이 아니다. 하지만 체육복 차림으로 교문 근처에 있다면, 이야기가 달라진다. 당황한 눈길로 지켜보고 있는 치사키의 시야에, 두 사람이 말을 건네는 인물이 들어왔다.

"어……?"

멀리서 봐도 지칠 대로 지친 상태에서 겨우겨우 뛰어오고 있는 건, 아까 치사키가 머릿속으로 떠올렸던 그 남자였다. 전체적으로 약간 갸름해진 느낌이 들지만, 저 거구와 굽은 등을 보면 틀림없다. 그는 두 손으로 무릎을 짚은 상태에서 온몸으로 거칠게 숨을 쉬었고, 선배 두 사람은 그런 그를 격려하듯 등을 두드리고 있었다.

"……."

저 남자가 왜, 학생회 소속인 두 사람과 함께 있는 것일까? 그 답은 뻔했다. 저 남자도, 학생회 임원이 된 것이다. 그 말은…….

"진짜로…… 되려는 거야?"

무심코 자신이 중얼거린 말을, 치사키는 고개를 저으며 부정했다. 설령 그렇더라도 뭐가 어쨌다는 걸까. 자기가 고백을 거절하려고 대충 뱉은 말을, 진심으로 받아들인 쪽이 비정상이다.

(그건 빈말로 한 소리잖아? 진심이라고 믿는 쪽이 이상한 거니까…… 나는 잘못 없어.)

잘못 없다. 잘못은 없지만…… 조금은, 신경 써주는 편이 좋을지도 모른다.

양심에 찔린 나머지 그런 생각을 한 치사키는 1층까지 내려가서 스포츠 드링크를 자판기에서 뽑은 후, 현관에서 토우야를 기다렸다. 하지만…….

"켄자키도 체력이 좀 붙었는걸."

"응. 요즘에는 근육통도 거의 없지 않아?"

"그런, 것 같네요……. 한 달 전에 비하면 꽤 나아졌어요."

토우야의 목소리와 함께 다른 두 사람의 목소리가 들려오자, 치사키는 신발장 뒤편에 숨었다. 아니, 냉정하게 생각해 보니 숨을 필요는 없지만…… 남자를 싫어한다고 공언한 자신이, 남자에게 먼저 말을 거는 게 좀 부끄럽달까, 자초지종을 설명하기 어렵다고나 할까…….

(이렇게 되면…… 할 수밖에 없어.)

고민 끝에 마음을 굳힌 치사키는 그 자리에 죽도와 스포츠 드링크를 내려놓더니, 신발을 갈아 신고 복도로 온 회장과 부회장을 덮쳤다.

"어—."

"아니—."

기습적으로 두 사람을 순식간에 기절시킨 후, 신발장 쪽에 앉혀놨다.
"어라? 선배? 선—."
그 타이밍에 토우야의 목소리가 등 뒤에서 들려왔고, 뒤돌아본 치사키는 그대로 그와 시선을 마주했다.
"어, 사라시나 양? 왜⋯⋯ 회장님과 부회장님은 어떻게 된 거예요?!"
치사키의 등 뒤에서 신발장에 기대앉아 있는 두 사람을 본 토우야가 눈을 치켜떴다. 하지만 그 말을 신경 쓸 여유가 없던 치사키는 태연한 척 몸을 일으키더니, 새치름한 표정으로 스포츠 드링크를 손에 쥐었다.
"오랜만이야."
"어? 아, 네⋯⋯. 오랜만이에요. 그런데, 회장님과 부회장님은⋯⋯."
"이 두 사람과 함께 있는 걸 보면, 학생회에 들어갔나 보네?"
"뭐, 뭐어⋯⋯ 그런데, 저기, 저 두 사람이 왜⋯⋯."
"흐음~? 학생회에 들어갔구나."
"저, 정말 한결같아⋯⋯. 진짜 멋져⋯⋯. 좋아합니다."
"어, 뭐엇?!"
"아, 아니, 무심코⋯⋯."
치사키가 갑작스러운 고백에 놀라 고함을 지르자, 토우야도 동요했는지 허둥댔다. 그런 반응을 보이는 이에게

「놀리지 마!」하며 화낼 수도 없었기에, 치사키는 날카로운 눈빛으로 토우야를 노려보면서 턱을 쑥 들어 올렸다.

"설마 전에 내가 한 말을 믿은 거야? 혹시나 해서 말해두겠는데, 그건 네 고백을 거절하려고 대충 둘러댔던 거야. 내가 한 말 때문에 학생회장이 되려는 무모한 생각을 한 거라면, 관두는 게 어때?"

이참에 딱 잘라 말해둬야겠다 싶어서, 치사키는 일부러 건방진 태도로 그렇게 말했지만…… 토우야는 그 말에 뜻밖의 대답을 했다.

"아, 아하…… 아니, 뭐, 왠지 그럴 것 같았어요……."

"뭐……."

토우야가 볼을 긁적이며 난처하다는 듯이 웃자, 치사키는 얼이 나갔다. 토우야는 그런 치사키를 쳐다보지도 않으며, 천천히 말을 이었다.

"아니, 뭐…… 사라시나 양이 조금은 의식해줬으면 좋겠다는 흑심을 품긴 했지만…… 그걸 제외하더라도, 좋은 기회다 싶었거든요. 그러니까, 자기가 변할 기회로……."

"……변할 기회?"

"뭐, 뭐어, 제가 남자로서 매력이 없다는 건 알고 있으니까…… 저도 이대로는 안 된다고 생각했어요."

"……그런데도, 나에게 고백한 거구나?"

"윽! 아니, 저기…… 여성에게는, 가능한 한 빨리 호의를 전하는 편이 좋다는…… 이야기를 우연히, 들었달까요."

"……그건, 어느 정도 접점이 생겼다는 전제하에서의 이야기 아닐까?"

"여, 역시 그럴까요……."

그렇게 말하며 고개를 푹 숙이……려던 토우야는 등을 꼿꼿이 폈다. 그리고, 희미하게 흔들리는 눈동자로 치사키를 똑바로 바라보더니, 약간 떨리는 목소리로 단호하게 말했다.

"하지만, 후회는 안 해요. 덕분에, 제가 변할 계기를 얻었으니까요! 그러니까, 사라시나 양이, 마음 쓸 필요는, 없다고나 할까……."

갑자기 말끝을 흐리며 목소리가 작아진 토우야는 고개를 돌렸다. 그 모습에 정곡을 찔린 치사키는 눈을 한껏 치켜떴다.

"뭐?! 누, 누가 마음을 쓴다는 거야?! 그런 게 아니거든?! 내가 대충 한 말을 진심으로 믿은 건가 싶어서, 말을 걸어봤을 뿐이야!"

"어, 그걸 마음 쓴다고 하지—."

"뭐~? 우쭐대지 마! 내가 남자 따위를 신경 쓸 것 같아?! 이거나 받아! 남은 거니까 줄게! 그럼 안녕!"

빠른 어조로 말을 쏟아낸 치사키는 들고 있던 스포츠 드링크를 토우야에게 억지로 떠넘긴 후, 죽도를 움켜쥐며 부리나케 다른 곳으로 뛰어갔다.

"아, 저기, 회장님과 부회장님은, 어, 걸음이 되게 빨라—."

토우야의 목소리를 떨쳐내려는 듯이, 치사키는 내달렸다. 흐트러진 마음을 끌어안은 채…….

(뭐? 마음을 써? 절대 아니거든?! 네가 그렇게 나온다면, 앞으로는 절대 신경 안 쓸 거야! 네가 어디서 뭘 하든, 절대 신경 안 쓸 거란 말이야!!)

마치 고집을 부리는 어린애처럼, 치사키는 마음속으로 그렇게 맹세했다. 그 후, 치사키는 그 맹세에 따라 토우야와 한사코 마주치지 않으려 노력했다.

"치사키~. 이번 주 순찰 말인데, 우리는 교정을—."

"나, 건물 안 담당과 바꿀래."

"뭐?"

방과 후에는 토우야가 학교 밖에서 러닝을 한다. 그와 마주치는 일이 없도록 철저하게 피했다.

"사라시나, 잠깐 나 좀 봐."

"무슨 일인가요?"

"그게, 인사 운동 강화 기간을 알리는 전단지를 게시판에—."

"그건 다른 사람한테 부탁하세요."

"어…… 그, 그래. 알았어."

말을 끊으며 딱 잘라 거절하자, 선도위원장은 당황한 표정을 지었다. 하지만, 어쩔 수 없다. 요즘 게시판에는 토우야에 관한 특집 기사가 작게 실린 교내 신문이 붙어 있다.

그런 식으로 토우야를 보지 않으려 했지만…… 피할 수 없는 이벤트도, 존재했다.

“그럼 이어서, 학생회 회계인 켄자키 토우야 씨의 인사가 있겠습니다.”

1학기 방학식 날의, 학생회 임원 인사. 귀에 익은 이름이 들려오자, 치사키는 반사적으로 무대에서 눈길을 떼려다…… 무대에 나타난 이의 모습을 보고 무심코 눈을 치켜떴다.

“처음 뵙겠습니다. 학생회 회계인 켄자키 토우야입니다.”

못 알아볼 뻔했다는 말은 이럴 때 쓰는 것일까. 이전과는 체형이 명백하게 달라졌다. 아직 비만인 것 같지만 둔중해 보이는 인상은 사라졌고, 당당히 등을 펴고 걷는 그 모습에서는 왠지 관록마저 느껴졌다.

미처 눈을 떼지 못한 치사키는 단상에 선 그의 모습을 뚫어지게 쳐다봤다. 그 순간, 토우야가 치사키의 눈을 똑바로 바라봤다. 기분 탓이 아니다. 그것은 토우야가 한 말이 증명해주고 있었다.

“저는 내년 학생회장 선거에 입후보할 생각입니다만, 페어를 짤 부회장 후보는 아직 없습니다. 하지만, 페어가 되어줬으면 하는 사람이 있습니다. 아니, 그 사람 이외의 누구와도 페어를 짤 생각이 없습니다!"

토우야가 그렇게 선언한 순간, 치사키의 마음이 격렬하게 술렁였다. 그와 동시에, 주위의 학생들…… 특히 남자들이 성원을 보내기 시작했다.

"저는…… 아니, 나는! 그 사람과 페어가 될 수 있도록, 온 힘을 다하겠습니다!"

저건 무슨 선언일까.

치사키가 멍한 머릿속으로 그런 생각을 하는 가운데, 주위 사람들이 단상에 있는 토우야를 향해 박수를 보냈다. 덩달아 두세 번 박수를 친 치사키는…… 허둥지둥 손을 내렸다. 볼이 달아오르는 게 느껴졌다. 그것이 반사적으로 박수를 쳤기 때문인지, 아니면 다른 이유가 있어서인지…… 당시의 치사키는, 판단할 수 없었다.

◇

그리고, 여름 방학이 끝난 후의 개학식 다음 날. 일전처럼 선도위원회실을 찾아온 토우야를 본 치사키는 완전히 얼이 나가고 말았다.

"사라시나 양! 부디, 나와 함께 회장 선거에 출마해 주십시오!"

그렇게 말하며 고개를 숙인 토우야는 넉 달 전의 그와는 완전히 딴판이었다. 온몸을 감싸고 있던 쓸데없는 지방은 완전히 사라졌고, 그것을 대신하듯 근육이 붙어 있었다. 머리카락 또한 단정했으며, 이쪽을 똑바로 바라보는 눈에는 자신감이 어려 있었다.

"으, 음……."

그 변모에 무심코 할 말을 잃고 만 치사키는 헛기침을 한 번 했다. 그리고 굳이 토우야를 힐끗 쳐다보며 말했다.

"……어째서? 애초에 나는 학생회장이 되라고 너한테 말했거든? 그런데 내가 같이 입후보하면, 네가 회장이 되는 걸 돕는 게 되지 않아?"

"그건 물론 알고 있어요. 하지만, 내 파트너가 될 사람은 사라시나 양 말고는 없어요!"

"으, 음……."

그 솔직한 말에, 치사키는 무심코 눈을 돌렸다. 그러자, 토우야는 이어서 말을 쏟아냈다.

"물론 사라시나 양의 도움을 받아서 당선된 후, 그걸 빌미 삼아 교제해달라고 매달리진 않겠어요! 하지만…… 지금의 나는 우물쭈물하기만 하는 남자도 아니고, 약해빠진 남자도 아니에요. 그리고 이제부터도, 사라시나 양에게 인정받을 수 있는 남자가 되기 위해 성장하겠어요! 그 성장을, 곁에서 지켜봐 주지 않겠어요? 부탁드립니다!"

"으, 으으, 음."

왠지 말도 안 되는 요구를 받은 듯한 느낌이 들지만, 토우야가 너무 진지한 바람에 치사키는 바로 거절하지 못했다. 그러다 보니, 치사키의 입이 멋대로 묘한 조건을 늘어놓고 말았다.

"약해빠진 남자가 아니라니…… 그건 겉모습만 봐선 알 수 없거든? 실제로 싸워 보지 않으면…… 그래. 검도로 나한테서 한판을 따낸다면 생각해 보겠어."

말을 하고 나서「내가 지금 무슨 소리를 하는 거야」하고 생각했다. 거절하고 싶다면, 조건을 제시하지 말고 그냥 거절하면 된다. 이런 짓을 하면, 또…….

"……알았습니다. 방과 후에 제2검도장으로 가죠."

예상대로, 2초 정도 침묵한 후에 그렇게 선언한 토우야는 고개를 숙인 후에 밖으로 나갔다. 치사키는 그 뒷모습을 쳐다보면서「왜 거절하지 않은 걸까」하고 끙끙거리며 생각했다.

◇

"당신이 언니를 귀찮게 쫓아다니는 괘씸한 사내인가요!"

"으, 음……."

방과 후에 검도장을 찾은 토우야는 완전히 얼이 나갔다. 그도 그럴 것이 검도장에 들어오자마자, 검도복을 입은 세로롤 머리카락 아가씨가 다짜고짜 시비조로 그렇게 말했으니 무리도 아니었다. 게다가 그 아가씨의 좌우에는 그럴듯한 자세(그것도 비스듬히)를 취한 세 명의 여학생이 줄지어 서 있었다. 완전히, 토우야를 기다리고 있었다는 듯한 분위기였다.

“어, 어느 언니 말입니까?”

“뭘 그런 뻔한 걸 묻다니……. 치사키 언니 말고 누가 있겠냔 말이에요!”

“그, 그런가요…….”

토우야는 그 아가씨의 박력에 압도당한 것처럼 고개를 끄덕였다. 그러자 그 아가씨는 세로롤 머리카락을 쓸어 넘기며 말을 이었다.

“당신이 여기에 온 이유라면 알고 있답니다. ……불손하게도, 언니에게 도전할 생각이죠?”

“정말, 주제를 모르는 데도 정도라는 게 있거든?!”

“언니를 쉽게 보면 곤란해.”

“남자라고 간단히 이길 수 있을 거라 생각했다면, 그건 착각이거든?”

“아니, 그런 생각은 안 했는데…… 그것보다, 왜 당신들은 비스듬히 서 있는 겁니까?”

“그런 건 아무래도 상관없답니다! 언니에게 도전하고 싶다면…….”

그 아가씨는 거기서 말을 끊더니, 손가락을 튕겼다. 그러자, 오른편에 서 있는 활발한 인상의 트윈테일 소녀가 가슴을 펴며 힘차게 말했다.

"신바시 아야메!"

이어서, 그 오른편에 선 보이시한 느낌의 여학생이 한쪽 눈을 손으로 가리며 입을 열었다.

"오오모리 키쿄."

게다가, 반대편 끝에 서 있던 안경 소녀가 안경을 고쳐 쓰며 말했다.

"쿠라사와 히이라기."

그리고 마지막으로, 한가운데에 서있는 아가씨가 세로롤 머리카락을 쓸어 넘기며 이름을 밝혔다.

"키류인 스미레. 저희들, 사계(四季) 자매를 먼저 쓰러뜨리세요!"

그들은 힘찬 목소리로, 당당히 선전 포고를 했다. 금방이라도 등 뒤에서 펑~ 하는 폭발이 일어날 것만 같았다. 마왕군 사천왕을 연상케 하는 그 자기소개를 들은 토우야는…… 한 걸음 물러서더니, 네 사람의 뒤편에서 골치가 아픈 것처럼 이마를 누르고 있는 치사키를 쳐다봤다.

"저기, 사라시나 양……. 이, 유쾌한 분들은……."

"……중등부 시절 우리 검도부의 선봉, 차봉, 중견, 부장이야."

"……왜 당신을 언니라고 부르는 거죠?"

"그, 그게, 딱히 혈연관계이거나, 자매의 연을 맺은 건 아니거든? 생일로 보면 스미레는 나보다 연상이고, 일본식 이름인 다른 애들한테 맞춰서 『스미레』란 이름을 쓰고 있지만 진짜 이름은 바이올―."

"저희를 무시하고 언니에게 말을 걸지 말아 주겠어요?!"

토우야의 시선을 막듯이 앞으로 나선 바이올…… 스미레 양이 그렇게 외쳤다. 그리고 이어서 또 손가락을 튕기자, 아야메라고 자기 이름을 밝힌 조그마한 체구의 소녀가 한 걸음 앞으로 나섰다.

"언니와 싸우고 싶다면, 우선 나한테 이겨 봐!"

"어, 어어……?"

당황한 탓에 목소리가 흔들린 토우야는 눈앞의 소녀를 **내려다봤다**. 눈으로 보기에도, 두 사람 사이의 키 차이는 30센티미터 이상 났다. 성별 차이를 제쳐두더라도, 이렇게 키 차이가 많이 나서는 승부 자체가 성립될 것 같지 않았다.

"하아, 뭐…… 정 그렇다면……."

하지만 말로는 어떻게 할 수 없을 것 같았기에, 토우야는 일단 싸우기로 했지만…….

"흥! 입만 살았네!"

"훗, 한 명도 못 이길 줄이야……."

"기대가 어긋났어."

"어머나~, 일개 멍청이에 지나지 않았군요."

순식간에 결판이 났다. 개시 신호가 들려온 순간, 상대가 시야에서 사라지더니…… 그 직후, 목덜미를 도려내는 듯한 찌르기를 맞고 그대로 졌다.

"쿨럭, 커억, 우엑!"

"괘, 괜찮—."

"언니! 동정을 베풀면 안 돼요!"

"아니, 아무리 그래도—."

몸을 웅크린 채 기침을 토하는 토우야를 본 치사키는 걱정이 되는지 그를 향해 뛰어가려 했지만…… 그 전에, 스미레가 그녀를 막아섰다. 그리고 치사키를 응시하며 작은 목소리로 말했다.

"(각오를 다진 남성에게, 여성은 동정을 베풀면 안 된답니다. 그를 불쌍하게 여긴다는 건, 상대방의 각오를 가볍게 여기는 것이나 마찬가지예요.)"

"아!"

치사키는 스미레의 말을 듣고 퍼뜩 놀랐다. 치사키가 그렇게 머뭇거리는 사이에, 자력으로 몸을 일으킨 토우야가 다시 죽도를 거머쥐었다.

"쿨럭…… 한 번 더, 부탁합니다!"

"흐음, 더 싸울 생각이야? 뭐, 좋아. 몇 번이든 쓰러뜨려 주겠어!"

그 말대로, 토우야는 그 후로 약 두 시간 동안 아야메에게 패배하며 지면을 뒹굴게 됐다. 하지만 토우야는 그 후에도 포기하지 않고 검도장을 찾았으며, 사천왕…… 사계 자매에게 계속 도전했다. 그렇게, 그 네 사람에게서 한판을 따낸 후…….

"드디어 당신에게 도달했어요, 사라시나 양."

토우야가 드디어 치사키에게 도전하게 된 건, 10월이 되어서였다. 하지만, 그것은 치사키가 토우야를 봐줄 이유는 되지 못했기에…….

"……다시 찾아오겠습니다."

사계 자매와 싸우며 다소 실력이 좋아지긴 했지만, 이제부터는 치사키에게 박살 나는 나날이 이어졌다. 치사키는 그사이에 토우야와 제대로 이야기조차 나누지 않았고, 그렇다고 대결을 거부하지도 않으며, 묵묵히 토우야를 쓰러뜨렸다. 그렇게 마음을 가슴속 깊은 곳에 욱여넣지 않았다간, 불리한 감정이 샘솟아 나올 것만 같았다.

하지만, 어느 날 갑자기…….

(아, 시험 전이니까 손목을 때리는 건…… 공부도, 열심히 하고 있다니까…….)

토우야가 안면을 공격하기 위해 팔에 힘을 준 그 순간을 이용해, 빈틈이 생긴 손목을 죽도로 치려다…… 문뜩, 그런 생각이 머릿속을 스쳤다. 그리고, 그 한순간의 망설임이 죽도 끝을 흐트러뜨린 탓에, 치사키의 공격은 허공을 갈랐다. 그 순간, 토우야는 망설임 없이 죽도를 휘둘렀고…….

퍼억.

치사키의 머리에, 가벼운 충격이 흘렀다. 가벼운…… 한 판이라고 판정하기엔, 너무나도 가벼운 충격이었다.

"……어?"

망설였다. 그 인식이 뇌에 퍼져나간 순간, 치사키가 억누르고 있던 감정이 폭발했다.

"어어어어~~?!"

굴욕과 분노가 뒤섞인 목소리를 내지른 치사키는 안면에 닿은 죽도를 움켜쥐어서 힘으로 빼앗더니, 그것을 토우야를 향해 내던졌다.

"이게 무슨 짓이야?!"

분노를 드러내며 호면 너머로 토우야를 노려보자, 죽도를 끌어안듯이 거머쥔 토우야는 허둥지둥 목소리를 냈다.

"어, 아, 미안해! 이게 무례한 짓이라는 건 알지만, 좋아하는 여자애를 힘껏 때린다고 생각하니 몸이 멋대로……."

"뭐, 어……!"

그 말을 듣고 말문이 막힌 치사키는…… 이를 갈더니, 온갖 감정을 토해내듯 고함을 질렀다.

"하아~~, 정말! 이제 됐어! 내 반칙패야! 회장 선거?! 좋아, 나갈게. 나가면 될 거 아냐!"

"어, 아…… 마, 만세!!"

한순간 얼이 나갔던 토우야는 어린애처럼 두 손을 치켜들었다. 치사키가 씩씩 숨을 내쉬며 그 모습을 쳐다보고 있을 때, 심판인 스미레가 입을 열었다.

"언니, 괜찮으시겠어요?"

"……뭐, 괜찮지 않겠어?"

호면을 쓰고 있으니 얼굴이 보일 리가 없지만, 치사키는 고개를 돌리며 그렇게 말했다.

"어차피 함께 입후보할 뿐이잖아. 사귀는 것과는 별개의 이야기야."

빠른 어조로 그렇게 말한 치사키는 스스로도 자기가 한 말이 변명 같다고 생각했다.

"해냈다고오오오오오오오오오—!!"

토우야는 호구를 걸친 채, 올림픽에서 금메달을 따기라도 한 것처럼 격렬한 환호성을 질러댔다. 치사키는 그 모습을 곁눈질하면서, 머지않은 미래에 자신이 토우야의 당선을 진심으로 바라게 되리라고 예감했다…….

◇

"그래서 말이지? 그 후로도 토우야는 참 멋있었다니깐……."

"으, 응. 그거 다행이네……."

이곳은 사라시나 본가에서 소유한 도장 안에 있는, 대투기장. 그곳의 관객석에서, 치사키는 오랜만에 만난 사촌 여동생에게 남친 자랑을 했다. 하지만 그 이야기를 듣고 있는 사촌 여동생의 표정은 질려 있었다. 왜냐하면…….

"저기, 치사키 언니. 그 멋진 남친이, 현재 진행형으로 살해당할 위기에 처해 있거든?"

"에이~ 무슨 소리를 하는 거야. 나한테 이긴 토우야가 그렇게 쉽게 질 리가 없어~."

"아니, 이겼다고 해도 그건 치사키 언니의 반칙패잖아……? 게다가 이 시합은 맨손 격투야."

사촌 동생이 걱정스러운 눈길을 보낸 곳에는 투기장 중앙에서 표정이 딱딱하게 굳어 있는 토우야가 있었다. 그의 정면에는 토우야보다 덩치가 크고 근육질인 남자가 피에 굶주린 짐승 같은 눈길로 그를 내려다보고 있었다.

"저 대전 상대는 전에 치사키 언니가 화끈하게 차버렸던 문하생이지? 온몸에서 살의가 마구마구 흘러나오고 있거든?"

"그랬어? 기억 안 나네. 토우야~, 파이팅~!"

아무렇지 않게 무자비한 소리를 한 치사키는 토우야를 향해 순수한 성원을 보냈다. 그러자 토우야는 딱딱한 미소를 지으며 오른팔을 들어 보였고, 맞은편의 대전 상대는 더욱 살의를 뿜었다.

“여, 역시 아마추어 부문이라고는 해도, 아마추어가 무투제에 출전하는 건 좀 무리 같은데……. 저, 저기, 지금이라도 말리는 편이 좋지 않을까?”

“뭐~? 하지만 토우야는 의욕이 넘치잖아.”

“그야 여친이 이렇게 성원을 보내주는데, 남자 체면에 어떻게 관두겠단 소리를 하겠냐 말이야!”

“맞아~. 남자답고 참 멋지다니깐~.”

“하아, 정말! 머릿속이 완전 꽃밭이네!”

사촌 여동생이 걱정하는 가운데, 입회인이 시합 개시를 선언했다. 그 결과는…… 뭐, 토우야는 끝까지 버티다 앞으로 쓰러졌다고만 밝혀두겠다. 그리고 그 대전 상대는 시합 후에 난입한 치사키에 의해 투기장 구석의 바닥에 심어졌다.

제 9 화 애정 과다와 자신감 과다

"오빠한테도 최면술이 통할까?"

그것은 여름 방학의 어느 날, 자기 방 침대에 걸터앉아서 최면술 책을 읽고 있던 유키가 문뜩 중얼거린 말이었다.

그 책의 제목은『누구라도 할 수 있는 최면술 입문 ~오늘부터 너도 최면술사다!~』. 일전에 학생회실에서 사건을 일으켰던 무시무시한 책이다. 그 슬픈 사건이 있었던 후로, 유키는 이 책에 적힌 최면술을 영원히 봉인하기로 오빠인 마사치카와 약속했지만…… 이~렇게 재미있는 걸 유키가 딱 한 번 실패했다고 관둘 리가 없었다. 예의 책을 자비로 구입해서 아야노를 실험 대상으로 이런저런 최면술을 걸어봤지만…… 원래 충성도 MAX라서 이미 절대복종하는 아야노는 샘플로 적당하지 않았다.「다른 사람에게 시험해 보고 싶네~. 하지만 친구한테 걸었다가 실패라도 하면 좀~」같은 생각을 하고 있을 때, 문뜩 마사치카가 생각난 것이다.

"저기, 어떻게 생각해?"

"야옹~?"

유키가 그렇게 묻자, 그녀의 무릎에 머리를 올려놓고 몸을 동그랗게 말고 있던 아야노가 고개를 들었다. 의아하다는 듯이 유키의 얼굴을 쳐다보더니, 몸을 일으키는 바람에 눈에 닿은 앞머리를 동그랗게 만 오른손으로 비볐다.

"아, 맞다……."

태연한 어조로 그렇게 중얼거린 유키는 양손을 들어 올려서 손뼉을 치……려다, 움직임을 멈췄다. 그리고 침대 위에서 여자애 특유의 다리를 벌린 자세로 앉은 아야노를 뚫어지게 쳐다보더니, 천천히 그녀의 가슴을 주물렀다.

"으, 으음? 이거…… 좀 커졌나 보네?"

고개를 갸웃거리며 이상하다는 듯이 자신을 내려다보는 아야노의 시선을 깔끔하게 무시한 유키는 진지한 표정으로 그녀의 가슴을 주물렀다.

"오, 오오? 오오~ 출렁거려……."

아야노의 가슴을 가볍게 들어 올린 유키는 감탄한 투로 그렇게 말했다. 그 후, 몇 분 동안 아야노의 가슴을 즐긴 유키는 만족한 듯이 손뼉을 쳤다.

그러자, 아야노가 한순간 움직임을 멈췄다. 그리고 천천히 눈을 깜빡이더니, 고개를 갸웃거렸다.

"……성공했습니까?"

"응. 대상자의 짐승화도 문제없이 성공~. 아야노 생각에는 이게 오빠한테도 먹힐 거라고 생각해?"

"마사치카 님에게, 말입니까? ……어렵지 않으려나요?"

방금까지 최면술로 고양이가 됐었는데도, 아야노는 딱히 개의치 않으며 고개를 갸웃거렸다. 그러자 유키는 어깨를 으쓱했다.

"맞아~. 최면술사는 최면에 내성을 지니고 있다는 게 정설이니까……. 아, 바이올린 수업 시간이 다 됐네~."

그렇게 말하며 침대에서 몸을 일으킨 유키는 수업 준비를 시작했다. 아야노는 그런 유키를 도우면서, 뭔가를 결의한 듯이 입술을 꼭 깨물었다.

◇

며칠 후, 오빠의 집에 놀러 갈 준비를 하는 유키에게 아야노가 말을 걸었다.

"유키 님."

"응?"

"예의 최면술 말입니다만……. 도움이 될 만한 것을 몇 개 준비했습니다."

"어? 최면술……? ……아하! 오빠에게 걸기로 했던 것 말이구나! 일부러 준비까지 해준 거야?"

"네. 마사치카 님께 최면술을 걸려면, 보조해줄 도구가 필요하리라고 생각했습니다."

"아~, 강화 아이템 같은 거구나? 맞는 말이야~."

"이것저것 준비해봤습니다만…… 우선, 이건 어떨까요?"

아야노는 그렇게 말하더니, 메이드복 호주머니에서 진한 핑크색을 띤 양초를 꺼냈다.

"정신을 진정시키고, 최면술에 쉽게 걸리는 상태로 만드는 아로마 캔들이라고 합니다."

"에로 동인지에서 나오는 거네."

"다음은…… 이것입니다."

아야노는 스마트폰을 조작한 후, 유키에게 내밀었다. 그 화면에는 커다란 눈을 둘러싸듯 파도 같은 이펙트가 그려진 수상한 그림이 표시되어 있었다.

"……이건 뭐야?"

"최면 애플리케이션이라고 합니다."

"에로 동인지에서 나오는 거네!"

똑같은 태클을 반복하는 유키에게, 아야노가 이어서 내민 것은…… 투박한 목줄이었다.

"……이건 뭐야?"

"장착한 상대에게 복종을 강요하는 목줄이라고 합니다."

"이세계 판타지에서 나오는 거네! 아니, 그런 걸 오빠한테 쓸 생각이야?!"

"아뇨. 이건 저한테 채워주셨으면 합니다만……."

"필요 없지 않아?"

"그렇, 습니까……."

"이봐, 아쉬워하지 마."

머릿속이 지끈거린 유키는 이마를 손으로 짚으면서 그 목줄을 쳐다봤다. 목줄에는 다양한 색깔의 파워 스톤 같은 것이 달려 있어서, 평범한 장난용 굿즈라고 할 수 없는 기묘한 존재감을 뿜고 있었다.

"애초에…… 그런 수상한 물건을 어떻게 구한 거야?"

"그게…… 일전에 쇼핑하러 갔을 때, 후드를 걸친 노점상이 말을 걸어 왔습니다……. 딱히 별말을 하지 않았는데도 이런 것을 주더니, 돈은 필요 없다고……."

"어이쿠? 이세계 판타지가 아니라 현대 오컬트였구나. 그건 절대 쓰지 마. 스토리상 그걸 쓴 사람이 파멸한 후, 그 노점상이 『인간은 어리석어……』 하며 웃는 흐름이거든."

"네……?"

"어, 잠깐. 설마 아로마 캔들도 그 노점상이 준 거야?"

"이건 100엔 숍에서 산 겁니다."

"맙소사. 100엔 숍에는 없는 게 없구나."

"200엔이었습니다만……."

"살짝 비싸잖아. 어째서?"

그렇게 태클을 날린 유키는 아야노가 왠지 풀이 죽어 보인다고 생각했다.

(아…… 말이 조금 심했을까. 나를 위해서 찾아봐 준 걸

텐데…….)

마음속으로 그렇게 반성한 유키는 가볍게 헛기침을 한 후, 양초를 쳐다보며 입을 열었다.

"뭐, 그래도…… 그 양초와 앱은 시험 삼아 써보자."

"아! 네, 부디 그래 주십시오!"

"응. 찾아봐 줘서 고마워."

"아뇨. 이 정도는 아무것도 아닙니다."

갑자기 표정이 환해진 종자를 향해 미소 지은 유키는 마음속으로 「끈에 묶은 5엔 동전이 더 먹힐 것 같지만……」 하고 생각하며 쓴웃음을 지었다.

◇

"그렇게 생각하던 시기가, 저한테도 있었습니다."

그렇게 중얼거린 유키의 시선은, 공허한 눈길로 침대에 걸터앉아 있는 마사치카를 향하고 있었다. 어젯밤에 「숙면을 돕는 아로마」라고 말하며 아로마 캔들을 건네줘서 밤새도록 그 연기를 들이마시게 한 후, 막 자다 깨어나서 정신이 멍한 타이밍에 최면 애플리케이션을 써보니…… 뜻밖에도, 최면 유도에 성공하고 말았다.

"맙소사……."

"축하드립니다. 성공하셨군요."

“아, 응……. 으음, 일단 환기부터 시키자!”

“알겠습니다.”

메이드 모드인 아야노가 창문과 거실로 이어지는 방문을 열자, 실내의 묘하게 달콤한 공기가 옅어졌다. 하지만 마사치카는 여전히 정신을 차리지 못했다. 공허한 표정을 지은 채, 바닥을 멍하니 바라보고 있을 뿐이었다.

“……어쩌지.”

진짜로 최면에 걸릴 거라고는 생각 못 했기에, 이제부터 어쩌면 좋을지 전혀 생각하지 못했다. 하지만 아야노의 협력을 얻어놓고 「최면이 걸리는 걸 확인했으니 이제 됐어」 하며 끝내는 건 좀 그랬다.

“으음…….”

잠시 생각에 잠긴 후, 유키는 「아」 하고 뭔가가 생각난 듯한 표정을 지으며 스마트폰을 조작했다. 그리고, 최면 앱 화면을 마사치카에게 보여주면서 암시를 걸었다.

“당신은 애정 과다 타입 미남이 됩니다. 자신의 넘치는 애정을, 주체하지 못하게 됩니다.”

그렇게 말하며 화면을 터치하자, 우우웅~ 하는 기묘한 소리가 스마트폰에서 흘러나오면서 마사치카의 몸이 움찔했다. 그리고, 눈의 초점이 서서히 잡히더니…… 갑자기, 유키를 향해 달콤한 미소를 지었다.

“이야…… 유키는 오늘도 귀여운걸.”

"우왓, 기분 나빠."

유키는 무심코 그런 신랄한 감상을 입에 담았다. 하지만 마사치카는 완전히 질려버린 여동생을 개의치 않으며, 아야노를 향해 시선을 돌렸다.

"아야노도, 참 귀여워."

"가, 감사합니다?"

"후훗. 왜 그래? 뭘 그렇게 이상한 듯이…… 흠?"

바로 그때, 마사치카는 뭔가를 눈치챈 것처럼 몸을 일으키면서 아야노의 검은 머리카락을 향해 살며시 손을 뻗었다.

"실오라기가 붙어 있네."

"어, 죄, 죄송합니다! 부끄러워……."

눈가가 빨개진 아야노가 목을 움츠리자, 마사치카는 그런 그녀의 볼에 오른손을 살며시 댔다. 그리고, 아야노의 고개를 상냥히 들어 올린 후, 애정이 묻어나는 미소를 지으며 달콤하게 속삭였다.

"신경 쓰지 마. 그만큼 열심히 일해주고 있는 거잖아……. 오히려 아야노는 어깨에 들어간 힘을 조금 빼는 편이 좋지 않을까 싶네."

"아, 아뇨, 그렇, 지는……."

"그래? 아야노는 노력가인걸……. 항상 고마워. 사랑해."

마사치카가 상냥하게 볼을 쓰다듬어주며 사랑을 고백하자, 아야노는 눈을 크게 치켜뜨더니…….

"푸쉭……."

"아, 아야노~!"

"어이쿠."

아야노가 눈이 빙빙 돌면서 주저앉자, 마사치카가 재빨리 부축했다. 그리고, 공주님 안기를 해주며 침대에 상냥히 눕힌 후에 머리를 쓰다듬어줬다.

"후훗. 아야노는 참 귀여운걸."

그렇게 말한 마사치카는 동의를 구하듯 유키를 돌아봤다. 하지만 유키는 전투태세로 그 시선에 답했다. 자세를 낮추면서 양손을 가슴 앞으로 들어 올린 유키를 본 마사치카는 달콤한 미소를 머금으며 다가갔다.

"흐, 흥, 뭐야. 한판 해 보자는 거야? 내가 고백 정도에 겁먹을 거라고 생각한다면, 착각이거든? 나를 이렇게 움츠러들게 한 건 칭찬해주겠어. 하지만 나는 아야노와, 다르니, 어, 잠깐—."

—5분 후.

"사랑해……. 이 세상의 그 누구보다도 유키, 너를 사랑해."

"오효효효효~! 완전 대박! 이상한 목소리 나와아아아—!"

유키는 책상다리를 하고 앉은 마사치카의 다리 위에 앉아서, 등 뒤에서의 포옹과 사랑의 속삭임에 전율하고 있었다. 배를 살며시 쓰다듬어지고, 머리카락과 볼을 희롱당하면서, 귓가에서는 달콤한 말이 들려오고 있었다. 그것을 견디다 못한 유키는 괴성을 지르며 버둥거렸다.

처음에는 애정 과다 미남 모드인 마사치카에게서 위화감만 느껴졌지만, 이렇게 부끄러워하는 기색 없이 미남다운 행동을 선보이니 오히려 괜찮다는 느낌마저 들기 시작했다. 역시 부끄러워하면 진다는 말은 진리 같았다.

"왜 그래? 아까부터 계속 버둥거리고 있는데……. 혹시 부끄러워하는 거야?"

"하응, 저, 저기~ 귓가에서 속삭이지 말아 주겠어요? 그때마다 등골이 오싹하달까……."

"그래? 그럼…… 나를 봐주겠니? 유키의 귀여운 얼굴을 보면서, 이야기하고 싶은걸."

"아니, 그건 무리! 나 지금 엄청 괴상한 표정을 짓고 있을 게 뻔해애애앳—!!"

두 손 두 발을 앞으로 내민 유키가 계속 버둥거렸다. 하지만 그런다고 마사치카의 품속에서 벗어날 수는 없었다.

아니, 손길은 상냥하지만 유키를 잡은 구속 자체는 강렬했다. 그녀를 놔줄 생각이 없다는 강렬한 의지가 느껴졌다.

"크, 크윽, 꽤 하잖아. 내가 이렇게 부끄러워하게 만들 줄이야……."

"후훗, 그래? 유키의 이런 귀여운 모습을 볼 수 있다면, 얼마든지 솔직하게 사랑을 전하겠어. 나는, 유키를 이 세상에서 가장 사랑하거든."

"우냣, 으, 으그극, 우쭐대지 마, 오빠. 내가 이대로 당하고만 있을 거라고 생각한다면, 그건 착각이거든?"

입가에 자신만만한 미소를 한껏 머금은 유키가 마사치카의 품속에서 두 팔을 교차시켰다.

"간다, 오빠! 눈에는 눈! 이에는 이! 최면에는 최면! 얼마 전에 습득한, 내 새로운 뉴 모드로 상대해주마!"

『새로운』과 『뉴』가 겹치는 부분에서 동요할 대로 동요했다는 게 느껴졌지만, 유키는 개의치 않으면서 몸을 동그랗게 말면서 오라 같은 것을 응축한 후에 하늘을 향해 오른손을 치켜들었다.

"간다! 발동! 천사 모—."

"그런 거 안 해도, 유키는 언제 어디서나 내 천사야."

"드으아악~."

마사치카는 변신 방해라는 금단의 수를 펼쳤다. 애정 과다 모드의 마사치카는 유키가 변신하는 것을 그냥 두고 보고 있지 않았다. 모드 체인지에 실패하면서 기왕 끌어모은 오라 같은 것이 흩어진 유키는 그대로 경직에 빠지고 말았다. 그런 유키를 사랑스럽다는 듯이 끌어안은 마사치카가 그녀의 어깨에 턱을 얹었다.

"누구보다도 가족을 사랑하고, 언제나 가족을 위해 노력하는 내 천사…… 유키 같은 동생을 둬서, 나는 정말 행복해."

"으, 응……."

경직 상태에서 이런 인정사정없는 대사를 듣고만 유키는 농담도 하지 못하며 진짜로 부끄러워했다. 바로 그때, 얼굴을 새빨갛게 붉힌 유키의 뒤편에서 희미한 목소리가 들려왔다.

“으, 으…… 응.”

“아, 아야노! 정신이 들었어?! 저기, 좀 도와줘!”

아야노가 침대 위에서 몸을 일으키자, 유키는 마사치카의 어깨 너머로 그녀를 올려다보며 도움을 요청했다. 하지만 아야노는 유키와 함께 자신을 올려다보는 마사치카의 시선을 받고, 격렬하게 시선이 흔들리더니…….

“아, 마, 맞습니다. 아침 식사 준비를 하던 도중이었죠.”

빠른 어조로 그렇게 말한 후, 주인의 구조 요청을 무시하며 방 밖으로 나가버렸다.

“아, 아야노~! 배신자아아아~!”

“정말, 그런 소리를 하면 어떻게 해. 우리는 가족이잖아. 안 그래?”

“귓가에 속삭이지 좀 말란 말이야~!”

우냐~ 하고 외치며 고양이처럼 버둥거리던 유키는 퍼뜩 놀란 표정으로 말했다.

“아, 화, 화장실! 화장실 가고 싶어!”

“어? 그래? 그럼 다녀와.”

유키가 그런 뻔한 핑계를 대자, 마사치카는 순순히 그녀를 놔줬다. 즉시 몸을 일으킨 유키는 그대로 화장실로 뛰어 들어가더니, 땅이 꺼지게 한숨을 내쉬었다.

"큰일 났다……. 진짜 큰일 났어."

수치심을 잃은 오빠의 애정 공세에, 유키는 완전히 동요하고 말았다. 아이돌의 이미지 비디오처럼, 미남이 달콤한 말만 늘어놓는 것과는 달랐다. 마사치카의 지금 언동은…… 그의 본심에서 우러나온 것이 틀림없다. 다름 아닌 유키 본인이, 「자신의 넘치는 애정을, 주체하지 못하게 됩니다」라는 최면을 걸었으니 말이다.

"우, 우와~ 맙소사~. 오빠도 참~, 나를 너무 좋아하는 거 아냐~?"

얼버무리듯 그렇게 말한 유키는 양손으로 볼을 감싸며 몸을 배배 꼬았다. 그러지 않았다간, 온몸을 간지럽게 만드는 이 감정 탓에 정신이 나가버릴 것만 같았다.

"젠장, 젠장…… 우리 오빠는 너무 귀엽다니깐."

화장실에서 한참 동안 끙끙거린 후, 다소 마음이 진정된 유키는 거실로 향했다. 그리고…….

"아야노는 요리할 때도 참 멋지네……. 손놀림이 능숙해서, 넋 놓고 쳐다보게 돼."

"아, 으으……."

"인마, 뭐 하는 거야! 신혼부부냐!"

부엌에 선 아야노를 등 뒤에서 꼭 끌어안은 채 달콤한

말을 속삭이는 오빠에게, 전력으로 태클을 날렸다. 하지만 다시 오빠의 타깃이 되는 게 두려운 나머지, 함부로 다가갈 수가 없었다. 부엌 입구에서 이를 악문 유키는 발을 동동 굴렀다. 한편, 현재 마사치카에게 애정 공세를 받은 아야노는 날달걀을 쥔 상태에서 완전히 굳어버렸다. 무표정한 상태에서 눈이 빙글빙글 돌고 있으며, 얼굴 또한 서서히 벌게지고 있었다.

"신혼, 부부……. 후훗, 아야노와 결혼하는 사람은 참 행복하겠어. 이렇게 귀엽고 상냥한 데다, 집안일도 완벽하잖아."

"어, 어어, 으어어어어……."

그 달콤한 칭찬을 들은 아야노의 입에서는 떨림으로 가득 찬 목소리가 흘러나왔고, 달걀을 쥔 손은 격렬하게 흔들리기 시작했다. 금방이라도 놓칠 것만 같은 달걀을 보고 위기감을 느낀 건지, 아야노는 음정이 흔들리는 목소리로 말했다.

"마마, 마사치카 님! 이러시면 안 됩니다! 알이, 알이 나올 것만 같습니다!"

"응? 아…… 그러네. 위험한걸. 자, 살며시 움켜쥐어봐."

그렇게 말한 마사치카는 왼손을 아야노의 복부에 두른 채, 오른손으로 달걀을 쥔 아야노의 손을 살며시 움켜쥐었다. 그 순간, 한층 더 몸을 부르르 떤 아야노가 더욱 위기감에 찬 목소리로 외쳤다.

"안 됩니다! 알이 나올 것만 같습니다! 제 알이—."

"오빠의 애 낳을 준비에 착수하지 말라고!!"

참다못해 부엌으로 들어선 유키는 아야노한테서 마사치카를 떼어냈다.

"자! 오빠는 텔레비전이라도 보고 있어! 요리 방해하지 마!"

유키는 그렇게 말하며 마사치카를 부엌에서 억지로 쫓아낸 후, 달걀을 쥔 손을 싱크대 위에 올려놓은 채로 주저앉아 버린 아야노를 돌아보았다.

"……어때? 요리를 할 수 있겠어?"

"네, 네에……."

"의미심장하게 자기 배를 쓰다듬지 마."

볼이 상기된 채 아랫배를 쓰다듬는 아야노를 본 유키는 도끼눈을 뜨며 태클을 날렸다.

◇

"……으~음."

아침 식사를 마치고 느긋하게 텔레비전을 보고 있는 마사치카를 본 유키는 고개를 갸웃거렸다.

"음? 유키, 왜 그래?"

"질렸어."

"뭐?"

마사치카가 달콤한 미소를 머금으며 고개를 살짝 갸웃거리자, 유키는 인상을 찡그리며 딱 잘라 말했다.

오빠를 최면으로 애정 과다 미남으로 만들고 약 한 시간 반이 흘렀다. 이제 그의 달콤한 언동에도 익숙해졌다. 아니, 솔직히 말해 점점 짜증스럽게 느껴졌다.

아침을 먹을 때도 아~ 해주려고 하질 않나, 입가를 닦아주려고 하지 않나…… 솔직히 말해 배 터질 것 같다. 식사와는 다른 의미에서 말이다.

(아니, 최면이 너무 안 풀리는 거 아냐? 환기를 좀 더 제대로 시킬 걸 그랬나…….)

오늘은 아침부터 더워서 충분히 환기를 시킨 후에 창문을 다 닫고 에어컨을 켰는데, 아무래도 아직 아로마가 공기 중에 남아 있는 것 같았다. 마사치카의 최면 상태는 풀릴 기색조차 없었다.

"으음……. 슬슬 다른 최면을 걸어볼까."

유키가 그렇게 혼잣말을 하면서 스마트폰을 만지작거리고 있을 때, 테이블 너머에서 다가온 마사치카가 등 뒤에서 그녀를 꼭 안아줬다.

"뭐 하는 거야? 새로운 게임?"

"응, 맞아~. 자, 이걸 봐."

"응? 그게, 무슨……."

오빠의 말에 대충 대답한 유키는 어깨 너머로 스마트폰 화면을 보여줬다. 그러자 마사치카의 목소리가 잦아들더니, 눈도 깜빡이지 않으며 화면에 몰입하기 시작했다. 다시 최면 도입 상태가 된 마사치카에게, 유키는 다음 암시를 걸었다.

"당신은 자신감 과다 미남이 됩니다. 당신은 언제나 자신만만하고, 오만불손합니다. 하지만 걱정하지 마세요. 당신 주위의 사람은 모두~ 그런 당신을 좋아하니까요~."

대충 말을 늘어놓은 후에 화면을 터치하자, 우우웅~ 하는 기묘한 소리가 스마트폰에서 흘러나오면서 마사치카의 팔이 부르르 떨렸다. 그리고, 눈의 초점이 서서히 잡히더니…… 갑자기 턱을 들면서 자신만만한 미소를 머금으며 유키를 내려다봤다.

"이봐. 나에게 안겨 있는데, 스마트폰에 빠져 있는 거야? 배짱 한번 좋은걸……."

"우와, 대박."

오빠가 오만하게 웃으며 고개를 치켜들자, 유키는 정색하며 솔직한 감상을 늘어놨다. 아까 전의 애정 과다와 달리, 이 오빠는 유키로서 완전 별로였다. 완전 짱이다. 벌써부터 짜증이 날 지경이었다.

"왜 그러지? 내가 아야노하고만 놀아줘서, 삐치기라도 한 거야?"

"못 봐주겠네."

자신감 과다 상태의 오빠에게 완전히 질린 유키는 스마트폰을 치켜들었다. 그리고 동영상 촬영을 시작하자, 몸을 일으킨 마사치카는 몸을 뒤편으로 젖히며 앞머리를 쓸어올렸다.

"이봐, 갑자기 왜 그래? 나를 찍고 싶은 심정이라면 이해하지만…… 기왕 찍을 거면 좀 더 멋을 냈을 때 찍어주지 않겠어?"

마사치카는 그렇게 말하면서 상의의 단추를 한 개 풀더니, 의자에 털썩 앉은 후에 스마트폰의 렌즈를 향해 요염한 눈길을 보냈다.

"우와……. 오빠가 생각하는 자신감 과다 캐릭터, 완전 머리가 비어 보이네. 영상 찍어뒀다가 제정신으로 돌아온 후에 보여주면 어떻게 될까?"

애정 과다 타입의 오빠에게 당한 것에 대한 복수 삼아 그런 생각을 한 유키는 심술궂은 미소를 머금었다. 애초에 이 모든 일의 원인은 유키인 만큼, 명백한 적반하장인데도 말이다. 유키는 불리한 진실에서 주저 없이 눈을 돌렸다.

완전히 나르시시스트가 되어서 『미남 한정 허용』 포즈를 차례차례 취하는 오빠를 촬영하길 십여 분……. 갑자기 인터폰이 가볍게 울리자, 유키는 고개를 들었다. 그와 동시에 평소 같으면 바로 응대했을 아야노가 꼼짝 못 한다는 사실에 위화감을 느꼈다.

“어? 아야노?”

옆을 쳐다보니, 아야노는 얼이 나간 표정으로 의자에 멍하니 앉아 있었다. 평소처럼 공기가 된 건가 했더니, 아무래도 마사치카에게 애정 공세를 받고 입은 대미지에서 벗어나지 못한 것 같았다. 어쩔 수 없이 유키는 스마트폰을 내려놓고 자리에서 일어나더니, 인터폰을 확인했다.

“네, 누구시, 죠……?”

어차피 택배 배달이라고 생각하며 디스플레이를 본 순간…… 은발 소녀의 모습이 눈에 들어오자, 유키는 그대로 굳어버렸다.

“……어?”

오빠한테서는 오늘 아리사가 온다는 말을 듣지 못했다. 깜빡한 것일까? 그럴 리가 없다. 어제 아리사와 공부 모임을 가진다고 해서, 유키는 그녀가 돌아간 후에 이 집에 왔었다. 이틀 연속으로 올 예정이었다면, 마사치카가 깜빡할 리가 없다. 그렇다면 이것은 아리사의 기습 방문이 되는데…… 현재 시각은 오전 열 시 반. 친구 집을 찾기에는 너무 이른 시간이었다.

(어, 아랴 양? 어, 왜?)

전혀 예상치 못한 사태가 벌어지자, 유키는 인터폰 앞에서 굳어버렸다. 그런 그녀의 등 뒤에 마사치카가 섰다. 그리고 유키의 어깨 너머로 손을 뻗더니, 말릴 새도 없이 응답 버튼을 누르고 말았다.

"아랴? 무슨 일이야?"

『아, 마사치카? 갑자기 찾아와서 미안해. 어제 너희 집에 스마트폰을 두고 온 것 같거든…….』

아리사가 찾아온 이유를 밝히자, 유키는 납득했다. 납득하는 것과 동시에…… 이런 생각을 했다.

(스마트폰을 가지러 온 것치고는 복장을 참 신경 썼군요.)

같은 여자가 보기에, 아리사는 복장에 매우 신경을 썼다. 평소부터 패션을 신경 써왔다고 하면 그뿐일지도 모르지만, 왠지~ 그것만이 아닌 듯한 느낌이 들었다.

"좋아. 들어오라고."

『어? 알았어.』

"읏?!"

유키가 디스플레이에 비친 아리사를 뜨뜻미지근한 눈길로 쳐다보는 사이, 마사치카가 맨션 입구의 문을 열어서 아리사를 안으로 들이고 말았다. 아리사도 마사치카의 말투에서 약간의 위화감을 느낀 것 같지만, 별말 하지 않으며 안으로 들어왔다.

"우와, 큰일 났다."

심각한 표정으로 그렇게 중얼거린 유키는 맹렬한 기세로 머리를 회전시켰다. 왜 큰일 났냐면, 우선 지금의 마사치카는 최면 탓에 제정신이 아니다. 게다가 자신과 아야노가 이렇게 이른 시간에 마사치카의 집에 있는 것도 문제다. 거기다 한술 더 떠서 아야노는 현재 메이드 복장을 하고 있으며, 자신은 자기 집 안방에 있는 듯한 편한 실내복 차림이다.

(그래! 이 복장이 완전 문제잖아!)

순간적으로 그렇게 생각한 유키는 우선 옷을 갈아입으려다…… 현관으로 향하는 마사치카를 보고 발걸음을 멈췄다.

"으~~, 우선 최면 해제!"

1초 고민한 후, 유키는 스마트폰을 향해 몸을 날렸다.

"아야노! 오빠를 말려…… 아니, 나와 네 신발부터 숨겨!"

"……네."

아야노는 현관으로 향했고, 유키는 스마트폰을 켰다.

(일단 나와 아야노의 신발만 숨긴 다음, 정신을 차린 오빠가 현관 앞에서 아랴 양을 응대하면…….)

고속으로 작전을 짠 유키는 최면 앱을 켰고…….

"……어, 최면 해제는 어디 있는 거야?!"

해제 방법을 몰랐기에, 짜증 섞인 고함을 질렀다. 이렇게 되면 기존의 최면 해제 방법을 시도해볼 수밖에 없다…… 고 생각하며 발을 내디딘 순간에 현관의 벨이 울리자, 유키는 그대로 굳어버렸다.

"여어, 왔구나."

게다가 이어서, 현관문을 여는 소리와 아리사를 맞이하는 마사치카의 목소리까지 들려왔다. 최악의 사태가 벌어지자, 유키는 어금니를 깨물고…….

(으~~~~, 우선 변장부터 하자!)

포니테일을 풀며 자기 방으로 부리나케 뛰어간 유키는 그대로 외출용 옷을 입었다. 그리고 단아한 미소를 지으며 현관으로 향하더니…… 그곳에서 펼쳐지고 있는 광경을 보자마자 그대로 얼어붙고 말았다.

그것은 바로, 현관문을 등진 채 마사치카에게 벽쿵 & 턱 들어 올리기를 당한 아리사의 모습이었다. 그리고 그 광경을, 숨으려는 기색조차 보이지 않으며 응시하고 있는 아야노도 눈에 들어왔다.

"아니, 잠깐만, 잠깐만, 잠깐만……."

어찌 된 건지 멀뚱멀뚱 서 있는 아야노의 옆을 스쳐 지나간 유키가 그대로 끼어들려던 순간이었다. 마사치카는 야수 같은 미소를 머금으며 아리사에게 말했다.

"내 아이를 낳아줘."

"아니, 그건 얼마 전에 여성향 게임 앱의 광고에서 본 대사—."

"……네."

"이봐?! 네, 라고 대답했어?!"

마사치카의 와일드한 발언에 태클을 날린 유키는 아리사

가 바로 동의를 하자 그대로 경악하고 말았다. 그리고 눈알이 쏙 빠질 것만 같을 정도로 눈을 치켜뜬 채 아리사의 얼굴을 쳐다보았고…… 그녀의 얼이 나간 듯한 공허한 표정이 눈에 들어오자, 유키는 사태를 파악했다.

"아차! 이 사람, 최면 내성이 제로였지!"

아마 이 집 안에 남아있는 최면 아로마에 당한 것이리라. 그건 그렇고, 이 현관 부근에는 아로마가 거의 흘러 들어오지 않았을 텐데…… 대체 최면술에 얼마나 약한 걸까. 혹은 마사치카의 최면술에 걸리는 것에 익숙해져 버린 것일까.

그런 생각을 하는 사이, 마사치카는 아리사의 허리를 감싸 안으며 집 안으로 들어왔다. 아리사 또한, 멍한 표정으로 그의 팔에 몸을 맡겼다.

"어, 아니…… 잠깐만 있어 봐."

마사치카가 그대로 태연히 유키의 옆을 지나치며 거실로 향하려 하자, 유키는 정색하며 그의 어깨를 움켜잡았다. 그러자, 마사치카는 고개를 돌려 유키를 쳐다보더니, 옅은 쓴웃음을 머금으며 타이르는 투로 말했다.

"유키…… 분위기 좀 살펴. 응?"

"인마, 무슨 짓을 하려는 거야아아아아—!!"

비명에 가까운 절규를 토한 유키는 그대로 주먹을 치켜들었다. 그리고 마사치카의 턱에 인정사정없이 주먹을 꽂아 넣어서 행동 불능 상태로 만들려 했다. 하지만 그 직전에 손목을 잡히고 말았다.

"위험하잖아. 나는 말귀 못 알아듣는 꼬맹이를 싫어한다고."

"시끄러워! 정신 차려, 이 망할 자식아! 아야노! 오빠, 아니, 마사치카 씨를…… 아야노?"

멍하니 서 있던 아야노가 마사치카의 앞으로 나서는 모습이 눈에 들어오자, 유키는 그녀에게 협력을 요청하려 했다. 하지만 그녀의 눈동자를 보자, 유키는 불길한 예감이 맹렬히 엄습했다.

"마사치카 님…… 네. 마사치카 님의 아이를, 낳겠습니다……."

"너도 걸렸냐아아앗!!"

왜 얼이 나가 있나 했더니, 아무래도 최면 아로마에 당한 것 같았다. 왜 이런 일이 벌어진 것이냐면…….

(전부 내 탓일 거야!)

아야노를 최면술의 실험 대상으로 삼아서, 그녀의 내성을 약하게 만든 사람은 다름 아닌 유키다. 마음속으로 머리를 감싸 쥐면서도, 아야노가 마사치카에게 몸을 맡기려 하는 모습을 본 유키는 허둥지둥 명령을 내렸다.

"아야노! 앉아!"

"……."

"젠장, 안 통해! 이게 재능의 차이인가?!"

될 대로 되란 듯이 고함을 지르며 마사치카의 손을 떨쳐낸 유키는 양손을 펼치며 마사치카를 막아섰다. 그리고 아리사와 아야노를 양손으로 안은 마사치카를, 금방이라도 달려들 듯이 노려보았다.

"내가 어깨를 만지면, 최면이 풀립니다! 알겠죠? 하나, 둘~, 셋!"

유키는 그렇게 똑똑히 말한 후, 기도하는 심정으로 마사치카의 어깨를 두드리며 흔들었다. 하지만…….

"유키…… 뭐야. 질투하는 거냐? 안심하라고. 나는 언제나 네 오빠야. 알았지?"

"안 풀리잖아! 하아, 이제 어쩌면……, 어?"

고함을 지른 직후, 오른 손목을 누군가에게 잡히는 감촉을 느낀 유키는 몸이 공중에 둥실 떠오르는 듯한 느낌을 받았다. 그리고 정신을 차려 보니, 유키는 복도에 벌러덩 쓰러져 있었다.

"……어?"

반쯤 무의식적으로 낙법을 취한 데다, 마사치카가 상냥히 내려놓은 덕분에 고통은 느껴지지 않았다. 하지만 아무리 방심했다고 해도, 바닥에 떨어지기 직전까지 반응조차 하지 못했다. 유키는 그 사실에 전율했지만, 이런 엄청난 실력을 선보인 오빠가 다시 자기 방으로 향하려 하자 허둥지둥 쫓아가서 매달렸다.

“이봐, 진짜로 진정해. 최면을 걸고 하는 건 에로 동인지에나 나오는 거야. 아, 남자도 최면에 걸린 상태인 건 좀 드문가? 아니, 그 전에 생애 최초 플레이가 3P인 거야? 보통은 전 루트 공략 후의 보너스 하렘 루트에서나 나오는 거잖아. 그런 건 개별 루트의 공략을 마친 후에 해주세요~?!”

등 뒤에서 어깨를 잡고 필사적으로 말리려 했지만…… 슬프게도 체구가 작은 유키는 그저 허무하게 질질 끌려갈 뿐이었다.

“으~~! 하아, 정말!”

그렇게 거실에 들어서자, 유키는 될 대로 되란 듯이 고함을 지르며—.

◇

“—어? 윽, 아얏! 아, 아야야! 어, 뭐야. 잠을 잘못 잤나?”

마사치카는 정신을 차리는 것과 동시에, 목에서 느껴지는 강렬한 통증 탓에 신음을 흘렸다.

“아야야…… 어?”

그렇게 목을 누르며 몸을 일으켜 보니, 어찌 된 건지 자신은 사복 차림으로 침대에 누워 있었다.

“어째서…… 우왓?!”

의문에 사로잡히며 방 안을 둘러본 마사치카는 침대 옆에서 무릎을 꿇고 있는 아야노를 보고 화들짝 놀랐다.

"어, 왜, 왜 그래?"

"정말 죄송합니다……."

"뭐가? 어, 저기, 이게 무슨 상황인지 모르겠거든?"

"실은…… 어제 마사치카 님께 건네드린 아로마 캔들은 최면술에 쉽게 걸리는 상태로 만드는 것이었고…… 그 바람에, 마사치카 님은 오늘 아침부터 유키 님의 최면술에 걸려 계셨습니다."

"뭐? 최면술, 이라니……."

마사치카의 뇌리에, 학생회실에서 반라 상태가 됐던 아리사의 모습이 떠올랐고…… 그는 허둥지둥 그 모습을 머릿속에서 지웠다. 그와 동시에, 당시의 아리사가 최면 중의 기억을 잃었다는 것을 떠올렸다.

"으, 으음…… 어, 그런 거야? 나, 유키의 최면술에 걸려서…… 기억이 날아간 거구나?"

"네…… 아마 그럴 겁니다."

"하아……."

상황을 제대로 파악하지 못한 마사치카는 얼이 나간 채 한숨을 내쉬었다. 최면술에 걸렸다는 것을 자각하지 못하는 데다, 기억에도 없으니 어쩔 수 없다.

"……그런데 목이 엄청 아픈데, 왜 그런지 알아?"

"그게, 저기…… 저도 중간부터 기억이 모호해서 확실하지는 않습니다만…… 유키 님이 마사치카 님을 제지하기 위해, 등 뒤에서 목을 졸라 기절시키셨다고……."

"뭐?"

역시, 상황을 이해할 수가 없다.

"……뭐, 좋아. 그런데 유키는 어디 있는 거야? 그리고 너는 잘못이 없으니까 이제 고개 들어."

"아뇨. 아로마와 최면 앱을 준비한 건 저인지라……."

"……최면 앱?"

"이것입니다……."

아야노가 그렇게 말하며 내민 스마트폰에는 커다란 눈이 감겨 있는 이미지가 표시되어 있었고, 수상한 진동음 또한 흘러나오고 있었다.

"……이게 뭐야? 그리고 이 소리는 뭔데?"

"아, 이건 최면 해제용 음파? 같은 것입니다. 이걸 잠든 마사치카 님에게 들려드리고 있었습니다……. 아, 그리고 유키 님은 저기, 먼저 집으로 돌아가셨습니다……."

"뭐? 어째서?"

"으음…… 이걸, 저에게 맡기셨습니다."

아야노가 매우 머뭇거리며 내민 것은 반으로 접힌 종이였다. 펼쳐보니, 거기에는 유키의 글씨체로 「미안해」 하고 큼지막하게 적혀 있었다.

"……무슨 소리야? 아니, 잠깐만 있어 봐. 나를 제지했다고? 어, 혹시 내가 목 조르기로 기절당해야 할 짓을 한 거야?"

"그게…… 직접 확인하시는 편이 좋을 것 같습니다만……."

아야노는 그렇게 말하면서 베갯머리에 놓여 있는 마사치카의 스마트폰을 힐끔 쳐다봤다. 왠지 불길한 예감에 사로잡힌 마사치카가 스마트폰을 켜보니, 화면에는 학생회 2학년들의 메시지가 표시됐다.

『쿠제, 무슨 일이지? 고민이 있으면 들어줄 테니 털어놔.』

『쿠제, 괜찮아? 혹시 7대 불가사의 때 뭔가 들러붙은 건…….』

『아, 으음. 나는 멋지다고 생각해.』

토우야와 마리야한테서는 마사치카를 걱정하는 메시지가 와 있었다. 그리고 치사키한테서는 위로해주는 듯한 메시지가 와 있었다.

그리고 메시지 기록을 조금 거슬러 올라가 보니, 유키가 올린 동영상 파일 하나가 있었다. 그것을 터치하자—.

『이봐, 갑자기 왜 그래? 나를 찍고 싶은 심정이라면 이해하지만…… 기왕 찍을 거면 좀 더 멋을 냈을 때 찍어주지 않겠어?』

"아, 니?!"

도저히 믿기지 않는 자신의 모습이 화면에 나오자, 마사치카는 소리 없는 절규를 토했다. 화면 안의 자신은 나르시시즘에 빠져 차례차례 다양한 포즈를 취했다. 차마 더는 볼 수 없는 영상이라 스마트폰 화면을 껐지만, 선배들이 이것을 봤다는 사실에는 변함이 없었다. 결국 마사치카는 온몸이 분노에 휩싸이는 것을 느꼈다.

“유, 유키이이이이…… 네, 네가 이러고도 사람이냐아아앗……!!”

침대 위에서 이를 악문 마사치카는 필사적으로 수치심을 참았다. 그리고 퍼뜩 눈치챘다. 아직 아리사의 메시지가 올라오지 않았다는 사실을 말이다.

(그럼 아직 아랴가 안 봤을 가능성이— 아, 맞다! 아랴는 어제 스마트폰을 우리 집에 두고 갔으니까, 아직 못 봤을 거야! 그럼, 서둘러 영상을 지우면……!)

가장 보여주고 싶지 않은 상대는, 아직 이 영상을 보지 못했다. 갑자기 희망이 생겨나자, 마사치카는 유키가 이미 돌아갔다는 사실마저 잊으며 방을 뛰쳐나갔다.

“이봐! 유키—.”

그리고, 방 밖의 거실에서…… 테이블에 엎드린 채, 부들부들 떨고 있는 아리사의 모습을 보고 그대로 굳어버렸다.

“읏, 푸풉, 후후후훗~~~~~!”

아리사는 왼팔에 얼굴을 묻은 채, 웃음을 흘리며 부들부들 떨고 있었다. 그리고 테이블 위에 아무렇게나 올려둔 오른손은…… 마사치카의 책상 위에 놓여 있어야 하는, 아리사의 스마트폰을 쥐고 있었다.

『이봐, 더 찍어달라고……. 아, 그래. 스마트폰의 렌즈 너머가 아니라, 자기 눈으로 이 몸을 보고 싶은 거구나? 훗, 어쩔 수 없지…….』

"풉~~~~!!"

그 스마트폰에서는 도저히 믿기지 않는 자신의 목소리가 흘러나오고 있었기에…….

마사치카는 그 자리에서 무너지듯 무릎을 꿇었다.

"유, 유키…… 유우키이이이이~~~~!"

그리고 바닥에 엎드리더니, 쥐어짜 낸 듯한 목소리를 토해냈다.

"내가, 뭘 했다고 이러는 거야아앗—!!"

"풉~~~~!!"

마사치카가 토한 혼의 절규와, 아리사의 입에서 새어 나온 웃음소리가 포개졌다. 그 순간, 마사치카가 손에 쥐고 있는 스마트폰이 진동했다.

그 화면에 『너는 지나치게 매력적이거든』이라는, 유키에게서 온 메시지가 표시됐다.

제10화 덜렁이와 점원

"하아……."

크고 작은 수많은 봉제 인형이 놓여 있는 귀여운 방에서, 이 장소에 어울리지 않는 안타까운 한숨이 흘러나왔다. 그 소리의 주인은, 침대 위에 누워서 고양이 봉제 인형을 끌어안고 있는 마리야였다.

한 손으로 봉제 인형을 안고, 다른 한 손으로 금색 펜던트 안에 들어 있는 사진을 바라보는 마리야의 표정은 평소와 다르게 가라앉아 있었다.

"사아……."

그녀의 입에서 흘러나온 건, 사랑해 마지않는 소중한 이의 이름이다. 평소에는 밝고 환한 목소리로 부르는 그 이름도, 지금은 괴롭고 안타까운 울림으로 가득 차 있었다.

"이제, 못 만나는 걸까……."

비관적인 예상이, 마리야의 입에서 흘러나왔다. 하지만 곧 고개를 좌우로 젓더니, 베개에 얼굴을 묻듯이 몸을 동그랗게 말았다.

"……조금만 더, 하다못해 이 여름 방학이 끝날 때까지

는…….”

되뇌듯이 그렇게 중얼거린 마리야는 펜던트를 끌어안았다. 재회를 기대하며…… 혹은, 두려워하며…….

똑똑.

그렇게 몇 분이 흐른 후, 마리야의 방에 노크 소리가 울려 퍼졌다. 베개에서 한쪽 눈만 뗀 마리야는 대답했다.

“네~.”

『……마샤? 잠깐 들어가도 돼?』

“앗! 아랴?!”

문 너머에서 들려온 목소리에, 마리야는 튕기듯 몸을 일으켰다. 아까까지의 가라앉은 분위기는 어디로 간 것일까. 마리야는 무시무시할 정도로 기분 전환이 빨랐다.

“무, 무슨 일이야?!”

항상 언니에게 쌀쌀맞은 태도를 취하는 여동생이, 이렇게 마리야의 방에 찾아오는 일은 드물다. 2주에 한 번 일어날까 말까 하는 레어 이벤트이기에, 마리야는 바로 문 앞으로 뛰어갔다. 너무 힘차게 맞이한 바람에, 찾아온 아리사가 약간 당황할 지경이었다.

한편, 그런 아리사를 본 마리야의 얼굴에는 부드러운 미소가 어렸다. 아리사가 찾아왔다! 마리야에게 사소한 일 따위는 아무래도 상관없어졌다!

“……혹시, 자고 있었어?”

약간 흐트러진 마리야의 머리카락을 본 아리사가 약간 배려하는 듯한 표정을 지었다. 하지만 마리야는 그런 아리사의 배려를 걷어내듯 미소를 지으며, 가슴을 쫙 폈다.

"아냐, 데굴거리고 있었어! 그런데, 무슨 일이야?"

"아, 그렇구나……. 뭐, 저기……."

당당하게 데굴데굴 선언을 하는 언니를 보고 어처구니없다는 듯한 표정을 지은 아리사는 약간 머뭇거렸다. 그리고 시선을 돌린 그녀는 머리카락을 만지작거리면서 머뭇머뭇 입을 열었다.

"다음 주 합숙 때…… 수영복을 입을 거잖아? 마샤는 이미 준비했어?"

쿠죠 자매가 마지막으로 해수욕을 하러 간 것은 4년 전의 일이다. 그 후로는 사적으로 바다나 풀장에 간 적이 없기에, 4년 전에 비해 여러모로 성장한 두 사람은 몸에 맞는 수영복이 없었다. 일단 학교 지정 수영복은 있지만, 그것을 학교 밖에서 입는 게 난센스라는 것 정도는 아리사도 알고 있다. 그래서 같은 처지인 언니에게 물어보러 온 것이다. 그 말은, 즉…….

"아냐. 아직 안 샀어. 오늘내일쯤에는 사러 갈까 하던 참이야."

이어질 말을 예상한 마리야는 방긋 웃으며 그렇게 말했다. 그러자 예상대로, 아리사는 마리야를 힐끔 쳐다본 후에 시선을 돌리며 말했다.

"그래……. 그럼 기왕이면 지금 같이 사러 안 갈래?"

아리사에게 데이트 신청을 받았다! 마리야의 지능 지수가, 5 하락했다!

"응! 좋아~. 후훗, 아랴와 데이트!"

"데이트 아냐."

"언제 갈까? 이 언니는 언제라도 괜찮아."

"어, 그럼…… 30분 후는 어때?"

"알았어! 금방 준비할게~."

순식간에 흐늘흐늘해진 마리야는 문을 닫더니, 몇 분 전과는 딴사람이 된 것처럼 콧노래라도 흥얼거릴 듯한 표정으로 옷을 갈아입기 시작했다. 다시 한번 말하지만, 마리야는 무시무시할 정도로 기분 전환이 빨랐다.

그렇게 들뜬 심정으로 준비를 마친 후, 마리야는 아리사와 함께 집을 나섰다.

"그럼, 출발~!"

"손은 안 잡을 거야."

"아앙~."

양손으로 아리사의 손을 잡으려다 거절당한 마리야는 불만을 표시하듯 볼을 부풀렸다. 하지만 아리사가 개의치 않으며 걸음을 내딛자, 허둥지둥 그녀를 쫓아갔다.

"기다려~. 아랴는 걸음이 너무 빠르다니깐~."

"마샤가 너무 느긋한 거잖아."

"그렇게 서둘러도 덥기만 하잖아~? 자, 이 언니와 이야기를 나누면서 느긋하게 걷자. 응?"

"딱히 할 이야기도 없잖아."

"정말! 아랴는 너무 매정해!"

그렇게 평소와 다름없는 대화를 나누면서 가까운 역에 도착한 두 사람은 주위의 시선을 모으면서 플랫폼으로 이동했다.

"자, 마샤. 이쪽이야."

"어~. 이쪽은 내리면 계단이 바로 앞에 있는데……."

"안 돼. 잔말 말고 여성 전용 차량에 타자."

"푸푸…… 네~."

아리사가 재촉하자, 마리야는 투덜거리면서 이동했다. 물론 마리야도 여성 전용 차량의 존재 이유는 알고 있으며, 이 세상에 치한이라는 범죄자가 존재한다는 것도 알고 있다. 알고 있지만, 이제까지 마주친 적이 없어서 그다지 실감은 나지 않았고, 위기감도 느끼지 않았다.

……정확히는 본인이 눈치채지 못했을 뿐, 몇 번이나 마주쳤다. 손을 대기 전에 무시무시한 여동생이 확 노려봐주거나, 무시무시한 부회장이 손목을 분질러버리거나 한 탓에 미수로 끝났을 뿐이다. 덕분에 피해를 보지 않았지만, 그 덕분에 아이러니하게도 본인은 위기의식을 지니지 못

했다.

"혼자 탈 때도, 여성 전용 차량을 타. 그런 게 없다면, 스마트폰을 보지 말고 주위를 경계해."

"네~."

그래도 여동생과 단짝 친구가 걱정해준다는 것을 알기에, 순순히 그 충고에 따르는 건 마리야의 미덕이다. 아리사의 말을 듣고 고개를 끄덕인 마리야는 갑자기 미간을 살짝 모았다.

"아라……. 혹시, 치한한테 당한 적 있어?"

"뭐? 없어……. 나는 마샤와 다르게 경계심이 강하거든."

"나도 경계심은 강해~. 사아 이외의 남자가 내 몸을 만진 적 없어!"

볼을 부풀린 마리야는 두 손을 허리에 대며 반박하듯 그렇게 말했지만…… 그녀의 복장을 본 아리사는 어처구니없다는 투로 중얼거렸다.

"그 옷차림으로 무슨 소리를 하는 거야……."

아리사가 그렇게 말하는 것도 무리는 아니다. 오늘 마리야는 어깨와 배꼽이 훤히 드러나는 복장을 했다. 저 건강미 넘치고 매끄러우며 새하얀 속살에, 주위의 시선이 어마어마하게 쏠리고 있었다. 하지만 마리야는 그 시선을 어떻게 받아들인 건지, 기쁜 듯이 모자에 손을 대며 가볍게 포즈를 취했다.

"아, 이거? 후후, 귀엽지~?"

"……그건 인정할게. 나는 절대 안 입겠지만 말이야."

"뭐어~? 하지만 이건, 진짜로 시원하단 말이야."

"여자애가 배를 훤히 드러내면 안 돼요."

그렇게 딱 잘라 말하면서 언니를 향해 예의 없는 시선을 보낸 주위의 남성 손님들을 노려봐준 후, 아리사는 마리야의 팔을 잡아끌며 전철에 탔다. 그리고 15분 정도 전철로 이동한 후, 평소에도 옷을 사러 가는 커다란 역에서 내린 두 사람은 역 앞의 대형 상업 시설에 들어갔다. 엘리베이터로 여성복 플로어로 이동하자, 마리야는 화려한 옷들을 보고 눈을 반짝이더니…….

"와아~. 저 옷, 귀여워!"

그대로, 수영복과는 전혀 상관없는 매장에 들어가려 했다. 그리고, 그 움직임을 예상한 아리사에게 손목을 잡히고 말았다.

"오늘은 수영복을 보러온 거잖아. 자, 가자."

"어어~ 기다려~. 구경만, 구경만 좀 할게~."

마리야는 그대로 끌려가면서 불쌍한 소리를 냈지만, 아리사는 개의치 않으며 걸음을 옮겼다. 이 자유로운 언니를 내버려 두면 목적과 상관없이 옆길로 샐 것이라는 점을 잘 알기에, 아리사는 망설임이 없었다.

"앗. 저 치마, 전에 텔레비전에서 소개됐던 거야!"

"……."

"아, 폐점 세일을 하고 있네! 아랴, 전 품목 반값 할인이래!"

이 말에는 아리사도 약간 흔들렸다. 하지만 언니의 쓸데없이 오래 걸리는 쇼핑에 어울려줄 생각은 없었기에, 앞만 바라보며 성큼성큼 걸음을 옮겼다. 그렇게 반쯤 동생에게 질질 끌려간 끝에 목적지인 매장에 도착한 마리야는 그제야 저항을 관뒀다.

"와아~, 귀여운 수영복이 잔뜩 있어!"

아니, 그저 눈앞에 있는 것에 정신이 팔렸을 뿐이었다. 아리사는 그런 언니에게 질린 듯한 표정을 짓더니, 주위를 둘러보며 미간을 살짝 찌푸렸다.

"어? 아랴, 왜 그래?"

아리사는 마리야의 의문에 답하지 않으며 매장 내부를 얼추 둘러보더니…… 고개를 약간 갸웃거렸다.

"왠지, 하나같이 노출이 너무 과하지 않아?"

"어, 그래~? 수영복은 원래 그런 것 아냐?"

아리사의 말을 듣고 고개를 갸웃거린 마리야는 벽에 걸려 있는 원피스 타입의 수영복을 손가락을 가리켰다.

"그렇게 신경 쓰이면, 저런 것도 있어. 저거라면—."

"다리가 드러나잖아."

"……다리?"

전혀 예상치 못한 발언이 들려오자, 마리야는 정색하며

아리사를 돌아보았다. 하지만 아리사는 진지한 표정을 짓고 있었기에, 마리야는 잠시 눈을 껌뻑였다.

“으음, 아랴? 다리가 보이는 건 당연—.”

“안 돼. 학교 풀장과 다르게 남자도 있잖아? 평소 안 보이는 장소는 가려야 마땅해.”

“으음, 그 말은……?”

마리야가 본격적으로 고개를 갸웃거리자, 아리사는 당연하다는 듯이 말했다.

“배는 물론이고, 다리와 허벅지도 가려야 한다고 봐.”

“아랴, 혹시 해녀가 될 생각이야?”

진지한 표정으로 태클을 날린 마리야는 마음속으로 「이대론 안 돼」 하고 생각했다. 아리사가 이성을 극도로 경계한다는 건 알고 있지만, 이대로 수영복을 고르게 됐다간 최종적으로 잠수복 같은 것을 고르는 미래가 뻔히 보였다. 한 명의 여자애로서 그것은 아웃이라 생각하며, 여동생을 사랑하는 한 명의 언니로서도 아리사가 귀여운 수영복을 입어줬으면 했다.

하지만 대놓고 「이걸 입어!」 하며 수영복을 권해도 「마샤의 취향은 이해가 안 돼」 하며 거부할 게 뻔했다. 그도 그럴 것이, 마리야가 입은 배꼽이 드러나는 옷을 보고 「절대 안 입는다」 하고 단언한 것이다. 그렇다면…….

“아랴…… 이 언니는 아랴가 자기 몸을 소중히 여기는 건

좋게 생각하지만, 그래도 때와 장소를 가려야 한다고 봐."

때와 장소. 그것은 상식 있는 인간…… 아니, 상식 있는 인간이 되려고 하는 인간에게 있어, 일종의 살인 문구나 다름없는 말이다. 아리사도 마찬가지인지, 눈썹을 희미하게 움직이며 마리야를 내려다봤다. 마리야는 그 눈을 응시하며 애원하듯 말했다.

"이번 합숙은 합숙을 빙자한 친목 여행이야. 즉, 여가 활동이지. 그렇다면 거기에 걸맞은 옷차림을 해야 하지 않을까?"

"……그럴지도 모르지만, 그렇다고 노출을 늘릴 필요는—."

"있어. 『당신들에게 속살을 보여줄 마음은 없습니다』라고 대놓고 말하는 듯한 복장을 하면, 친목을 다질 수 있을 리가 없잖아. 분명 분위기가 팍 식어버릴걸? 일본에서는 함께 목욕을 하며 친목을 다진다고도 하잖아?"

"으—."

마리야의 말에 일리가 있다고 생각한 건지, 아리사는 입을 다물었다. 그러자, 마리야는 기회를 잡았다는 듯이 공세를 이어갔다.

"게다가 이번에 가는 건 프라이빗 비치니까, 불특정 다수의 눈길을 받지도 않아."

"……하지만 마사치카와 회장이 있잖아."

"괜찮아~. 어차피 회장은 치사키만 쳐다볼걸? 그리고 쿠제는 분명 나만 쳐다볼 거야."

"뭐?"

아리사가 영문을 모르겠다는 듯이 눈썹을 살짝 찌푸리자, 마리야는 일부러 우쭐대듯 가슴을 폈다.

"쿠제도 어차피 남자잖아. 남자는 하나같이 여자의 가슴에 흥미를 품어. 그러니까…… 내가 귀여운 수영복을 입으면, 분명 내 가슴에서 눈을 못 뗄걸?"

마리야는 자기 가슴에 두 손을 얹더니, 몸을 배배 꼬았다. 마리야답지 않은 그 오만한 발언으로, 입가에 경련이 일어난 아리사의 푸른 눈에서는 경쟁심이 활활 타올랐다.

"흐음…… 자신감이 넘치네. 가슴만이 아니라 배에도 살점이 많은 마샤한테, 이 내가 뒤진다는 거야?"

『이』라는 부분에 힘을 주면서 말한 아리사는 자기 몸매를 과시하려는 듯이 팔짱을 끼면서 몸을 비틀었다. 그리고 훤히 드러난 마리야의 배를 의미심장한 눈길로 쳐다보더니, 훗 하고 웃었다. 하지만 마리야는 그 정도 도발에 반응하지 않았다.

"아랴는 뭘 모르네~. 남자들은 말이지~? 살점이 좀 있는 여자애를 좋아하거든? 아랴의 군살 하나 없는 탄탄한 몸도 멋지다고 생각하긴 하지만 말이야~."

위로하듯 그렇게 말한 마리야도 풍만한 가슴을 과시하듯 몸을 젖혔다. 마리야가 평소와 다르게 맞서는 듯한 태도를 취하자, 아리사의 눈가가 부르르 떨렸다.

그도 그럴 것이, 아리사는 자부심을 가지고 있었다. 자신의 체형을 유지하기 위해, 마리야보다 훨씬 노력하고 있다는 자부심 말이다. 노력하고 있는 자신이, 태만에 의해 축적된 군살에 뒤진다? 아리사는 그것을 결단코 인정할 수 없었다.

"배짱, 한번 좋네……. 내 완벽한 몸매를 보고, 옆에서 걷는 것조차 부끄러워져도 나는 모르거든?"

"좋아~. 그럼 아랴도 비키니로 확정이네?"

"……뭐?"

"배가 드러나는 수영복이 아니면 의미 없잖아~? 걱정하지 마. 나도 비키니를 입을 거야~. 아, 이것도 괜찮아 보이네."

아리사가 「어? 어째서 이렇게 됐지?」 하고 말하듯이 고개를 갸웃거리는 사이, 마리야는 수영복을 고르기 시작했다.

바로 그때, 머리카락이 단정하고 안경을 쓴 여성 점원이 슬그머니 다가와서 입을 열었다.

"저기, 손님. 실례지만 이곳에 있는 수영복은 저쪽의 손님에게는 좀 작지 않을까 싶군요. 한 사이즈 더 큰 것을 추천드리죠."

"어?"

점원이 안경을 고쳐 쓰며 그렇게 지적하자, 마리야는 아리사를 돌아보았다. 그리고 아리사의 가슴을 뚫어지게 쳐다보며 말했다.

"아랴…… 가슴이 또 커진 거야."

"뭐, 뭐야……. 그러는 마샤도 남 말 할 자격 없거든?"

"응. 그건 그렇지만……. 역시 엄마의 요리가 원인일까? 성장이 멈추질 않는다니깐~."

거북한 것처럼 몸을 비트는 아리사에게서 시선을 뗀 마리야는 자기 가슴을 내려다보며 난처한 표정을 지었다.

"아랴도 각오하는 편이 좋을걸?"

"뭘 말이야……. 그것보다, 그건 이런 데서 할 이야기가 아니잖아!"

아리사는 그렇게 말하면서 마리야가 들고 있는 수영복을 낚아채려 했다. 하지만 점원은 그보다 빠르게 한 사이즈 더 큰 수영복을 챙겨 들더니, 아리사의 품속으로 재빨리 파고들었다.

"손님, 괜찮으시다면 이 수영복을 입어보시지 않겠어요?"

"어, 아니, 하지만……."

"무슨 일이든 일단 경험해 보는 게 중요하답니다. 우선 이 수영복을 입어보고, 어떤 수영복이 좋을지 방향성을 결정하시죠. 그럼 이쪽으로 오세요."

이러쿵저러쿵하는 사이에 탈의실 앞으로 끌려간 아리사는 그대로 탈의실 안으로 밀려 들어갔다. 물 흐르듯 자연스럽게 수영복을 입게 만든 점원의 수완을 본 마리야는 엄지를 치켜들었다.

"꽤 하네요. 감사해요."

"아뇨, 이것도 제 일이니까요."

"프로시군요……. 그런데 점원 분은 이름이 어떻게 되시죠?"

"소개가 늦었군요. 저는 이 가게의 점장인 와타나베라고 한답니다."

안경을 고쳐 쓴 점원, 아니, 와타나베 씨는 가슴에 달고 있는 이름표를 가리켰다. 수완 좋은 점장의 안경이 반짝였다.

"그런데 두 분은 자매이신가요?"

"아, 네. 그래요~. 일단은 제가 언니고요~."

아리사보다 키가 작은 데다 동안이라서 자기가 동생이라 오해를 받기에, 이렇게 보충 설명을 했다.

하지만 와타나베 씨는 뜻밖이라는 반응이 아니라, 「알고 있었다」는 듯이 연거푸 고개를 끄덕였다.

"네, 네, 그럴 것 같았답니다. 동생이 멋진 수영복을 입어줬으면 한다. 그런 거죠?"

"맞아요~! 저 애, 내버려두면 잠수복 같은 걸 입을 것 같아서…… 어."

바로 그때, 탈의실 안에서 소리가 안 들린다는 사실을 눈치챈 마리야는 커튼 가장자리로 얼굴을 쑥 내밀었다.

"아랴, 왜 그래~?"

"어, 얼굴 들이밀기 전에 말 좀 해!"

아니나 다를까, 건네받은 수영복을 손에 쥔 채 인상을 쓰고 있던 아리사는 갑자기 고개를 들이민 마리야 탓에 화들짝 놀라며 그녀를 돌아봤다.

"그럼 빨리 갈아입어~. 점장님도 기다리고 있잖아."

"하지만, 이건……."

아리사가 머뭇거리는 것도 무리는 아니다. 그녀가 손에 쥔 수영복은 궁극의 검정 비키니라고 해도 과언이 아니니 말이다.

무지에, 리본이나 프릴도 달리지 않았으며, 천 면적도 적다.

존재하는 건 가느다란 끈과 조그마한 천뿐이다. 마치 서양의 슈퍼 모델이 입을 것 같은 The 비키니다.

"역시, 이런 건 못 입어!"

비명에 가까운 목소리로 그렇게 외친 아리사가 수영복을 안 입으려 했다. 바로 그때 불쑥 나타난 이는 바로 우리의 점장, 와타나베 씨다.

"그럼 이건 어떨까요?"

그렇게 말하며 내민 것은 천 면적이 꽤 늘어난 핑크색 비키니였다. 곳곳에 달린 녹색 프릴이 소녀다운 귀여움을 자아내고 있었다.

"뭐, 이거라면……."

몇 분 전만 해도 배와 다리도 드러내지 않겠다고 선언했던 사람은 어디에 가버린 것일까. 완전히 도어 인 더 페이스 전략에 당했지만, 그 점을 눈치채지 못한 아리사는 와타나베 씨가 건네준 수영복을 손에 쥐었다. 그리고 몇 분 후…….

"우와~ 귀여워~."

"정말 잘 어울린답니다. 이것은 올해 유행하고 있는 타입의 수영복입니다만, 손님만큼 완벽하게 소화하시는 분은 처음 보는군요."

"그런, 가요?"

마리야만 칭찬했다면, 아리사도 가볍게 흘려 넘겼을지도 모른다. 하지만 프로라고 할 수 있는 수영복 매장의 점원이 침이 마르도록 칭찬해주자, 아리사도 약간 흔들리고 말았다.

"하지만, 핑크색은 너무 귀여워서 저한테 안 어울리는 것 같은데……."

"그렇군요. 그럼 이건 어떨까요."

와타나베 씨가 옆으로 손을 내밀자, 바람처럼 나타난 다른 점원이 새 수영복을 건네줬다. 이 가게의 점원은 특수한 훈련이라도 받는 것일까.

"이것은 같은 디자인의 수영복입니다만, 보시다시피 파란색 천에 꽃무늬를 가미해 상쾌함과 화려함을—."

그런 식으로 결코 과장되지 않기에 순수하게 받아들일

수 있는 와타나베 씨의 프로모션에 휘둘리며, 수영복 여섯 벌을 입어본 후…….

"아…… 이건, 괜찮은 것 같아."

커다란 레이스가 달린 물빛 비키니에, 아리사는 처음으로 긍정적인 반응을 보였다.

그 기회를 놓치지 않으려는 듯이, 마리야도 고개를 끄덕이며 입을 열었다.

"응, 이 언니가 보기에도 그 수영복은 참 귀여워 보여~."

"으, 으음, 그래도 역시……."

이 타이밍에 냉철함을 조금 되찾은 건지, 아리사는 거울에 비친 자신의 모습을 보면서 「노출이 너무 과한 것 아닐까?」 하며 미간을 찌푸렸다.

그러자 마리야는 즉시 의아한 표정을 지었다.

"에이~. 이 언니에 비하면 그 정도는 아무것도 아니거든?"

마리야가 그렇게 말하면서 들어 보인 것은 가운데가 끈으로 되어 있어서 가슴골이 훤히 드러나는 흰색 비키니였다. 자기 수영복보다 훨씬 대담한 수영복을 언니가 보여주자, 아리사의 판단기준이 크게 흔들렸다.

"하지만, 다리가……."

그래도 신경이 쓰이는 건지, 아리사는 자신의 훤히 드러난 허벅지를 내려다봤다. 그러자, 와타나베 씨가 천 하나를 스윽 내밀었다.

"그럼 이 파레오로 가리는 건 어떨까요? 세트로 구입하신다면, 이만큼 할인해드릴 수 있습니다만……."

와타나베 씨는 어딘가에서 계산기를 꺼내더니, 숫자를 입력해서 아리사에게 보여준다. 「세트로 구입하면 할인해준다」라는 살인 문구를 듣자, 아리사는 마음이 기울었다. 그리고 몇 분 후, 아리사는 파레오를 걸친 자신의 모습을 확인한 후, 천천히 고개를 끄덕였다.

"그럼, 이걸로……."

"감사합니다. 지금, 새 상품을 가져오겠어요."

와타나베 점장이 손뼉을 치자, 점원 한 분이 가게 안쪽으로 들어갔다. 그 능수능란함에, 아리사는 약간 질렸다. 그렇게, 두 명의 수영복을 계산한 후…….

"감사합니다~."

와타나베 씨와 훈련이 잘된 점원들에게 배웅을 받으면서, 두 사람은 가게를 나섰다.

목적을 달성한 아리사는 이미 마음이 집으로 향하고 있었지만…… 마리야는 수영복을 사면서 시동이 걸린 건지, 밝은 어조로 아리사에게 말을 건넸다.

"그럼 이제부터 뭘 할까?"

"응? 나는 이만 집으로 돌아갈 생각인데……."

"에이~, 같이 이곳저곳 돌아보자~."

"마샤와 같이 돌아다니면 시간 낭비가 심하니까 싫어."

"치~, 아랴는 쪼잔해~."

마리야는 불평을 하며 입술을 내밀었지만, 아리사는 개의치 않으며 엘리베이터로 향했다. 그 매몰찬 태도를 본 마리야는 뭔가 빨리 돌아가고 싶어 하는 이유가 있는 걸까 하고 생각했다.

(으~음……. 헉! 혹시 빨리 돌아가서, 방금 산 수영복으로 패션쇼를 하고 싶은 걸까? 새 옷을 사면 기분이 들뜨는 법이잖아!)

……마리야는 가족과 친구에게 「때때로 덜렁이 같은 발언을 한다」라는 말을 자주 듣는다. 하지만 본인은 그렇게 여기지 않으며, 자기가 덜렁이라는 것을 인정하지도 않는다.

(나와 점원분 앞이라서 못 한 걸지도 몰라……. 분명 자기 방에서 혼자 패션쇼를 즐길 생각인 거구나. 아, 그렇게 생각하니 나도 하고 싶어지네.)

왜냐하면, 마리야의 내면에서는 자신의 발언이 앞뒤가 맞기 때문이다. 마리야는 언제나 나름대로 올바른 논리 전개를 거친 후, 발언을 했다. 그저…….

"알았어, 아랴. 하지만 나도 같이하고 싶으니까, 패션쇼는 좀 기다려주지 않을래?"

"……무슨 소리야?"

그 과정을 생략하고 결론만 말한 탓에, 듣는 이들에게는 뚱딴지같은 발언으로 들린다. 당연히 이번 발언 또한, 아리사는 영문을 알 수 없었다.

하지만 곧 「평소와 같네」 하고 생각하며 이해하는 것을 포기한 아리사는 고개를 저으며 말했다.

"알았어. 그럼 그 수영복은 내가 들고 돌아갈게."

"어, 그래 줄래? 고마워~."

아리사는 언니에게서 비닐 봉투를 넘겨받은 후, 혼자서 엘리베이터로 향했다. 그 모습을 지켜본 마리야는 시계를 보더니, 잠시 생각에 잠긴 후에 다음에 도착한 엘리베이터를 탔다. 그대로 1층으로 내려가더니, 딱히 가게를 둘러보지 않고 건물을 나섰다.

"으음……. 여기서부터는, 걸어서 갈 수 있겠지?"

그리고 지도 앱으로 검색을 하더니, 혼잣말을 하며 길을 따라 걷기 시작했다. 목적지는 일본에 돌아온 후로 틈만 나면 찾는 그 장소다. 평소에는 자전거를 타고 가는 장소에, 오늘은 걸어서 향했다. 향했, 지만…….

"어머? 저 가게는 뭘까?"

마리야는 그 와중에도 한눈을 팔았다.

길 오른편에 있는 소품 가게에 마치 빨려들 듯이 들어갔다. 그리고 10분 후, 딱히 아무것도 사지 않고 가게를 나서더니…… 원래 가던 길인 오른쪽으로 가야 하지만, 망설임 없이 왼쪽으로 갔다. 그대로 몇 분 동안 걸어간 후…….

"……어머?"

마리아는 그제야, 자신이 원래 가려던 길에서 한참 벗어났다는 사실을 눈치챘다. 그녀는 일단 멈춰서더니, 스마트폰의 지도 앱을 켰다.

"으음…… 그래. 아마 이쪽일 거야."

그리고 또 망설임 없이 잘못된 방향으로 걸어가기 시작했다. 그렇다. 사실 마리아는…… 심각한 길치였다.

평소 친구와 가족에게 「마을을 마음 가는 대로 돌아다니는 것을 좋아한다」고 말했지만, 실은 반쯤 길을 잃고 헤매는 것에 가깝다. 본인은 그것을 인정하지 않지만 말이다. 왜냐하면…….

"어머? 어느새 도착했네……."

마리아는 심각한 길치지만, 좀 헤매다 보면 목적지에 도착한다고 하는 기적의 소유자이기도 한 것이다. 문뜩 옆을 쳐다보니 눈에 익은 광경이 보였기에, 마리아는 고개를 갸웃거리면서도 그곳으로 향했다. 그곳은 커다란 공원 구석에 있는, 온갖 놀이기구가 설치된 광장이다.

그 한가운데를 주저 없이 가로지른 마리아는 크고 작은 구멍이 뚫려 있는 커다란 돔 형태의 놀이기구 앞에 서더니, 그 꼭대기로 올라갔다. 그리고 그곳에 조그마한 돗자리를 깔고 털썩 앉더니, 뭔가를 찾듯 주위를 둘러봤다.

"……역시 안 왔구나~."

입술을 삐죽 내밀면서 약간 쓸쓸한 듯이 그렇게 중얼거

린 마리야는 그 쓸쓸함을 얼버무리려는 듯이 하늘을 올려다보았다.

“좋아. 기다릴게. 운명은 거머쥐는 것이거든.”

자기 자신을 타이르듯 그렇게 말하며 볼을 부풀린 마리야는 구름을 가만히 응시하기 시작했다. 그렇게 한여름의 뜨거운 햇살 아래에서, 20분쯤 기다렸을 때였다.

“아, 저기 있다! 이봐~!”

자신을 부르는 목소리에 흠칫한 마리야는…… 곧 그것이 그의 목소리가 아니라는 것을 눈치채더니, 가벼운 실망에 사로잡히며 시선을 내렸다. 그리고 놀이기구의 아래편을 쳐다보니, 그곳에는 낯익은 초등학생 7인조가 있었다.

“마리야 언니~!”

“누나, 우리 왔어~.”

“또 같이 놀자!”

그 소년, 소녀들은 마리야를 올려다보며 기쁜 듯이 환하게 웃었다. 그런 그들을 향해 빙그레 웃어준 마리야는 놀이기구에서 재빨리 내려갔다.

“좋아~, 오늘은 뭘 할래? 이 언니는 안 질 거야~.”

활기찬 목소리로 그렇게 선언한 마리야는 초등학생들과 함께 온 힘을 다해 놀기 시작했다. 커다란 공원 전체를 이용해 숨바꼭질을 했고, 지치면 나무 아래에서 소셜 게임의 협력 플레이를 했으며, 소녀들과 여자끼리의 수다를 즐기기도 했다. 그러는 사이에 어느새 해가 기울기 시작하자, 아이들은 마리야에게 손을 흔들며 집으로 돌아갔다.

"또 만나~."

아이들이 시야에서 사라질 때까지 손을 흔들어준 후…… 마리야는 예의 돔 형태의 놀이기구를 돌아보더니, 애절함이 희미하게 묻어나는 미소를 머금었다. 예전에 저곳에 있던 사랑스러운 소년의 환상이 눈에 어른거리자, 마리야는 가슴 깊은 곳이 달콤하게 옥죄어들었다.

그 순간, 갑자기 강한 바람이 불어온 탓에 마리야는 반사적으로 머리카락을 손으로 누르며 고개를 돌렸다. 그리고 다시 놀이기구를 쳐다보니, 소년의 환상은 이미 사라져 버렸다.

"……또 올게, 사아."

약간 처연한 눈빛을 머금으며 그런 말을 남긴 후, 마리야는 오늘도 추억의 장소를 뒤로했다.

제11화 요리와 추리

"여름 방학은 어때? 즐겁게 보내고 있어?"

"뭐, 그럭저럭 지내요. 회장님은 어때요?"

"뭐, 나도 비슷하다고나 할까. 유익한 시간을 보내는 중이라고 생각해."

별장 2층에 있는 남자 방. 그곳에 나란히 있는 침대에서 마주 보고 앉은 두 남자 사이에서는 어딘가 정신이 다른 곳에 가 있는 듯한 대화가 오가고 있었다. 이 자리에는 남자 둘뿐이니 여러모로 나눌 이야기가 있겠지만, 대화에 집중하지 못하고 있었다. 그럴 만도 했다. 두 사람의…… 특히 토우야의 의식은 8할가량이 1층의 부엌으로 향하고 있었다.

켄자키 가문이 소유한 별장의 널찍한 부엌에서는 현재, 다섯 명의 여성이 처절한 대결을 펼치고 있었다. 이렇게 말하면 호들갑스럽게 들리겠지만, 그녀들이 벌이고 있는 건 바로 요리 대결이다. 이 사태의 발단은 전철 안에서 일어났다. 유키의 제안으로, 이왕이면 오늘 저녁에는 여자들이 요리를 하나씩 준비하기로 한 것이다. 그리고 그것만으로는 재미가 없을 테니, 누가 어느 요리를 만들었는지 밝히지 않은 상태에서, 남자 두 명이 어느 게 가장 맛있었는지 고르게 하자……는 제안에 치사키가 의욕적으로 찬성했고, 결국 이 제안이 채용됐다.

그리하여, 공평을 기하기 위해 남자 둘은 방에서 기다리는 상황에서, 여자 다섯 명은 부엌에서 요리에 힘쓰고 있었다. 하지만 다섯 명이 동시에 요리를 할 수 있을 정도로 부엌이 넓지는 않기에, 두세 팀으로 나눠어 차례차례 요리하고 있었다.

"아아…… 으음."

"……."

토우야는 별 의미 없는 소리를 내면서 방문 쪽을 쳐다봤다. 마음이 딴 곳에 간 게 분명해 보였다. 그것도 무리는 아니었다. 마음 편히 요리만 평가하면 되는 마사치카와 달리…… 토우야의 경우에는 다섯 개의 요리 안에 사랑하는(치사키) 연인이 만든 것이 섞여 있으니 말이다. 그렇다. 토우야에게 중요한 것은 어느 요리가 가장 맛있나, 가 아니다. 어느 요리가 치사키가 만든 것인가, 다!

"으음. 회장님, 질문이 있는데요."

"응?"

"사라시나 선배가 직접 만든 요리를, 먹어 본 적은……?"

"……없어."

"와우……."

일단 가장 맛있는 요리만 고르기로 되어 있지만 「그럼 두 번째는?」이라는 질문을 받을 가능성 또한 없지는 않다. 아니, 토우야가 만약 치사키의 요리를 못 골랐을 경우, 그 질문을 받게 될 가능성은 매우 크다. 그때도 빗나간다면…… 상상하는 것조차 무시무시했다. 마사치카로서도 이 두 사람의 사이가 험악해지는 것은 바라지 않는다. 맑고 푸른 바다가, 시뻘겋게 물드는 광경 따위는 보고 싶지 않거든.

"으음, 실례지만 사라시나 선배는 요리를 잘 못하는 편…… 인가요?"

"글쎄. 하지만 이제까지 그런 이야기를 꺼내지 않은 걸 보면, 잘 못하는 편 아닐까……."

"그런 것치고는 유키가 요리 대결을 제안했을 때, 엄청 의욕을 보이던데……."

"……치사키는 대결이란 말만 들으면 조건 반사적으로 의욕적이 되지."

"아하……."

마찬가지로, 승부에 있어서 되게 지기 싫어하는 파트너(아리사)를 떠올린 마사치카는 고개를 끄덕였다. 그리고, 마음을 다잡으며 위로를 건넸다.

"그럼 이건 기회예요, 회장님! 이런 말은 좀 그렇지만, 가장 별로인 요리를 고르면 되는 거잖아요!"

"으음…… 마음이 좀 복잡하지만, 그러면 되려나?"

토우야가 천장을 쳐다보며 고개를 갸웃거리자, 마사치카는 힘차게 고개를 끄덕였다.

"우선, 아야노는 평범하게 요리를 잘해요. 그리고 아랴의 말에 따르면, 마샤 씨는 요리가 특기인 것 같아요. 아랴도 요리를 잘 못하는 편은 아니고, 유키도…… 때때로 실패할 때도 있지만, 맛없는 요리는 만들지 않죠. 유키와 아야노의 요리는 제가 맛으로 분간할 수 있어요. 아랴의 요리도…… 채소를 세심하게 다듬는 버릇이 있으니까, 어쩌면 눈으로 보고 분간할 수 있을지도 몰라요."

"오, 오오, 그래……. 그것보다, 너는 그 세 사람의 요리를 먹어 본 적이 있구나."

"뭐, 뭐어, 유키와 아야노는 제 소꿉친구니까요. 아랴의 요리는 얼마 전에……."

약간 거북한 듯이 말끝을 흐린 후, 마사치카는 가볍게 헛기침을 하고 말을 이어갔다.

"그러니까…… 그 세 사람의 요리를 분간하면, 제가 회장님에게 몰래 알려줄게요. 그 세 사람의 요리를 알면, 남은 건 사라시나 선배와 마샤 씨뿐이잖아요. 선택지가 두 개뿐이라면, 처음에 틀리더라도 얼버무릴 수 있지 않겠어요?"

"오, 오오. 쿠제는 정말 믿음직한걸."

"……뭐, 문제는 유키나 아야노가 일부러 괴상한 요리를 만들 경우지만요."

토우야는 희망이 보였다는 듯이 미소를 머금었지만, 마사치카는 톤을 낮추면서 우려되는 점을 말했다. 그렇다. 이 요리 승부를 제안한 이는 바로 유키다. 평소처럼 요리를 했다간 마사치카에게 간파당할 거라 판단한 그녀가 이제까지 만든 적 없는 요리를 내놓을 가능성이 없지는 않다. 그리고 유키에게 명령을 받은 아야노가 그런 짓을 할 가능성도 있다.

"……지나친 생각 아닐까? 자기가 제안한 승부에서, 일부러 익숙지 않은 요리를 만들지는 않을 것 같은데 말이야."

"그럼 좋겠지만요……."

토우야의 의견은 옳다. 하지만 마사치카는 알고 있다. 자신의 여동생은 자신의 승리보다, 승부 자체가 재미있어지는 것을 중시하는 인간이란 사실을…….

"그러고 보니…… 텔레비전에서, 러시아인이 마요네즈를 좋아한다고 했던 게 기억나는걸."

"어? 그게 무슨 소리예요?"

토우야가 기억을 떠올리듯 허공을 올려다보며 그렇게 말하자, 마사치카는 고개를 갸웃거렸다.

"아, 그게 말이지. 러시아인은 어떤 요리에도 마요네즈를 넣는다더라고. 어쩌면 쿠죠 자매의 요리를 분간할 힌트가 되지 않을까 싶어."

"어떤 요리에도 마요네즈를 넣는다……. 사워크림이 아니라요? 처음 듣는 이야기네요. 러시아에 가본 적 있는 할아버지도 그런 이야기를 하지는 않았고요……."

"관광객용 요리에는 그러지 않을지도 모르지만, 가정 요리에서는 그럴지도 모르잖아?"

"으음~~. 텔레비전의 정보를 얼마나 신용해도 될지……. 게다가 러시아도 참 넓은 나라잖아요. 일본도 동쪽 지방과 서쪽 지방은 식문화가 꽤 차이 나고요. 그렇게 큰 나라라면 더 심하지 않을까요?"

"으음…… 그럴까. 듣고 보니 『일본인은 간장을 좋아한다』는 말을 들으면 부정을 못 하지만, 그렇다고 일본인이 아무 요리에나 간장을 넣어서 먹느냐면 그렇진 않으니 말이야……."

"맞아요. 아무튼, 그 정보는 신용할 수 없을 것 같아요. ……뭐, 만약 마요네즈로 범벅이 된 요리가 나온다면 이야기가 달라지겠지만요."

"마요네즈 범벅인 요리는 좀 싫은걸."

토우야가 쓴웃음을 머금자, 마사치카 또한 마찬가지로 웃음을 흘렸다. 그 후, 마사치카는 방문을 지그시 응시한 후에 토우야의 얼굴을 힐끔 쳐다봤다.

"……좀 살펴보고 올까요?"

"부엌을 말이야? 하지만 우리한테 부엌에 얼씬도 하지

말라고—."

"화장실에 가는 것뿐이에요. 화장실에 가는 도중에 들은 소리와 목소리도, 힌트가 될지도 모르잖아요?"

"아하, 그거구나."

고개를 끄덕인 두 사람은 몸을 살짝 웅크린 채 방을 나섰다. 그리고 지나칠 정도로 신중하게 계단을 내려가면서, 부엌과 거실로 이어지는 문 쪽을 향해 귀를 곤두세웠다. 그러자, 요리하는 소리가 희미하게 들려왔다.

탁탁탁, 일정한 리듬으로 들려오는 소리는 칼질하는 소리일까. 치이이익…… 프라이팬으로 무언가를 굽는 소리도 들렸다. 그와 동시에 마리야의 목소리가 들려오자, 두 사람은 멈춰 서며 귀를 기울였다.

"냄새 좋네~. 채소는 볶으면 볶을수록 맛있어진다니깐~."

"맞습니다."

"볶을수록……? 그렇구나."

마리야의 말에 아야노와 치사키가 답하더니, 그 후에 둔탁한 소리가 들려왔다. 들들 볶는 것처럼 괴롭히는 듯한 그 기이한 소리를 들은 마사치카와 토우야가 고개를 갸웃거리고 있을 때, 갑자기 부엌에서 아무 소리도 들려오지 않았다. 그리고, 다음 순간…….

서거—억…….

부엌에서, 기분 좋은 금속음이 들려왔다. 그리고 그 여운에 잠기듯이 정적이 흘렀다. 몇 초 후, 마치 BGM이 서서히 켜지는 것처럼 요리하는 소리가 다시 들려오기 시작했다.

"(……치사키가 뭔가를 벤 걸까.)"

"(……요리라는 건, 저런 필살기 특수 연출도 필요한 거였나요?)"

계단 중간에서 멈춰 있는 토우야와 마사치카가 동시에 공허한 눈길을 머금었다. 바로 그때, 아야노의 목소리가 또 들려왔다.

"실은, 좀 더 열을 가하는 편이 좋을 겁니다."

"열을 가해……? ……이렇게 간단히 썰리다니, 너무 약해빠진 거 아냐? 좀 더 버텨봐, 조무래기. 조무~래기."

"치사키……? 왜 채소가 들으면 열받을 소리를 하는 거야?"

……뭐랄까, 들려오는 소리만으로도 카오스 그 자체였다. 주로 치사키의 조리 과정이 말이다. 고개를 돌려보니, 토우야가 완전히 넋이 나가 있었다. 마사치카도 그 심정을 충분히 이해할 수 있었다.

(……파이팅입니다.)

마사치카는 아무 말 없이, 동정의 의미를 담아서 토우야의 어깨에 손을 얹었다. 그러자 토우야는 달관한 듯한 눈길로 돌아서더니, 커다란 몸을 웅크린 채 방으로 돌아갔다.

그 뒷모습을 본 마사치카는 「화장실에 가던 길」이라는 구실을 만들기 위해, 실제로 화장실로 향하려고…… 몸을 일으켰을 때, 계단 옆에서 차가운 눈길로 자신을 올려다보고 있는 아리사를 발견했다.

"……."

"……."

두 사람은 아무 말 없이 서로를 응시했다. 몇 초 동안 시선을 교환한 후, 천천히 계단을 내려간 마사치카는 아리사에게 다가가서 그녀의 팔뚝을 움켜잡았다.

"자……."

그리고 상대방을 달래듯이 작은 목소리로 그렇게 말하면서 아리사를 데리고 거실에서 벗어나더니, 괜히 당당한 표정을 지으며 말했다.

"아니야."

"뭐가 아니라는 건데? 그리고, 함부로 내 몸에 손대지 마."

훤히 드러난 팔을 마사치카에게 잡힌 아리사는 인상을 쓰며 그의 손목을 때렸다.

"아, 실례했어."

마사치카는 머릿속으로 「전에 러시아어로 【만져도 되거든?】 하고 말하지 않았던가……?」 하고 생각하면서도, 그녀의 팔뚝에서 손을 뗐다. 그러자 아리사는 마사치카에게 잡혔던 팔뚝을 문지르면서 언짢은 투로 중얼거렸다.

【거칠게 만지지는 말란 말이야.】

"정말 미안해."

마사치카는 순순히 사과할 수밖에 없었다. 그와 동시에 「신사적으로 만진다면 괜찮은 걸까?」 하는 의문을 느끼면서 고개를 숙이자…… 아리사의 어엿한 계곡이 자연스럽게 두 눈에 들어왔다.

(응. 뭐, 아까도 엄청난 부위를 거칠게 만지긴 했지만 말이야.)

무심코 그런 생각이 머릿속을 스쳤다. 그와 동시에 「아, 지금은 속옷을 입고 있구나」라는 생각도 머릿속에 떠올랐다.

"저질……."

마사치카의 생각을 눈치챈 건지, 아리사는 혐오감을 드러내며 볼을 일그러뜨리더니, 그를 향해 경멸에 찬 시선을 보냈다. 양손으로 가슴을 가리며 뒷걸음을 친 그녀는 혐오감으로 가득 찬 목소리로 말했다.

"치한일 뿐만 아니라 남의 이야기를 훔쳐 듣다니, 구제불능이네……."

"아니, 치한이라는 건 말이 좀 심하잖아."

"흥. 훔쳐 들은 건 부정하지 않는구나?"

"그거야, 뭐……."

말끝을 흐린 마사치카는 가볍게 한숨을 내쉰 후에 솔직하게 이야기했다.

"나는 그렇다 치고, 회장이 사라시나 선배의 요리를 못

맞추면 큰일이잖아? 그래서 정찰을 좀 하자고 생각했을 뿐이야……."

"흐음?"

마사치카의 주장에 다소 납득한 건지, 아리사는 가슴에서 손을 떼며 한쪽 눈을 치켜떴다.

"뭐, 하고 싶은 말이 뭔지는 알지만…… 사라시나 선배도, 진검승부에서 심사위원이 사적인 감정에 휘둘리는 것을 기뻐하지 않을 것 같거든?"

"으, 응. 그건, 그래……."

"설령 지더라도, 다음번에 실력으로 이길 수 있도록 노력하면 될 일 아냐? 그런데 사적인 감정에 따라 실력에 어울리지 않는 평가가 내려진다면, 성장할 기회를 잃게 돼."

"으음~, 맞는 말이네……."

무심코 신음을 흘릴 정도로, 아리사의 주장은 옳았다. 하지만, 이번에는 상황이 여의치 않았다. 모처럼 다 같이 여행하고 있는데, 분위기가 가라앉을 사태가 벌어지는 건 피하는 편이 나으리라……는 자기 생각은 밝히지 않은 채, 마사치카는 씨익 웃었다.

"뭐, 안심하라고. 나는 정당한 평가를 내릴 생각이거든. 설령 아랴의 요리를 눈치채더라도, 평가가 달라지는 일은 없어."

마사치카가 그렇게 말하며 웃자, 아리사 또한 도발적인

미소를 머금었다.
"어머, 내 요리가 뭔지 알 수 있다는 거야? 아직 두 번밖에 먹어 보지 않았잖아?"
"가능하지 않을까? 그 두 번으로 네가 만든 요리의 특징을 파악했다고."
"흐음~?"
아리사는 한쪽 눈을 살짝 치켜뜨더니, 「어디 할 수 있으면 해봐」라고 말하는 듯이 웃음을 흘렸다. 그러자 마사치카도 자신만만한 미소로 답했다.
어느새 마사치카도 자기 파트너의 요리를 맞춰야 하는 상황이 됐다. 하지만 애초부터 치사키의 요리를 간파해야 한다는 사명을 짊어지고 있었던 만큼, 맞춰야 할 사람이 두 명으로 늘어나더라도 큰 문제는 없다.
(하지만, 좀 의욕이 샘솟는걸……. 이참에 요리를 만든 사람을 맞춰서, 멋진 모습을 보여주도록 할까.)
요리 승부라는 취지에서 벗어나기는 했지만, 마사치카는 의욕을 불태웠다. 그 모습을 본 아리사는 어깨를 살짝 으쓱했다.
"뭐, 좋아. 어느 게 내 요리인지 눈치채더라도, 그걸 고를 필요는 없거든?"
"오케이~. 그럼 기대하고 있겠어."
그렇게 말하며 아리사한테서 돌아선 마사치카는 2층으

로 돌아가려—.

【나를 선택하게 만들어주겠어.】

(으, 으윽! 나『의 요리』를, 이겠지?)

……던 순간, 등 뒤에서 육식녀의 『자기한테 반하게 만들겠다 발언』 같은 러시아어가 들려온 탓에 살짝 휘청거렸다.

◇

"그럼 회장님, 마사치카 씨. 맛봐주세요."

한 시간 후. 테이블 앞에 앉은 토우야와 마사치카에게, 유키가 대표로 그렇게 말했다. 그리고 그 말을 끝으로, 유키를 비롯한 여성들은 입을 다물었다. 아무래도 어느 게 누구 요리인지 힌트를 주지 않기 위해, 남자들이 먹는 동안에는 노코멘트 노리액션을 관철하려는 것 같았다.

""……잘 먹겠습니다.""

맞은편에 있는 여성들이 아무 말도 없이 쳐다본다고 하는 기묘한 분위기 속에서, 토우야와 마사치카는 그렇게 말했다. 그리고 테이블 위에 놓인 요리를 둘러봤다.

(일단…… 마요네즈 범벅인 건 없네.)

그뿐만 아니라, 겉보기에는 망친 것처럼 보이는 요리도 없었다. 요리 중에 그런 무시무시한 소리를 냈으면서도 말이다.

(다행이야……. 만화에서 나올 법한 모자이크 필수급 괴식 요리는 없어.)

그 탓에 딱 봐도 누가 만든 건지 알 수 있는 요리도 없지만…… 겉보기로 각 요리의 이름을 판단해 열거하자면, 왼쪽부터 볶음밥, 닭튀김, 물만두, 햄버그스테이크, 그리고…… 정체불명의 수프다.

(저건, 뭐지?)

마사치카만이 아니라, 토우야도 오른쪽 가장자리의 요리에 눈길을 빼앗겼다.

커다란 사발을 가득 채운, 검붉은 수프. 썰어 놓은 바게트가 곁들어져 있는 것을 보면, 아무래도 빵을 적셔서 먹는 것 같았다. 작게 자른 토마토가 들어가 있어서 빨간색을 띤 것 같은데…… 정체를 모르겠다. 동그랗게 자른 레몬도 둥둥 떠 있었다.

(레몬이 들어 있는 것을 보면, 차가운 수프일까? 아냐, 김이 나잖아……. 그건 그렇고, 토마토와 레몬이 들어갔으니 꽤 시큼할 것 같은데…… 으음, 처음에 저걸 맛볼 용기는 안 나네.)

동시에 그런 결론에 도달한 마사치카와 토우야는 시선을 교환하며 가볍게 의사소통을 했다. 토우야는 닭튀김이 놓인 커다란 접시를 당겼고, 두 사람은 닭튀김을 자신의 접시에 옮겨 담았다.

(겉보기에는 평범해……. 곁들인 채소는 양상추와 양파구나. 뭐, 닭튀김에는 별다른 특색이 있진 않을 거야.)

겉보기에는 맛있어 보이지만, 어느 것이 치사키의…… 혹은 아리사의 요리인지 분간한다는 목적에 비춰보자면, 이 특색 없음은 마이너스다.

(뭐, 일단 먹어볼까…….)

우선 닭튀김을 먹어봤다. 바삭한 튀김옷을 한 입 베어 물자, 간장과 마늘의 풍미와 함께 닭고기의 감칠맛이 입 안에 퍼졌다.

"으음…… 맛있네요."

"그래, 맛있는걸."

두 사람은 자연스럽게 그런 감상을 입에 담았다. 그와 동시에 여자들의 반응을 재빨리 살폈지만…… 유감스럽게도, 그녀들은 여전히 아무런 리액션도 보이지 않았다.

(뭐, 그렇게 간단히 허점을 드러낼 리 없나……. 그건 그렇고, 이건 진짜 맛있는걸.)

이번에는 양파와 양상추를 곁들여서 먹어봤는데, 그래도 맛있었다. 닭튀김은 맛이 진하고 기름지기에, 채소와의 궁합도 좋았다.

(뭐, 이 맛 자체는 기성품 닭튀김 가루 같은 것으로 낸 거겠지만…… 이렇게 바삭하게 튀기는 건 꽤 난이도가 높잖아. 이걸 만든 사람은 요리를 꽤 잘하는 편 아닐까?)

무심코 젓가락이 또 닭튀김을 향해 뻗어가려 했지만, 자제하면서 다음 요리로 넘어갔다. 이번에 토우야가 손에 쥔 것은 왼편에 있던 볶음밥 접시였다.

(재료는…… 달걀, 파, 양배추, 어묵…… 고기는 들어가지 않은 건가? 꽤 단순한 볶음밥인걸.)

하지만 요리 승부에서 이렇게 단순한 볶음밥을 내놨다는 건, 그만큼 요리에 자신이 있기 때문일지도 모른다.

(이건 좀 기대되네.)

마사치카는 약간의 기대감을 품으면서 조그마한 접시에 놓인 볶음밥을 입으로 가져갔다. 그, 결과는…….

(응. 뭐, 맛있어……. 하지만, 싱거운걸…….)

솔직히 말해, 좀 실망스러웠다. 간이 센 닭튀김을 먹은 탓이겠지만, 그렇다고 해도 너무 싱거웠다. 좋게 말하면 고급스러운 맛이겠지만, 평소 집에서 마늘 풍미 볶음밥을 즐겨 먹는 마사치카로서는 약간 아쉬웠다.

(뭐, 질리지 않고 많이 먹을 수 있다는 건 좋을지도 모르지만…… 단무지 같은 게 먹고 싶은걸.)

마음속으로 그렇게 생각하면서도, 마사치카의 취향이 아닐 뿐이지 결코 맛없는 볶음밥은 아니기에 「맛있어」 하고 말해뒀다. 그래도 여성들은 아무런 리액션도 취하지 않았다.

이어서 토우야가 손에 쥔 것은 물만두가 담긴 접시였다. 딱히 곁들인 채소나 다른 요리는 없었으며, 접시에는 물만두와 수프만이 담겨 있었다. 특징을 꼽자면 물만두의 가장자리에 주름이 없다는 점 정도일까.

(아까 몰래 들은 이야기에 따르면, 사라시나 선배는 자기 요리에 채소를 썼어. 그러니 이건 사라시나 선배의 요리가 아닐 거야.)

마사치카는 그렇게 생각하면서 물만두 하나를 입으로 가져갔고…….

"윽……?!"

뜻밖의 내용물에 놀란 나머지, 무심코 목소리를 내고 말았다.

(이, 이건, 다진 고기가 아니라…… 매시트포테이토야!)

수프가 콩소메 풍미인 점도 의외지만, 물만두 자체의 맛은 완벽하게 예상을 벗어났다. 예상했던 고기 맛이 아니라, 수프를 빨아들인 매시트포테이토의 아련한 단맛이 혀를 휘감았다.

(신기하네……. 게다가 나름대로 맛도 있어.)

토우야와 시선으로 놀라움을 공유한 마사치카는 마음속으로 「맛있어」 하고 말했다. 하지만, 이것으로 이 요리가 치사키의 요리가 아니란 추리는 흔들리고 말았다. 게다가 감자를 잘라서 으깬 만큼, 아까 전의 기이한 소리와도 연관점이 있었다.

(큰일인걸…… 예상보다 더 감이 안 와. 차라리 아랴와

마샤 씨가 알기 쉽게 러시아 요리라도 만들어줬다면…….)

그 순간, 마사치카는 하늘의 계시를 받은 듯한 느낌에 사로잡혔다.

(서, 설마 이건…… 그래!)

겉보기에는 평범한 물만두라서 바로 눈치채지 못했다. 하지만 틀림없다. 이것은, 물만두가 아니라…….

(러시아 요리인…… 펠메니야!)

그것은 일본에서도 유명한 러시아 요리 중 하나다. 마사치카도 지식으로는 알고 있지만 먹어 본 적은 없다. 하지만 러시아 요리일 가능성이 머릿속을 스치면서, 눈치채는 데 성공했다.

(그러고 보니 할아버지한테서 펠메니 안에는 별의별 속 재료가 다 들어간다는 말을 들은 적 있어……. 그래. 이게 바로…….)

그렇다면 이것은 십중팔구 아리사나 마리야가 만든 요리일 것이다. 맛 자체도 생소한 것을 보면, 유키나 아야노가 만든 요리는 아닐 것이다.

(이거…… 의외로 해볼 만한 거 아냐?)

아까 말한 것처럼 아리사의 요리를 맞출 수 있을지도 모른다는 희망, 그리고 처음 맛본 펠메니의 맛에 마사치카의 기분이 좋아졌다. 하지만 이어서 토우야가 손에 쥔 접시의 요리를 보자, 찬물이라도 뒤집어쓴 듯한 기분이 됐다.

(으으…… 이 타이밍에…….)

토우야가 선택한 것은 오른쪽 가장자리에 놓여 있던 정체불명의 수프였다. 내용물은 토마토와 베이컨, 그리고 잘게 썬 채소가 드문드문…….

(표면에 떠 있는 녹색 가루는…… 바질일까? 으음, 진짜로 맛을 상상할 수가 없어…….)

그릇에 옮겨 담은 수프를 뚫어지게 쳐다본 마사치카는 일단 바게트를 내려놓은 후, 스푼으로 국물을 한 입 먹어봤다.

"어?!"

그 순간, 마사치카는 충격에 사로잡혔다. 옆에 있는 토우야도 놀란 탓에 눈을 치켜떴다. 그 정도로 뜻밖의 맛이었다. 한마디로 말하자면, 이것은…….

"피자잖아……."

"그래……."

이어서 한 번 더 먹어봤다. 그러자 입에 퍼져나간 것은 피자…… 마르게리타피자 맛이었다.

(피자 맛 수프……. 진짜로 정체불명의 수프네.)

하지만, 맛있다. 정말 맛있다. 이번에는 바게트 한 조각을 손에 쥔 후, 수프에 담갔다가 먹어봤다.

"이렇게 먹어도 맛있어……."

빵을 씹을 때마다, 바게트에 스며든 수프가 입 안에 퍼져나갔다. 수프의 약간 강한 산미가, 빵의 단맛과 하나가 되면서 맛의 상승효과를 자아내고 있다.

(이거, 대단하네……. 어라? 혹시 이것도……?)

문뜩, 마사치카의 머릿속에 어떤 지식이 떠올랐다. 그것은 러시아인이 점심 식사로 수프와 빵을 먹는다는 것이다. 애초에 러시아 요리에는 수많은 종류의 수프가 있다고 한다. 이것도 그중 하나라고 생각하면, 납득이 된다. 하지만…….

(이건 저녁 식사이고…… 러시아의 빵이라면 호밀빵이잖아…….)

만약 이 수프가 러시아 요리가 맞더라도, 러시아 사람인 아리사와 마리야가 저녁 식사 시간에 이 조합을 내놓을까? 오히려 레시피만 조사한 사람이 교란을 위해 만든 것이라고 생각하는 편이 자연스럽지 않을까…….

(으음……. 아무튼, 마지막 요리를 먹고 생각하자.)

거기까지 추리한 마사치카는 판단을 보류하더니, 다음 요리로 넘어갔다.

마지막 요리는 무즙을 얹고 그 위에 소스를 뿌린 일본풍 햄버그스테이크다. 곁들인 음식은 버섯과 브로콜리, 파프리카다. 햄버그스테이크가 꽤 컸기에, 하나를 반으로 나눠서 토우야와 맛보기로 했다.

(이것도 닭튀김과 마찬가지로 겉보기에는 별다른 특징이 없는데…….)

딱히 치즈가 안에 들어있지도 않은, 평범한 햄버그스테이크다. 한 입 먹어 보니, 평범하게 맛있었다.

"평소에는 데미글라스나 토마토소스와 먹는데, 이런 일본풍도 맛있네."

소스를 듬뿍 빨아들인 무즙이 달아서, 햄버그스테이크와도 잘 어울렸다. 햄버그스테이크 자체는 겉보기와 마찬가지로 무난하지만, 이 조합이 마사치카에게는 신선하면서 맛있게 느껴졌다.

(하지만, 누가 이걸 만든 건지는…….)

처음 먹어 보는 요리이기에, 확신을 가질 수가 없었다. 고민하는 사이에 자신의 몫을 다 먹은 마사치카는 젓가락을 내려놨다.

"자, 그럼 판정을 내려주시겠어요?"

그리고 토우야도 식사를 마쳤을 때, 유키가 즐거운 듯한 목소리로 그렇게 말했다. 드디어, 운명이 순간이 찾아왔지만…… 마사치카는 아직 치사키의 요리가 무엇인지 파악하지 못했다.

(펠메니만큼은 절대 아닐 거라고 생각하는데…… 그건 아마 아랴나 마샤 씨가 만든 걸 거야. 그리고 정체불명의 수프도 그럴 것 같지만…… 어쩌면 유키가 만든 것일 가능성도 없진 않아…….)

아무튼, 그 두 요리를 만든 사람이 치사키일 가능성은

낫다. 그 점을 토우야에게도 테이블 아래로 신호를 보내 전달했다.

그렇다면 닭튀김과 햄버그스테이크와 볶음밥이라고 하는, 이 세상의 수많은 남자가 좋아하는 세 요리만이 남게 된다. 그리고 이 세 요리는 완성도에 있어서 큰 차이는 없었다. 마사치카의 취향을 고려한다면 볶음밥이 가장 뒤떨어지지만…….

(만들다 보니 맛이 옅어진 걸까. 아니면 의도적으로 그렇게 만든 걸까. 어느 쪽이냐에 따라, 이야기가 달라지겠어…….)

전자라면 치사키일 가능성이 크다. 하지만, 후자라면…….

"……좋아. 정했어."

자신이 생각에 잠겨 있는 사이에 토우야가 그렇게 말하자, 마사치카는 깜짝 놀라며 그를 쳐다봤다. 마사치카는 아직 후보를 줄이지 못했다. 하지만 토우야는 결의에 찬 눈동자로 앞을 쳐다보며, 단호하게 말했다.

"나는, 닭튀김이 가장 맛있었어."

한순간, 정적이 흘렀다. 그리고 그 안에서 어마어마한 긴박감이 흐른 후—.

"만세~!"

다음 순간, 치사키가 기쁨에 찬 목소리로 그렇게 외쳤다. 그리고 의자에서 벌떡 일어나더니, 천장을 향해 주먹을 치켜들었다.

마사치카가 답을 말하기 전에 치사키가 자기 요리를 밝혀버리자, 다른 여성들은 난처한 표정을 지으면서도 그녀를 축복해줬다.

"축하해, 치사키."

"축하드려요. 역시 연인 사이답게 맞췄군요."

"축하드립니다."

"잘 됐어요. 정말 축하드려요."

여성들이 박수를 보내는 가운데, 마사치카는 다른 의미에서 쓴웃음을 머금었다.

(뭐야, 결국 내 조언 같은 건 필요 없었잖아……. 하하, 못 해 먹겠네~.)

뭐랄까…… 식사와는 다른 의미에서, 잘 먹었습니다~라고 말해야 할 듯한 느낌이었다.

"정말, 토우야도 참~. 그렇게 맛있었어?"

"그래. 정말 맛있었어."

"그래……. 닭튀김만이라도 열심히 연습한 보람이 있네~."

"응? 닭튀김만?"

"후훗. 그렇게 맛있었으면…… 앞으로도 종종 만들어줄게."

"으, 응. 그거, 기쁜, 걸?"

치사키는 희희낙락하며 남친의 등을 찰싹찰싹 때렸고, 토우야는 그 충격에 배 속의 음식이 역류하는 것을 필사적으로 참으며 말을 이었다. 참 행복해 보이는 커플에게, 마사치카는 뜨뜻미지근~한 눈길을 보냈다. ……참고로 그리 머지않은 미래에, 토우야는 흰쌀밥과 닭튀김과 생채소뿐이라고 하는 궁극의 닭튀김 도시락을 매일같이 치사키에게 건네받게 되지만……. 그것은 별개의 이야기다.

“자, 그럼 마사치카 씨는 뭐가 가장 맛있었나요?”

“응? 아…….”

유키가 그렇게 말하자, 마사치카는 앞을 쳐다봤다. 유키는 즐거운 듯이 숙녀다운 미소를 머금고 있었고, 아야노는 무표정했으며, 마리야는 부드러운 미소를 짓고 있었다. 그리고 「흥미 없거든?」 하고 말하는 듯한 표정을 지으면서도, 눈빛은 진지한 아리사의 모습이 눈에 들어왔다.

네 사람의 다양한 시선이 쏠린 가운데, 입을 연 마사치카는—.

“나는, 저 수프가 가장 맛있었어.”

자신의 솔직한 마음을 밝혔다. 그러자…….

“어머, 정말이야? 기뻐라~.”

약간 뜻밖이라는 표정을 지은 후, 마리야는 손뼉을 치듯 양손을 모으며 쾌재를 불렀다. 그와 동시에 아리사의 미간에 주름이 생기는 모습이 눈에 들어왔지만…… 이것만은 어쩔 수 없다. 아리사도 말했다시피, 이것은 진검승부니까 말이다.

“마샤 씨의 요리인가요. 이야, 정말 맛있었어요. 이제까지 한 번도 먹어 본 적이 없는 맛이었는데…… 이건 러시아 요리인가요?"

"맞아~. 솔랸카라고 해."

"솔랸카…… 들어본 적도 없는 요리네요."

"으음……."

마사치카가 그렇게 말하자, 잠시 생각에 잠기듯이 턱에 검지를 댄 마리야는 고개를 갸웃거리면서 말했다.

"보르시가 러시아의 된장국이라면, 솔랸카는 러시아의 돼지고기 된장국이라고나 할까~?"

"진짜요? 돼지고기 된장국? 이게요?"

"어쩔 수 없어. 진짜로 그런 느낌인걸~."

마리야는 주먹을 위아래로 흔들면서, 역설하듯 그렇게 말했다. 그 모습을 본 마사치카가 쓴웃음을 머금고 있을 때, 유키가 또 말했다.

"혹시 남은 요리를 만든 사람이 누구인지 알겠어요?"

꽤 심술궂은 질문이지만, 마사치카는 자신만만하게 웃어 보였다. 애초에 모든 요리를 만든 사람을 맞출 생각이었던 만큼, 그중에서 두 가지를 만든 사람이 밝혀진 덕분에 마사치카는 확신을 가질 수 있었다.

"우선 이 볶음밥은 아야노가 만든 거지?"

볶음밥을 손가락으로 가리킨 마사치카가 아야노를 쳐다보며 그렇게 말하자, 그녀는 눈을 살며시 내리깔며 고개를 끄덕였다.

"네, 그렇습니다."

"그럴 줄 알았어. 다른 사람이 맛이 진한 반찬 타입의 요리를 만드니까, 일부러 간이 약하게 만든 거잖아?"

"네……. 다른 요리와 함께 먹을 수 있게 만드는 편이 좋겠다고 생각했습니다."

"하하하. 승부인데도 먹는 사람을 우선한 거구나. 아야노다워."

그렇게 말하며 상냥하게 웃어주자, 아야노는 조금 부끄러워하듯이 어깨를 약간 흔들었다. 그 모습을 보고 더욱 진한 미소를 머금은 마사치카가 이어서 햄버그스테이크를 손가락으로 가리켰다.

"그리고, 이건 유키가 만든 거야."

"……정답이랍니다. 대단하네요."

"뭐, 이번에는 작정하고 이기려 들 거라고 생각했거든. 약간 은폐하기는 했지만 말이지."

요리 자체는 온 힘을 다해 만들었지만, 자기 요리라는 것을 들키지 않으려고 풍미에 변화를 준 점을 지적했다. 하지만 유키는 「여름이니까요. 이번에는 산뜻한 풍미로 만들어봤답니다」 하며 시치미를 뗐다.

"그리고…… 이건 아랴가 만든 거야."

마지막으로, 마사치카는 의기양양한 미소를 머금으며 마

지막까지 남은 물만두를 손가락으로 가리켰다.

"……정답이야."

그러자 아리사는 불만이 있는 것 같으면서도 약간 기쁜 듯한, 그런 미묘한 표정을 지으며 고개를 끄덕였다. 아마 자기 요리를 마사치카가 맞췄다는 사실에 기쁨을 느끼는 것과 동시에, 그가 정확하게 맞췄다는 사실에 복잡한 감정을 느끼고 있는 것이리라.

(뭐, 정체불명의 수프…… 솔랸카? 가, 마샤 씨가 만든 요리라는 걸 안 덕분에 맞춘 거지만 말이야.)

마사치카는 마음속으로 쓴웃음을 머금었지만, 그걸 알 리 없는 순진한 아야노는 솔직하게 찬사를 보냈다.

"대단하십니다, 마사치카 님. 미각에 있어서도 이렇게 뛰어난 재능을 지니신 줄은 미처 몰랐습니다."

"응? 뭐, 아랴의 요리는 바로 티가 났거든."

아야노의 반짝거리는 눈동자를 보고 약간 우쭐한 마사치카는 의기양양한 미소를 머금으며 아리사를 쳐다봤다.

"처음에는 물만두인 줄 알았지만…… 먹어 보고 눈치챘어. 이거, 펠메니지?"

마사치카는 우쭐대듯 씨익 웃으면서, 자기가 차이를 아는 남자라는 것을 마구 어필했다. 그러자, 아리사는 미간을 살짝 찌푸리면서…….

"바레니키야."

"그게 뭔데?"

거실이, 놀라울 정도로 거북한 분위기에 휩싸였다.

제12화 연인과 주인

"그럼 시작할까요!"

켄자키 가문의 별장에서 열린, 학생회 합숙. 그 첫날 밤. 1학년 여자애 세 명이 묵는 방에서, 침대 가장자리에 걸터앉은 잠옷 차림의 유키가 즐거운 목소리로 그렇게 말했다. 그러자 맞은편에 앉은 잠옷 차림의 아리사가 머뭇거리며 입을 열었다.

"이래도 되는 걸까……. 침대 위에서, 이런……."

양심에 찔리는 건지, 아리사는 고개를 살짝 갸웃거렸다. 그녀의 시선은 침대 사이드 테이블 위에 놓인 주스와 과자를 향하고 있었다. 바닥에는 둘러앉을 공간이 없었기에, 침대 두 개에 나뉘어 앉은 후, 그 사이에 주스와 과자를 둔 것인데…… 성실한 아리사는 침대에 걸터앉아서 무언가를 먹는 것에 거부감을 느끼는 것 같았다.

"자, 흘리지 않도록 조심하면 괜찮을 거랍니다."

하지만 사이드 테이블을 사이에 두고 아리사의 맞은편에 앉은 유키는 달래듯 그렇게 말하면서 초코칩 쿠키를 입에 넣었다. 그녀의 옆에 앉은 아야노도 개별 포장이 된 미니 도넛을 손에 쥐더니, 흘리지 않도록 통째로 입에 집어넣었다. 왜 포장을 뜯는 소리가 들리지 않은 건지 의문이었다. 참고로 유키랑 아리사와 달리, 아야노는 네글리제를 걸치고 있었다. 왜 네글리제 차림인지 물어보니, 치마 차림이어야 여차할 때 재빨리 무기를 꺼내 들 수 있다고 아야노는 답했다. 그 여차할 때가 언제인지는 모르겠다.

"으……음. 뭐, 나중에 청소하면 괜찮겠지?"

맞은편에 앉은 두 사람이 과자를 먹자, 아리사도 마음을 정한 것 같았다. 몸을 약간 내밀더니, 초콜릿 한 개를 입에 넣으며 표정을 누그러뜨렸다. 그러자 유키는 빙그레 웃었다.

"후후후. 그래요, 아랴 양. 자기 전에, 칼로리를 신경 쓰지 않으며 과자와 주스를 탐닉한다. 이것이야말로 파자마 파티의 묘미죠!"

유키가 『칼로리』란 단어를 입에 담자, 아리사의 손이 한 순간 움직임을 멈췄다. 하지만 전혀 개의치 않으며 미니 도넛을 입에 넣는 아야노의 복부를 쳐다보더니, 몇 초 동안 말없이 고민한 후에 다시 초콜릿을 향해 손을 뻗었다.

……차분하게 생각해 보자면, 지금 아야노의 복부를 쳐다봐도 아무런 참고도 되지 않는다. 지금 이 자리에서 섭취한 칼로리의 영향이 나타나는 건 내일 이후지만, 아리사는 그 사실에서 눈을 돌렸다.

"……뭐, 식후의 디저트라고 생각하면 될 거야. ……오늘은 바다에서 운동도 많이 했잖아.”

변명 삼아 그렇게 중얼거린 아리사는 초콜릿을 입으로 가져갔다. 그 모습을 본 유키는 인간이 타락하는 모습을 보며 기뻐하는 악마 같은 미소를 머금었다. 하지만 아리사가 숙이고 있던 고개를 들자, 순식간에 그 미소를 얼굴에서 지웠다.

“그래요. 요리 승부에 열중하느라, 디저트를 준비하지 않은 건 미스였어요.”

“후후……. 그냥 2회전 삼아서 디저트 대결을 했어도 괜찮지 않았을까?”

“아, 그것도 좋은 생각이군요…… 참, 맞아요.”

바로 그때, 뭔가가 생각난 듯한 표정을 지으며 컵을 손에 쥔 유키는 그것을 가볍게 들어 올렸다.

“결국 선배들에게 졌으니까…… 유감의 뜻을 담아 건배하죠.”

“그건 또 무슨 소리야?”

아리사는 유키의 제안을 듣고 쓴웃음을 머금으면서도, 컵을 손에 쥐었다. 아야노도 조용히 컵을 손에 쥔 것을 확인한 후, 유키는 건배사를 외쳤다.

“그럼 유감의 뜻을 담아…… 마사치카 씨는, 바보~!”

“어?! 후, 후훗, 바보~!”

“어?! ……거, 건배?”

유키의 말에 한순간 놀라면서도 아리사는 유쾌한 듯이 웃으며 따라 했고, 눈빛이 흔들릴 정도로 당황한 아야노는 허둥지둥 컵을 들어 올렸다. 마사치카로서는 억울한 일이겠지만, 그 덕분에 유키와 아리사 사이의 딱딱한 분위기가 풀렸다.

"정말~. 마사치카 씨는 너무하다니까요. 마샤 선배의 요리는 확실히 맛있었지만, 저희의 요리도 『이런 점이 좋았다』 하며 칭찬해줬으면 좋았을 텐데 말이죠."

"맞아. 게다가 우쭐대는 표정으로 요리 이름을 틀리기까지 했다니깐."

"아, 그때는 보고 있는 저도 부끄러웠어요~."

얼굴을 마주한 두 사람은 웃음을 흘렸다. 이 자리에 있는 세 사람 다 그 말이 진심이 아니라는 것을 알지만, 농담이라고 해도 주인에 대한 험담을 들은 아야노는 난처한 듯이 안절부절못했다. 그런 아야노를 본 유키가 웃으면서 이렇게 말했다.

"아야노도 마사치카 씨에게 해주고 싶은 말이 있으면 해도 돼요."

"네?! 아, 아니, 딱히 그런 건…… 마사치카 님은, 정말 상냥하고 멋진 분이신지라……."

"……상냥해? 멋져?"

아야노가 몸을 웅크리며 그렇게 말하자, 아리사는 진심

으로 이해가 안 된다는 듯이 미간을 살짝 좁혔다. 그리고 자신을 대하는 마사치카의 태도를 떠올렸다. 머릿속에 떠오른 것은 툭하면 자신을 놀리거나, 장난치는, 마사치카의 실없는 모습이었다.

"……꽤, 심술궂은 편이지 않아?"

머릿속에 떠오른 그 모습에 울컥한 아리사는 그렇게 중얼거렸다. 하지만 아야노는 이해가 안 된다는 듯이 몇 번이나 눈을 깜빡이더니, 고개를 갸웃거리며 말했다.

"……심술궂다고요? 마사치카 님이, 말입니까?"

"으, 응. 툭하면, 놀리려고 드니까……."

아야노의 순수한 의문이 어린 시선에 약간 당황한 아리사는 그렇게 대답했다. 하지만 아야노는 의아하다는 듯이 고개만 갸웃거릴 뿐이었다. 바로 그때, 유키가 웃으면서 한마디 했다.

"후훗. 아야노는 놀림을 당해도 『뭐 하는 건가요?』 하고 다시 물어볼 테니까요. 하지만 아랴 양은 성실해서 반응이 재미있으니까, 마사치카 씨도 놀리는 맛이 있는 걸지도 모르겠어요."

"그런, 겁니까?"

"하나도 기쁘지 않은데……."

"아마 그런 것 아닐까요? 좋아하는 사람일수록 더 괴롭혀주고 싶어진다, 같은 것 말이죠."

"흐, 음?"

유키의 말을 들은 아리사가 눈을 치켜뜨더니, 갑자기 새치름한 표정을 지었다.

"흐음, 그래? 하긴, 그럴지도—."

그리고 머리카락을 만지작거리면서 그렇게 말한 순간…… 마사치카를 놀리는 자신의 모습이 머릿속에 떠올랐다.

"아니, 말도 안 돼. 그런 일은 절대로 없어."

방금 한 말을 바로 부정한 아리사는 차가운 표정을 지으며 머리카락에서 손을 뗐다.

"어머, 왜 그러세요?"

"아무것도 아냐. 아무튼 그건 눈에는 눈, 이에는 이 같은 거지 그렇고 그런 게 아냐."

"……??"

유키가 그 말을 이해하지 못하자, 아리사는 가볍게 헛기침을 했다.

"애초에, 좋아하는 사람을 괴롭히는 심정을 이해할 수 없어."

"그건…… 신경 써주기를 바라서 아닐까요? 남자는 흔히 하잖아요. 신경 쓰이는 여자애한테 장난치는 것 말이에요. 아랴 양은 당한 적이 없나요?"

"아……. 뭐, 보통 무시해버려. 남자들은 폐를 끼친 상대방이 자기를 좋아해 줄 거라고 진짜로 생각하는 걸까?"

아리사가 매몰찬 말을 하며 코웃음을 치자, 유키는 작게 쓴웃음을 흘렸다.

"뭐, 남자는 나이를 얼마나 먹든 어린애 같은 구석이 있으니까요."

"정말 그래. 고등학생이나 되어 가지고 촐싹대지를 않나, 항상 바보 같은 짓만 한다니깐."

"후후훗. 하지만 남자끼리 바보 같은 짓을 하는 모습을 보면, 왠지 즐거워 보이네~ 같은 생각이 들 때도 있지 않나요?"

"나도 남에게 폐를 끼치지만 않는다면 마음대로 하라고 생각하거든? 하지만 학교에서 만화 잡지를 보는 건 좀 그렇다고 생각해."

"아, 확실히 교칙 위반은 좋지 않다고 생각해요. 만화를 보는 것 정도는 귀여운 짓이라고 생각하지만 말이에요."

"평범한 만화라면 말이야. 하지만 잡지의 수영복 모델을 쳐다보며 히죽거리거든? 그런 건 진짜로 관뒀으면 좋겠어……."

"으, 으음~. 그건 확실히 여성으로서 어떤 반응을 보이면 좋을지 모르겠군요……. 그 말을 들으니 생각난 건데, 교실 안에서 누가 귀엽다거나 가슴이 크다 같은 이야기를 쑥덕거리는 것도 좀 그래요……. 아무리 작은 목소리로 해도 들리니 말이죠."

"동감이야……. 게다가 유심히 들어보면 2차원 여자애의 이야기지 뭐야. 그때는 정말 질려버렸어."

"네……? 그렇, 군요. 인기 애니메이션에서 누가 자기 취향인가를 가지고 때때로 논쟁을 벌이기도 하죠."

"맞아. 어차피 가공의 존재인데 말이지. 정말, 왜 그렇게 열중하는 걸까? 가챠를 돌려서, 좋아하는 캐릭터가 나왔는지 안 나왔는지로 일희일비하기도 하던데……."

"음~~? 가공의 이상적인 존재니까, 열중하는 게 아닐까요?"

그런 대화를 이어가던 유키는 자기 내면에서 어떤 의문이 부풀어 오르는 것을 느꼈다. 그것은…….

(어라? 남자에 대한 일반론을 이야기하고 있는 거지? 기분 탓일까? 아랴 양이 아까부터 오빠 이야기만 하는 것 같은데…….)

바로 그때였다. 시험 삼아서 슬쩍 물어봤다.

"그러고 보면 남자들은 청소 시간에도 전혀 협력하지 않는다니까요."

"맞아. 자기가 맡은 일은 하지만, 그 이상은 하려고 들지 않는다니깐."

(오빠 이야기일까?)

"체육 후에는 수업 중에 졸기도 하고요."

"맞아. 뭐, 평소에도 항상 졸려 보이지만 말이지."

(오빠 이야기 맞지?)

"그리고 학교에서도 아무렇지 않게 스마트폰 게임을 하잖아요."

"맞아. 『수업 시작 전이니까 교칙 위반이 아니다』라는 억지를 부린다니깐."

(응, 오빠 이야기 맞네.)

전반적인 남자들에 대해 이야기를 하고 있는데, 아리사는 명백하게 마사치카의 이야기만 하고 있었다. 이 대화가 왠지 섬뜩하게 느껴진 유키는 볼에 희미하게 경련이 일어났다.

(어라~? 이상하네~? 아랴 양의 세상에는 남자가 오빠뿐인 걸까? 탑에 유폐되어서 바깥세상과 단절된 공주님인 걸까?)

마사치카를 의식하고 있어서 이런 거라면 빨리 결혼해버리라고 말할 이야기이며, 무의식적이라면 다른 남자에게 얼마나 흥미가 없는 거냔 이야기인데…… 어느 쪽이든, 이 이상 건드려선 안 될 듯한 느낌이 들었다. 그래서 유키는 시선을 슬쩍 돌리면서 옆에 있는 아야노를 쳐다봤다.

"그런데 아야노는 아까부터 도넛만 계속 먹고 있네?"

"어, 아…… 그렇습니다."

어느새 아야노는 미니 도넛이 들어 있는 봉지를 또 뜯었으며, 그것을 꼭 안고 있었다. 오전에 장을 보면서 두 봉지를 샀는데, 설마 애초부터 한 봉지는 혼자서 다 먹을 심산이었던 걸까.

"얼마 전에 간 놀이동산에서의 추로스도 그렇고…… 튀긴 과자를 그렇게 좋아하는 거야?"

"아, 네……."

"아, 딱히 비난하는 건 아냐."

아야노는 송구하다는 듯이 몸을 웅크렸지만, 도넛 봉지에서 손을 떼지는 않았다. 유키는 그 모습을 보고 쓴웃음을 머금더니, 아리사를 향해 눈길을 돌렸다.

"아랴 양은 어떤 과자를 좋아하세요?"

"나? 글쎄……. 초콜릿 같은 걸까? 디저트라면 딱히 가리는 건 없어."

"어머, 아랴 양은 단것을 꽤 좋아하나 보군요."

"그럴까? 하지만, 매운 것도……."

아리사는 말끝을 흐리더니, 아야노를 향해 의미심장한 시선을 보냈다. 그러자 아야노도 의미심장하게 눈을 껌뻑였다. 그 시선의 의미는 모르겠지만, 마주 보고 있는 저 두 사람 사이에서 유대 같은 것을 느껴진 유키는 고개를 살짝 갸웃거렸다.

(이건…… 우정? 아니, 굳이 따지자면 전우, 같은…… 아니, 대체 뭐에 대한 전우인 건데?)

머릿속으로 그렇게 자기 생각에 태클을 날린 유키는 문뜩 신경 쓰이는 점에 관해 두 사람에게 물어보았다.

"……그러고 보니, 아랴 양은 아직 아야노를 키미시마 양이라고 부르죠?"

"응? 뭐, 그래."

"아야노도 아리사 님이라고 부르고요."

"네…… 그렇습니다."

두 사람이 약간 당황한 기색을 보이며 시선을 교환하자, 유키는 두 사람에게서 전혀 관계가 진전되지 않는 커뮤니케이션 장애 커플을 본 듯한 느낌을 받았다.

(이 두 사람, 되게 성가시네.)

그런 생각을 하면서도, 유키는 순진무구한 미소를 지으며 손뼉을 쳤다.

"이렇게 한방에서 묵게 됐는데, 그런 호칭으로 부르는 건 너무 서먹서먹하지 않을까요? 이참에 서로를 이름으로 부르는 게 어때요? 님이라는 호칭도 쓸 필요가 없다고 생각해요."

"뭐……? 으, 음. 나는, 상관없어."

"저도…… 아리사 님께서, 괜찮으시다면……."

(너희가 무슨 감질나는 커플이냐~.)

마음속으로 도끼눈을 뜨며 태클을 날리는 유키 앞에서, 아리사와 아야노는 서로를 살피듯 시선을 교환했다. 그리고, 아리사가 머뭇머뭇 입을 열었다.

"으음, 그럼…… 아야노, 양?"

"아, 네. 아리사…… 양."

(하는 짓이 되게 풋풋해서 백합이 피어나겠네~.)

마치 이제 막 사귀기 시작한 백합 커플 같은 대화였기에, 유키의 오타쿠 뇌가 반응을 보였다.

(흠, 아랴×아야노일까? 아니면 아야노×아랴일까? 양쪽 다 괜찮겠는걸……. 아니, 나도 확 끼워주면 좋겠네. 백합에 끼어드는 남자는 죽어 마땅하지만, 백합에 여자가 끼어드는 건 괜찮겠지? 추가로 아랴 양 러브러브인 마샤 씨도 끌어들일 수 없을까?)

"어? 유키 양?"

"아, 으음……."

백합 망상을 하던 와중에 아리사에게 미심쩍은 시선을 받자, 유키는 불쑥 생각난 질문을 입에 담았다.

"참, 아랴 양. 왜 마샤 선배와 같은 방을 쓰는 걸 그렇게 거부한 건가요?"

머릿속의 백합 망상에 끌려다니면서 겨우겨우 시도한 화제 전환이지만, 아리사는 딱히 개의치 않으며 인상을 찡그렸다.

"……다키마쿠라가 되거든."

"네?"

"……마샤는 항상 커다란 다키마쿠라…… 아니, 인형? 을 안고 자. 하지만 여행지에서 그게 없을 때는 근처에 있는 적당한 물건을 다키마쿠라 대신 끌어안는 잠버릇이 있어…….
이제까지도 가족 여행을 갈 때마다, 특히 여관 같은 곳에 묵을 때면 내 이부자리 안으로 숨어들어왔다니깐…….”

“어머…… 그럼, 지금쯤 사라시나 선배를 다키마쿠라로 삼고 있을지도 모르겠군요.”

유키가 그런 추측을 하자, 아리사가 훗 하고 작게 웃었다.

“그럴지도 몰라. 하지만 사라시나 선배라면 힘으로 쫓아낼 수 있을 거야.”

“후후후, 그래요. 어쩌면 침대 밖으로 걷어차 버릴지도 몰라요.”

“잘됐네. 따끔한 맛을 보면 남을 다키마쿠라로 삼지 않게 될지도 몰라.”

아리사와 함께 웃으면서도, 유키는 마음속으로「마샤 선배의 다키마쿠라? 완전 되고 싶네」하고 생각했다. 한번 머릿속에 피어난 백합은 좀처럼 지지 않는 것 같았다.

그 후로 호칭을 바꾸면서 조금 가까워진 듯한 아리사와 아야노는 서서히 대화를 나누게 됐다. 그리고 셋이서 평범하게 걸즈 토크를 할 수 있게 되었다.

(때가 무르익었나…….)

기회를 잡았다고 판단한 유키는 하나의 화제가 끝난 타이밍에 살며시 손뼉을 쳤다.

“그럼, 슬슬 본론에 들어갈까요.”

"본론?"

"네?"

"두 사람은 모르나요? 파자마 파티라고 하면, 사랑 이야기잖아요!"

"……그래?"

유키는 즐거운 어조로 그렇게 말했지만, 아리사는 역시나 반응이 무미건조했다. 아리사가 흥미가 없는 듯한 태도를 보이자…… 유키는 환한 어조로 말했다.

"저는 꿈이었어요! 친구끼리 모여서, 마음껏 사랑 이야기로 이야기꽃을 피워보고 싶었어요!"

"아!"

유키가 『친구』라는 말을 입에 담자, 아리사의 눈썹이 희미하게 흔들렸다. 그리고 흥미가 없는 것 같던 그녀의 표정이 싫지는 않은 듯한 표정으로 바뀌더니, 천천히 머리카락을 등 뒤로 쓸어 넘겼다.

"흐, 흐음~? 그래? 그럼, 뭐…… 사랑 이야기를, 나눠볼까?"

그 순간, 유키의 얼굴에는 「완전 쉽네」 하고 말하는 듯한 거무튀튀한 미소가 어렸다. 하지만 그 미소는 순식간에 사라졌기에, 잠시 눈을 돌리고 있던 아리사는 눈치채지 못했다.

"그럼 우선…… 어떤 남자가 이상형인지 이야기를 나눠볼까요. 참고로 제 이상형은, 이해심이 있고 상냥한 남성이랍니다. 아야노는 어때?"

"저는…… 글쎄요. 저돌적으로 대시해주는 남성이 이상형, 이려나요."

"하긴, 아야노는 자기주장이 강한 타입이 아니잖아. ……아랴 양은 어떻죠?"

"항상 자신을 갈고닦으며 노력하고, 성실하면서 존경할 수 있는 사람이야."

"흐음~."

아리사가 이런 질문에 바로 답했다는 사실에 적지 않게 놀란 유키는 그 대답에 약간의 의문을 느끼며 고개를 갸웃거렸다.

"……그건, 자신과 비슷한 사람이 이상형이라는 건가요?"

"뭐, 맞아. 가치관이 같다는 건 중요하잖아?"

"그건 그렇지만……. 그래도 아랴 양의 성격을 생각해 보면, 그런 사람은 멋진 라이벌이 될 수는 있어도 연애 감정이 피어나지는 않을 것 같은데 말이죠……."

"뭐?"

"아랴 양이라면 그런 남성과 서로를 인정하며 경쟁할 수는 있어도, 손을 맞잡고 함께 나아가는 일은 없을 것 같달까요……."

유키가 그렇게 지적하자, 아리사는 진심으로 놀란 것처럼 눈을 치켜뜨면서 자신의 턱에 천천히 손을 댔다. 그대로 몇 초 동안 진지한 표정으로 유키의 말을 음미한 후, 그녀는 깊이 고개를 끄덕였다.

"……듣고 보니, 그럴지도 모르겠네. 그럼…… 존경할 수 있는 면이 있지만, 적당히 친밀해질 수 있는……. 그래. 경쟁심이 생기지 않을 정도로, 허술한 구석이 있는—."

거기까지 말한 아리사는 한순간 눈을 크게 뜨더니, 고개를 치켜들었다. 그리고, 뭔가를 얼버무리려는 듯이 머리카락을 쓸어 넘기며 표정을 관리했다.

"……뭐, 아무래도 상관없어. 그것보다, 유키 양의 이상형 말인데……."

"네?"

"저기, 혹시, 구체적으로 마음에 두고 있는 사람이 있는 거야?"

그렇게 말한 아리사가 머리카락을 만지작거리면서 힐끔힐끔 쳐다보자, 그 말의 의도를 눈치챈 유키는 마음속으로 「아하……」 하고 중얼거렸다.

(그래. 내가 사랑의 라이벌인지 아닌지 신경 쓰이는 거구나.)

유키의 머릿속에서, 아리사가 마사치카에게 적지 않은 호의를 품고 있다는 것은 이제 의심할 여지가 없는 사실이었다.

그 점을 고려하여 생각해 보면 아리사가 진짜로 묻고 싶은 건 「너도 마사치카를 좋아하는 거야?」일 것이다. 안 그래도 유키는 마사치카를 좋아한다고 아리사에게 선언한 적이 있다. 아리사로서는 이 기회에, 진의를 파악해두고 싶은 것……이리라.

(흐음……. 그냥 『제가 마사치카 씨에게 품고 있는 건 가족애예요』 하고 말해버리는 건 간단하겠지만…….)

만약 그렇게 말한다면, 아리사는 안도한 표정을 지을 것이다. 유키로서는 그것도 꽤 재미있을 것 같지만…….

(하지만, 그러면 재미없잖아?)

유키는 마음속으로 악마처럼 웃더니, 일부러 의미심장한 미소를 머금었다.

"으음, 글쎄요."

"글쎄요, 라니…… 우리는 지금 그런 이야기를 나누고 있는 거잖아?"

"그게 실은…… 부끄러워서 말이죠."

두 손으로 볼을 감싼 유키는 부끄러워하듯 몸을 배배 꼬았다. 그 모습을 본 아리사의 눈동자에 어린 진지한 빛을, 유키는 놓치지 않았다.

(으흐흐, 완전 오해하고 있네. 하긴~. 이런 태도를 취한다면, 보통은 『말 못 하는 걸 보면 역시……?』 하고 생각할 거야~.)

아리사를 오해하게 만든 유키는 마음속으로 히죽거렸다.

이건 전부 아리사를 농락하며 희열…… 아니, 사랑하는 오빠의 사랑을 위해서다. 사랑을 가속하는 건, 언제나 라이벌이란 존재다. 유키는 오빠와 아리사의 사랑이 진전될 수 있도록 자기가 라이벌 역할을 연기하는 것에 일말의 망설임도 없었다.

(낄낄낄. 만약 아랴 양이 오빠와 사귀게 되고…… 그 후에 내가 실은 친동생이라는 걸 알면, 어떤 표정을 지으려나?)

으음…… 역시, 그냥 즐기고 있을 뿐일지도 모른다. 악마를 넘어 사악한 미소를 마음속으로 머금은 유키가 순진무구한 척을 하며 아리사에게 말했다.

"그럼, 아랴 양이 이야기해준다면 저도 말하겠어요."

"뭐?"

"아랴 양의 사랑 이야기를 듣고 싶네요."

"아니, 그게…… 나는 남성을 좋아하게 된 적이 없어."

"어머, 그런가요?"

유키는 아리사의 말을 듣고 마음속으로 「말도 안 돼」 하고 생각하면서도, 눈을 동그랗게 뜨며 손을 입가에 댔다. 뜻밖이라고 말하는 듯한 반응을 본 아리사는 약간 언짢은 듯이 입술을 삐죽 내밀었다.

"뭐야……. 사랑을 한 적 없더라도, 딱히 문제 될 건 없잖아?"

"그건 그렇지만…… 아랴 양은 인기가 있으니까, 한 번

쯤은 그런 경험이 있을 거라고 생각했답니다."

"없어……. 애초에, 연애 경험이 풍부한 편이 꼭 좋은 것도 아니잖아? 세간에는 연애 경험이 없으면 무시당하는 풍조가 있던데…… 어째서일까?"

"으, 으음…… 연애 경험이 풍부하다는 건, 그만큼 여성으로서 매력이 있다는 의미일 테고…… 단순히, 자기가 다 큰 어른인 척하며 우월감에 젖고 싶은 이들이 우쭐댈 뿐이라는 이야기도 들은 적이 있답니다."

"내 눈에는 자기 정조 관념이 얄팍하다고 공언하고 다니는 것처럼 보이는데 말이야."

실제로 그런 짓을 당한 경험이 있는 건지, 아리사는 퉁명한 표정을 지으며 코웃음을 쳤다. 사랑 이야기와는 완전히 동떨어진 발언이었기에, 유키는 마음속으로 딱딱한 미소를 머금었다.

"으음…… 혹시 아랴 양은 결혼할 때까지 순결을 지켜야 한다, 같은 생각을 가지고 계신 건가요?"

"그, 그런 이야기까지 해야 해?"

"물론이죠. 사랑 이야기라는 건 그런 거잖아요?"

뜻밖에도 꽤 성적인 이야기였기에, 볼을 붉힌 아리사의 시선이 흔들렸지만…… 유키는 당연하다는 듯한 미소를 지으며 고개를 끄덕였다. 그 당당한 미소를 본 아리사는 허둥대면서도 잠시 생각에 잠겼다.

"으, 으음…… 그 정도는 아니지만, 저기, 그런 것은 장래를 맹세한 상대하고만, 하고 싶을 것, 같아."

말을 하면서 부끄러워진 아리사는 볼을 더욱 붉히면서도 날카로운 시선을 머금더니, 목소리에 힘을 주며 말을 이었다.

"여자애라면 누구라도 그걸 바라지 않을까? 처음 좋아하게 된 사람과 사귀게 되고, 그대로 결혼해서 평생을 함께하는 것 말이야!"

"으음……."

아리사가 그런 주장을 내놓자, 유키는 바로 답하지 못했다. 확실히 그녀가 하고 싶은 말이 뭔지는 이해가 됐다.

처음 사귄 사람과, 서로가 바람을 피우지 않으며 순조롭게 사랑을 키워나가고, 몇 년 후에 결혼해서 쭉~ 행복하게 산다…… 그것은 순정만화의 정통적인 전개였다. 그러니 그것이 이 세상 여자애의 꿈을 반영하고 있다는 주장 또한 이해가 안 되는 건 아니다. 하지만…….

(이 세상에는 이성한테 인기를 끌며 괜찮은 남자에게 떠받들어지는 것을 바라는 여자애도 있고, 결혼에서 중요한 건 사랑이 아니라 돈이라고 여기는 여자애도 잔뜩 있잖아……. 어쩌면 요즘에는 저런 순애를 지향하는 여자애가 소수파 아니려나?)

실제로 유키의 주위에는 그런 주장을 하는 여자애가 주위에 몇 명이나 있었기에, 아리사를 바라보는 눈길이 상냥해질 수밖에 없었다.

"……왜 그런 눈으로 쳐다보는 거야?"

"아, 아뇨……. 아랴 양은 참 순정만화(로맨티스트) 마니아에, 머릿속이 꽃밭(순정파)이라고 생각했답니다."

"……."

유키가 의미심장한 어조로 그렇게 말하자, 아리사는 마음속으로 「바보 취급하는 건가?」 하고 생각하며 미간을 살짝 찌푸렸다. 하지만 그 점을 지적할 수 있을 만큼, 아리사는 유키와 가깝지 않았다. 만약 상대가 마사치카였다면, 아리사도 인정사정없이 따졌겠지만 말이다. 하지만 아리사의 침묵에서 유키도 뭔가를 느낀 건지, 분위기를 환기하려는 듯이 아리사에게서 시선을 떼고 옆에 있는 아야노에게 말을 건넸다.

"후훗, 참 멋진 생각이군요. 아야노도 그렇게 생각하지?"

"읏!"

유키가 갑자기 말을 건네자, 아야노는 눈을 치켜떴다. 그리고 주군의 질문에 바로 답하려 했지만, 마침 입 안은 도넛으로 가득 차 있었다. 이 상태에서 말하는 것은 매너 위반이다. 그래서 서둘러 삼키려 했지만, 도넛이 좀처럼 목 안으로 들어가지 않았다. 수분이, 수분이 부족했다.

"읏! 으읍!"

아야노는 수분을 갈구하며, 사이드 테이블 위에 놓인 컵

을 향해 손을 뻗었다. 하지만 그 안에 들어 있는 것이 오렌지주스라는 것을 눈치챈 그녀는 컵을 든 채 움직임을 멈췄다. 왜냐하면, 달콤한 도넛에 오렌지주스를 섞는다는 행위는, 아야노의 신조에서 아웃이다. 하지만 자신의 신조와 주군을 기다리게 한다는 이 상황 속에서, 무엇을 우선해야 하냐면……!

"읏! ……푸핫. 네, 저도 그렇게 생각합니다."

"으음, 왠지 미안하네."

심각한 표정으로 입 안의 도넛을 삼키는 아야노를 본 유키는 난처한 듯이 고개를 갸웃거렸다.

"아뇨. 유키 님께서 미안해하실 필요는 없습니다. 확실히 저도 아리사 양의 말에 전면적으로 동의합니다. 한번 마음에 둔 분에게, 자신의 모든 것을 바친다. 그것이 이상적이죠."

"……어?"

아야노가 그렇게 말하자, 유키는 고개를 기울인 채로 움직임을 멈췄다. 왠지 아야노만 사랑 이야기가 아니라 다른 이야기를 하고 있는 것 같은데……. 하지만 그 의문을 해소하기도 전에, 아리사가 아야노의 말에 반응을 보였다.

"역시 그렇지?! 평생 단 한 사람, 마음에 둔 상대를 위해 정조를 지킨다. 그것이야말로 숙녀다운 모습일 거야!"

"저……."

아리사의 말을 들은 아야노는 입을 열더니…… 그대로 굳어버렸다. 검은 눈동자가 대각선 위쪽을 향하더니, 허공을 훑듯이 둘러보았다. 그리고, 고개를 갸웃거렸다.

"어? 아야노 양?"

"아니…… 저기, 한 명에 집착할 필요는, 없지 않을까요……."

"뭐……."

아야노가 그렇게 말하자, 이번에는 아리사가 굳어버렸다. 완전히 「배신당했어!」라고 말하는 듯한 표정을 지었지만, 이어지는 아야노의 말을 듣고는 크게 뜬 눈을 더욱 치켜떴다.

"두 사람이라도, 딱히 문제는 없을 거라고 생각합니다만……."

"두, 두 사람?"

"제 몸은 하나지만, 노력하면 어떻게 될 겁니다."

"게다가 동시에?!"

아리사의 뇌리에, 남자 두 명을 좌우에 거느린 채 요염한 미소를 머금은 아야노의 모습이 떠올랐다. 게다가 자기가 말한 「동시에」라는 발언 탓에, 두 남자를 동시에 상대하는 아야노의 모습이 상상되자…… 눈처럼 새하얀 얼굴이 순식간에 달아올랐다. 그리고 아리사는 날카로운 시선을 머금더니, 언성을 높였다.

"그, 그건 안 돼! 아니, 저기, 본인들은 괜찮을지도 모르지만…… 아, 아무튼, 학생이 그런 부도덕한 짓을 해선 안 된단 말이야!"

"네? 부도덕, 합니까?"

"그, 그렇잖아. 두 명을, 동시에……!"

머릿속에 펼쳐진 망상 탓에, 아리사는 말문이 막혔다. 참고로 그 이미지가 전체적으로 흐릿한 것은 자체적으로 규제해서가 아니라, 그저 아리사의 지식이 부족해서다. 아리사가 지닌 그런 쪽 지식이라고는 포옹하고 있는 상반신만 묘사되는 순정만화 수준인 것이다.

(아마, 이런~ 망상을 하고 있을 거야~.)

한편, 그런 아리사를 본 유키는 앞뒤에서 샌드위치를 당하고 있는 아야노를 머릿속에 떠올렸다. 그녀는 세세한 부분까지 완벽하게 상상했다. 자체적으로 규제 좀 하라고 말해주고 싶을 지경이었다. 물론 유키는 아야노가 그런 의미에서 한 말이 아니라는 것을 알고 있다. 알고, 있지만…….

(재미있으니까, 조금만 더 입 다물고 있어야지.)

심술궂게도 침묵을 선택한 유키의 앞에서, 두 사람의 핀트가 어긋난 대화는 계속 이어졌다.

"네? 저기, 꼭 남성일 필요는 없지 않을까요?"

"뭐?! 여, 여자라도 괜찮은 거야?! 그, 그럼—."

"물론, 아리사 양도 포함됩니다만……?"

"뭐, 어엇~~?!"

새된 목소리로 그렇게 외친 아리사는 양손으로 자신의 몸을 감싸더니, 침대 위에서 뒤편으로 후다닥 물러났다. 그러자, 아야노는 의아하다는 듯이 고개를 갸웃거렸다.

(……응. 아마 아랴 양이 오빠와 결혼한다면, 그녀에게도 헌신하겠다는 의미에서 한 말일 거야……. 치명적일 만큼 설명이 부족하지만 말이지.)

유키는 아야노를 쳐다봤지만, 주군의 그런 시선을 눈치채지 못한 그녀는 문뜩 뭔가가 생각난 것처럼 눈을 깜빡였다.

"아……. 언젠가는 네 명을 동시에 상대하게 될지도 모르겠군요."

"네, 네 명……?! 뭐, 어떻게 하는데?"

아무래도 이해를 포기하고 순수한 흥미에 사로잡힌 것 같았다. 아리사는 얼굴을 붉히더니, 미간을 찌푸리며 침대 위에서 몸을 쑥 내밀었다. 그러자 아야노는 평소와 마찬가지로 무표정한 얼굴로 시선을 움직였다.

"……그래요. 두 분씩, 날마다 바꿔가면서 상대해야 하려나요."

"버, 번갈아 가면서……?!"

"아, 물론 전원이 동거한다면 네 명을 동시에 상대해야만 하겠죠."

"동거…… 사, 사랑의 보금자리……?"

"그렇게 되더라도 허술히 할 생각은 없습니다. 성심성의를 다해 봉사할 겁니다."

"봉사, 하는 거구나……."

"네. 그런 상황에 대비한 가르침도 받아뒀으니까요."

"가, 가르침…… 푸아앗."

아무래도 아리사는 용량 초과 상태가 된 것 같았다. 삶은 것처럼 온몸이 새빨개진 아리사는 혼이 빠져나가는 듯한 소리를 내면서 그대로 털썩 쓰러지고 말았다.

"앗! 아리사 양, 괜찮습니까? 대체 왜……."

"풉, 아하하하……!"

침대에 드러누운 채 눈이 빙글빙글 돌고 있는 아리사를 본 아야노는 무표정한 얼굴로 허둥댔다. 그 우스운 광경을 본 유키는 더는 못 참겠는지 웃기 시작했다. 그리고 당혹스러운 듯이 눈동자가 흔들리고 있는 아야노에게, 눈가에 맺힌 눈물을 닦으며 말했다.

"후후훗……. 아무래도 아랴 양은 좀 피곤한 것 같아. 자, 아야노. 미래의 주인님(가칭)을 돌봐드리는 게 어때?"

"돌봐, 드리는 겁니까……."

"그래. 구체적으로는……."

그 후…….

잠시 후 정신을 차린 아리사는, 침대 위에서 아야노의 무릎을 베고 누워 그녀에게 부채질을 받고 있다는 것을 눈치채더니…… 이런저런 착각을 한 바람에, 비명을 지르고 말았다.

第13화 마사치카와 아랴

시야를 가득 채운 전원적인 풍경 속을, 전철이 달리고 있다. 학생회 합숙 마지막 날의 전철 안은 조용한 분위기에 휩싸여 있었다.

오후 세 시라는 어중간한 시간대의 시골 노선이라 그런지, 마사치카를 비롯한 학생회 멤버가 탄 선두 차량에는 다른 승객이 없었다.

그리고 학생회 멤버도 대화를 나누고 있지 않았으며, 차량 안에는 전철이 자아내는 덜컹덜컹하는 소리만 울려 퍼지고 있었다.

이윽고 전철의 규칙적인 진동 탓에 잠에 빠져든 건지, 마사치카의 오른편에 앉은 유키가 그의 어깨에 머리를 맡겼다. 그리고 잠시 후, 맞은편에 있는 아야노도 고개를 꾸벅거리기 시작했다.

(뭐, 다들 피곤할 테니까 무리도 아닌가…….)

마사치카 또한 좌석에 깊이 몸을 맡기며 그렇게 생각했다.

어젯밤에는 축제에 다녀오느라 늦은 시간에 잠들었고, 오늘 오전에는 「이걸로 마지막」이라는 생각에 바다에서 실컷 놀았으며, 점심 식사와 별장 청소를 마친 후에 전철로 이동하는 중이다. 피로 탓에 잠에 빠져들어도 이상할 게 없다. 이상할 게, 없지만…….

(하지만 유키, 너는 잠든 게 아니잖아.)

마사치카는 자신에게 기댄 여동생의 머리를 내려다보며, 팔꿈치로 유키를 슬쩍 밀었다. 하지만…….

"으~음……."

마차시카가 팔을 옆으로 옮긴 순간, 빈 공간에 침입한 유키의 팔이 그대로 그의 팔을 휘감았다.

유키는 마사치카의 오른팔을 끌어안더니, 머리 위치까지 조정하며 다시 낮잠 자세를 취했다.

(이 자식…….)

뻔뻔하면서도 대담하게 잠든 척을 하는 여동생을 본 마사치카는 표정이 굳었다. 잠들려고 하는 건 틀림없어 보이지만, 이 자세에서는 명백한 악의가 느껴졌다.

(이런 자세는 연인 사이가 아니면 하지 말라고! 아랴한테 과시하려고 이러는 게 틀림없어!)

마음속으로 그렇게 외친 마사치카는 왼편을 힐끔 쳐다봤다. 그러자…….

"정말, 마샤……."

"으응."

마찬가지로 언니에게 팔을 잡힌 아리사의 모습이 눈에

들어왔다.

설마 의도하지 않고 유키와 같은 짓을 하는 인간이 있을 거라고 생각하지 못한 마사치카는 자신의 볼이 딱딱하게 굳는 것을 느꼈다.

"……하아."

곧 아리사는 체념 섞인 한숨을 내쉬며 저항을 포기했다.

그리고 자신과 마찬가지로 유키에게 잡혀 있는 마사치카를 보고 눈썹이 희미하게 움직인 아리사는 쓴웃음을 머금었다.

"정말, 곤란하다니깐."

"하, 하하……."

아리사가 마리야를 쳐다보며 그렇게 말하자, 마사치카는 어색한 웃음을 흘렸다. 그도 그럴 것이, 아리사의 어깨에 머리를 얹은 마리야의 모습을 보고, 어제 아침에 본 광경이 떠오른 것이다.

(으, 음. 뭐, 잠에 취한 마샤 씨는 여러모로 대단하긴 해…….)

자신의 몸 위에서 우아하게 다시 잠에 빠져들던 마리야를 떠올린 마사치카는 양심의 가책을 느끼며 앞을 바라봤다.

어제, 자신을 향한 아리사의 호의를 눈치챈 마사치카는 그녀의 언니와 동침했다는 사실에 죄책감을 느낄 수밖에 없었다.

(아니, 딱히 비난받을 짓을 한 건 아니지만…….)

마음속으로 그런 변명을 늘어놓던 마사치카는 문뜩, 아

리사와 단둘이 있는 것이나 다름없는 상황이 됐다는 것을 눈치챘다.

다섯 명 중, 세 사람이 잠들었다(그렇게 보인다). 그러니 단둘뿐이라고 해도 과언이 아니리라. 회장과 부회장? 그 두 사람은 차량 가장 앞에 있는 진행 방향을 쳐다보는 2인석에 앉아서 둘만의 세계에 있습니다만?

(어, 어라? 이거, 큰일 난 거 아냐?)

불길한 예감이 등을 타고 스멀스멀 기어 올라오자, 마사치카의 표정이 굳어졌다.

어젯밤에는 불꽃놀이가 끝난 후, 다른 멤버와 합류해서 키스 사건을 숨기며 「벌칙 게임으로 아랴를 납치했다」라고만 설명했다.

그 후에는 토우야와 치사키에게 놀림을 받거나, 숙녀 모드인 유키에게 질문 공세를 받느라 단둘이 있을 기회가 없었다.

오늘 또한 서로의 얼굴을 보기 좀 그래서, 단둘이 있는 일이 없도록 피했기에…… 결국 그 일 이후로 마사치카가 아리사와 단둘이 있는 상황이 된 것은 이번이 처음이었다.

그러니, 두 사람 사이의 이야깃거리는 당연히…….

"불꽃…… 참 아름다웠어."

(이렇게 될 줄 알았어요!)

예상했던 화제가 들려오자, 마사치카는 위가 옥죄어드는 느낌을 받았다.

"아, 그래. 예뻤어."

마사치카는 그렇게 건성으로 대답했지만, 아리사는 아무 말도 하지 않았다. 그럴 것이다. 진짜로 두 사람이 이야기하고 싶은 것은 불꽃이 아니니 말이다.

그것은 마사치카도 알고 있으며, 남자라면 이 상황에서 도망쳐선 안 된다고도 생각했다.

하지만, 지금 이 자리에서만은 그 이야기를 할 수 없다.

이유는 딱 하나다.

(유키가, 깨어 있거든요?!)

대놓고 이야기를 훔쳐 듣고 있는 동생이 있는 만큼, 이 이야기를 할 수는 없다. 절대 안 된다. 실수로라도, 키스에 관해서는 입도 뻥끗하면 안 된다. 절대로…….

"으음, 저기……."

(벌써 튀어나오는 거냐! 되게 성급하네!)

뭔가를 망설이는 것처럼 아리사의 눈길이 흔들리자, 마사치카는 마음속으로 절규를 토했다.

그리고 순식간에 머리를 굴려, 마사치카는 온 힘을 다해 눈치 없는 남자가 되기로 결심했다.

"불꽃이라고 하니 생각난 건데! 러시아에서도 축제 때는 폭죽을 쏘는 거야?"

"뭐? 아, 뭐…… 그래."

"흐음~. 일본과 다른 점이 있어?"

“으, 으음, 그런 걸 관심을 가진 적은 없지만…… 크게 다르지는 않을 거야.”

“그래? 아, 그럼 불꽃에는 어떤 이름을 붙여줘? 일본에서는 꽤 재미있는 이름을 붙이는데, 러시아도 마찬가지야?”

마사치카의 진행력이 폭발했다.

원래 말재주에 있어서는 마사치카가 아리사보다 훨씬 뛰어났다. 한번 흐름을 잡는다면, 특정 화제를 피하는 건 식은 죽 먹기다.

“……저기, 혹시 일부러 이야기를 돌리는 거야?”

하지만, 이런 식의 정면 돌파에는 불리했다. 약간 상처 입은 듯 눈동자가 흔들리는 아리사가 그런 말을 하자, 마사치카도 입을 다물 수밖에 없었다.

“그렇게, 노골적으로 그 이야기를 피할 건 없잖아. 어제 일을 그냥 없었던 걸로 하자는 거라면—.”

“저기, 진짜로 미안한데 말이야.”

“……뭐야?”

“잠깐만 기다려줘.”

마사치카는 진지한 표정으로 왼손을 들어 올려서, 아리사의 말을 끊었다.

그리고 호주머니에서 스마트폰을 천천히 꺼내더니, 스피커 음량을 올린 후에 어떤 동영상을 틀었다.

『이봐, 갑자기 왜 그래? 나를 찍고 싶은 심정이라면 이해하지만…… 기왕 찍을 거면 좀 더 멋을 냈을 때 찍어주지 않겠어?』

"어?!"

스마트폰에서 자신감 과다 마사치카의 목소리가 흘러나왔다. 느닷없이 그런 이상한 영상을 본 아리사가 눈을 치켜뜬 가운데, 마사치카는 옆에 있는 세 사람의 반응을 살폈다.

그리고 별다른 반응이 없는 것을 확인한 후, 동영상을 중단시켰다.

"응, 잠들었네."

"화, 확인 방법, 이, 참 독특, 하네."

마사치카가 만족한 것처럼 고개를 끄덕이자, 필사적으로 웃음을 참느라 볼에 경련이 일어난 아리사가 매우 신기한 표정을 지으며 그렇게 말했다. 그러자 마사치카는 달관한 듯한 눈길을 머금으며 대답했다.

"만약 잠든 척하는 거라면, 이 영상을 보고 반응을 보였을 거잖아? 지금의 너처럼 말이야."

"자, 자기 입으로 그런 소리를 하는 거야? 그것보다, 아직도 그걸 가지고 있었구나……."

학생회 멤버 사이에서 공유된 이 동영상은 「유키와 최면술을 시험하다 보니 저렇게 되고 말았다」라고 자초지종을 설명한 후에 삭제해달라고 요청했다. 그러니 방금 그 동영상 재생은 완벽한 기습이었을 테지만…….

“그러는 너도 실은 아직 가지고 있지?”

“그, 럴 리가 없잖아. 이미 지웠거든? 나를 뭐로 보는 거야…….”

도끼눈을 뜨며 넌지시 떠보자, 아리사는 불만 섞인 목소리로 그렇게 말했다. 하지만 그녀의 눈동자가 한순간 격렬하게 떨리는 순간을, 마사치카는 놓치지 않았다.

(역시 아직 가지고 있구나…….)

흑역사를 자극당한 탓에 멘탈에 지속 대미지가 가해지는 것을 느끼면서, 마사치카는 화제를 되돌렸다.

“그, 럼…… 아까는 미안했어. 우리 말고는 다들 잠들었다는 확신이 없어서, 그런 짓을…… 아냐, 이건 변명이야.”

그런 의도가 있었던 것도 사실이다. 하지만, 사실은…… 마주할 용기가 없었다. 아리사의, 연심과 말이다. 거기에 답할 마음도, 받아줄 각오도 없었다. 그래서, 이야기를 돌리려 한 것도 사실이다.

“미안해. 솔직히 말해, 그 이야기를 피하려고 했어. 그렇다고 없었던 일로 삼으려고 한 건 아냐. 그저…… 아직, 내 마음을 정리하지 못했을 뿐이야.”

마사치카가 장난기 없는 눈길로 아리사의 눈을 똑바로 응시하며 진지한 태도로 그렇게 말하자, 그녀는 약간 동요한 것처럼 흔들리는 눈동자로 정면을 쳐다봤다.

그리고, 웅얼거리는 듯한 말투로 이렇게 말했다.

"딱히, 마음의 정리 같은…… 그런 거창한 걸 할 필요는 없어. 그건, 뭐랄까…… 축복의 키스 같은 거야."

"……축복?"

"그래. 어제 너는…… 나와 마샤를 즐겁게 해주려고 이런저런 일을 했지만, 뜻대로 잘 안됐잖아? 그러니까, 유감의 의미에서…… 말로 잘 설명할 수는 없지만, 아무튼 나는 기뻤다는 의미를 담아서 해준 키스야. 알겠지?!"

점점 말이 빨라진 아리사는 목소리 톤을 높이며 얼굴을 쑥 내밀었다.

"어, 아, 응."

솔직히 말하자면 알쏭달쏭했지만, 마사치카는 그 기세에 압도당한 나머지 고개를 끄덕였다.

정확하게는 이 상황에서 「모르겠다」고 대답하면 아리사가 삐칠 것 같았기에, 고개를 끄덕일 수밖에 없었다.

"그럼 내 노력에 보답받은 건가……. 아니, 오히려 이득이잖아?"

마사치카는 압도당한 상태에서 묘한 말을 늘어놓더니, 곧 그런 말을 한 것을 약간 후회했다.

"……흥, 당연하잖아."

그런 마사치카를 힐끔 째려본 아리사는 고개를 휙 돌렸다. 그리고 눈만 움직여서 마사치카를 쳐다보더니, 날카로운 어조로 말했다.

"혹시나 해서 말해두겠는데, 아무한테나 그런 짓을 하는 건 아냐. 어제는 상황과 유키 양의 명령과 불꽃의 로맨틱한 분위기가 더해진 결과, 그렇게 된 것뿐이거든?"

"물론 알아."

그렇게 말하며 고개를 끄덕인 마사치카는 마음속으로 「뭐, 그게 한계겠지」 하고 생각했다. 「아무한테나 그런 짓을 하는 건 아니다」 그것이야말로 아리사가 말로 드러낼 수 있는 최대한의 호의일 것이다. 아리사의 연심을 눈치채고 만 마사치카로서는 오히려 안심이 됐다.

(뭐, 단순히 자각을 못 한 건지, 자각했으면서 눈치채지 못한 척을 하는 건지는 모르겠지만…… 순순히 인정할 리가 없긴 해.)

아리사가 자신의 어디에 호의를 품은 건지는 모르겠지만, 자존심이 강한 그녀가 자기 같은 게으름뱅이를 좋아하게 된 것을 쉽게 인정할 수 있을 리 없다.

(솔직히 말해, 나도 그게 더 낫긴 하지만…….)

아직 아리사의 연심과 마주할 준비가 되지 않았다. 그러니 하다못해, 그 준비가 끝날 때까지는 아리사도…….

【너한테만, 해.】

(……응. 애정 표현은 러시아어로만 해주면 좋겠는걸~?)

이것이 놀리려고 한 말인지, 아니면 순수한 감정을 털어놓으려고 한 말인지…… 판별할 수 없었지만, 그래도 정해진 운명에 따르듯 질문을 던졌다.

"뭐라고 한 거야?"

"『너한테만, 해』 하고 말했어."

"으, 응?"

완전히 뜻밖의 대답이었기에, 마사치카는 얼어붙어 버렸다.

마사치카가 얼어붙어 버리자, 아리사는 부끄러움을 불만으로 숨기는 듯한 표정을 지으며 고개를 돌렸다. 그리고, 마치 불평이라도 하는 듯한 어조로 말했다.

"아까 말했지? 아무한테나 그런 짓을 하는 건 아니라고 말이야. 주위 상황이나 분위기에 휩쓸리는 여자라고 여겨지는 건 싫으니까, 딱 잘라 말해두겠는데…… 상대가 너니까, 볼 키스 정도는 해줘도 되겠다고 생각한 거야."

"으, 응…… 영광, 이야?"

"이것도 딱 잘라 말해두겠는데, 연애 감정 같은 건 딱히 없어. 너는 파, 파트너로서 어느 정도 신뢰하고 있거든? 존경하는 부분도 없지는 않거든? 무엇보다, 가장 친한 친구라고 생각하니까…… 그게 다야!"

"으, 응. 고마워."

볼을 붉힌 채 마사치카를 노려보듯 쳐다보며 단숨에 말을 쏟아낸 아리사는 더듬더듬 고맙다고 말하는 마사치카를 향해 코웃음을 친 후, 앞쪽으로 고개를 돌렸다.

아리사가 어설프게 호의를 전달하자, 마사치카는 무심코 쓴웃음을 머금었다. 왠지, 아리사답다는 생각이 든 것이다.

하지만…… 그렇기에, 자신의 가슴에 똑똑히 전해졌다.

분명 이것이야말로 아리사의 숨김없는 본심일 것이다. 아리사는 자신의 희미한 연심을 눈치채지 못했다.

하지만 자기 나름대로 자신의 마음과 마주한 끝에 찾아낸 답을 전해줬다. 용기를 내서, 성심성의를 다해…….

(뭐 이렇게 귀여운 생물이 다 있어. 진짜 사랑스럽네.)

귀가 벌게진 아리사가 입술을 삐죽 내민 채 앞을 바라보고 있자, 마사치카는 그 모습을 보며 문뜩 그런 생각을 했다. 그리고 마음속으로 바보 같은 감상을 품었다는 사실에 즉시 반성했다.

(하아……. 또 나쁜 버릇이 나왔네. 장난과 농담으로 본심을 얼버무리려고 했어.)

그것은 쿠제 마사치카 나름의 자기방어 수단이다. 어머니와의 사랑을 잃고, 그 아이와의 사랑을 잃었으며, 자랑스러운 자기 자신마저 잃은 끝에, 쿠제 마사치카가 됐다. 그리고 정신을 차려 보니, 누구와도 진지하게 마주할 수 없게 됐다. 장난치고, 농담하며, 바보를 연기하는 것으로, 누구와도 깊이 얽히려 하지 않았다.

깊이 얽히지만 않는다면, 잃게 되더라도 슬퍼할 일이 없다.

깊이 얽히지만 않는다면…… 이 쿠제 마사치카라는 인간

의, 구원할 길 없는 본성이 알려질 일이 없다. 알려지지 않는다면, 마주하지 않아도 된다. 너무나도 혐오하는, 자기 자신과도…….

(하지만…… 지금만은…….)

지금만은, 얼버무리지 않으며 진지하게 마주해야만 한다.

눈앞의 소녀가 보여준 용기와 성의에…… 자신도, 성실히 답하고 싶다.

"나도……."

쥐어짜 낸 목소리는, 희미하게 떨리고 있었다. 솔직하게, 정직하게, 자신의 호의를 전한다. 겨우 그뿐인데도, 이렇게 어렵다. 멋대로 입가가 치켜 올라가며, 미소를 지으려 했다. 웃어라. 평소처럼 장난스럽게 얼버무려라, 하고 자신의 마음이 시끄럽게 떠들었다.

그런 마음에 필사적으로 뚜껑을 덮으며, 어찌어찌 말을 쥐어짜 냈다.

"나도…… 아랴니까, 키스하고 싶다고 생각했어."

마사치카의 그 말을 듣고 돌아본 아리사는 그의 필사적인 표정을 보더니, 눈을 치켜떴다.

"만약 상대가 다른 사람이었다면, 나는 분명 평소처럼 농담으로 얼버무리면서 넘어가려고 했을 거야. 하지만 네가…… 아랴가 상대니까, 나도 키스하고 싶다고 생각했어. 뭐, 볼에 하는 건 무리였고, 어떤 생각으로 키스한 거냐고

묻는다면 답을 못 하겠지만…… 뭐, 조금은 분위기에 휩쓸린 걸지도 모르겠는걸."

결국, 또 농담 투로 말을 끝맺고 말았다. 좀 더 능숙하게 이야기할 생각이었는데 말이다. 평소에는 그렇게 잘 돌아가던 입이, 왜 이럴 때만 뻣뻣해지는 걸까.

"……정말. 그건 또 무슨 소리야?"

마사치카가 점점 작아지는 목소리로 그렇게 말하며 고개를 숙이자, 아리사도 어처구니없다는 듯한 소리를 냈다. 그리고 고개를 깊이 숙인 마사치카의 볼에…… 아리사의 오른손이 닿더니, 그의 얼굴을 들어 올렸다. 아리사는 그런 마사치카의 얼굴을 똑바로 쳐다보면서, 진심에서 우러난 기쁨의 미소를 머금었다.

"후후훗, 마사치카도 그런 표정을 짓는구나."

"……그게 대체 어떤 표정인데?"

분명, 한심한 표정을 짓고 있을 것이다. 그렇게 생각한 마사치카는 삐친 듯한 목소리로 그렇게 말했다. 그리고 잠시 후, 자기가 어린애 같은 반응을 보였다는 생각에 더욱 수치심을 느꼈다.

"으……."

마사치카는 말없이 시선만 살짝 돌렸다. 그러자 아리사는 장난기 섞인 미소를 머금으며 말했다.

"그러니까…… 꽤, 귀여운 표정이었어."

"윽!"

아리사는 마사치카와 얼굴을 마주한 채 「귀엽다」는 평가를 내렸다. 그런 그녀가 머금고 있는 소악마 같은 미소를 보자, 마사치카는 등골이 찌릿하고 달콤한 느낌에 사로잡혔다. 그것을 숨기려는 듯이, 마사치카는 미간을 찌푸리며 언짢은 표정을 지었다.

"……바보 취급하는 거야?"

일부러 언짢은 투로 말했지만, 아리사는 전혀 동요하지 않았다.

"그렇지 않아. 그건 그렇고…… 왜 머리카락에 한 걸까~ 하고 생각했는데, 그저 주눅 들어서 그런 거구나?"

(……아니, 너는 눈치챘잖아. 대놓고 「겁쟁이」라고 놀려 놓고 무슨 말을 하는 거야.)

아리사가 놀릴 생각으로 일부러 그런 질문을 던지자, 마사치카는 비난 섞인 어조로 말했다.

"저기 말이야. 주눅 드는 게 당연하지 않아? 머리카락도 개인적으로 좀 그렇다고 생각했는데…… 너도, 벌칙 게임으로 볼에 키스를 받는다거나 그런 건 싫잖아."

"글쎄?"

한쪽 눈을 살짝 치켜뜨며 그렇게 말한 아리사는 마사치카의 볼에서 손을 떼더니, 자신의 볼을 손가락으로 톡톡 두드리며…….

А ты попробуй!

그 말을 들은 순간, 마사치카는 호흡을 멈췄다. 심장도, 한순간 박동을 멈춘 듯한 느낌이었다.

"방금, 뭐라고 한 거야?"

이제까지 몇 번이나 입에 담았던 말조차도, 제대로 건넸는지 걱정이 될 정도였다. 표정에 동요가 드러나지 않았는지 분석할 여유도, 마사치카에게는 없었다.

"『어떨까?』 하고 말했어."

하지만 아리사는 딱히 개의치 않으면서, 미소 띤 얼굴로 평소처럼 거짓말을 했다. 그리고 오른손으로 마사치카의 팔을 끌어안더니, 자신의 머리를 그의 어깨에 올려놨다.

"어, 으……."

아리사가 노도와 같은 도발 후에 이렇게 자연스럽게 자신의 몸을 맡기자, 마사치카는 딱딱하게 굳어버렸다. 마사치카가 완전히 농락당하고 있다는 것을 아는지 모르는지, 아리사는 작게 하품을 했다.

"하암~, 나도 좀 졸리네……. 역에 도착하면 깨워줄래?"

"……즉, 나는 잠들지 말라는 거야?"

"어머, 나와 이렇게 밀착한 상태에서 잠들 자신이 있어?"

"……그 정도로 신경이 굵지는 않아."

마사치카의 대답을 듣고 작게 웃음을 흘린 아리사는 눈을 감았다. 실제로 마사치카는 방금 한 말이 농담이 아닐 정도로 긴장했지만…… 아리사의 공세가 끝났다는 것을 깨

닫더니, 일단 몸에 들어간 힘을 뺐다.

(하아…… 심장이 멎는 줄 알았어.)

마사치카는 앞을 바라보며 그렇게 중얼거렸다. 이야, 평소 태도가 매몰찬 탓에 갭이 엄청났다. 분명 본인은 반쯤 장난삼아서 한 것이겠지만…… 그 안에 담긴 연심을 눈치챈 마사치카는 어디까지 진심인지 감을 잡을 수 없었다.

(하아, 본인은 어디까지 알고 있는 걸까.)

맥 빠진 미소를 지으며 옆을 쳐다보니, 아리사가 안심한 표정으로 잠을 자고 있었다. 항상 얼굴에 드러나 있는 고지식함과 경계심이 사라지면서, 완전히 마음을 놓은 듯한 그 표정을 보자…… 마사치카의 가슴속에서 따뜻하면서도 미칠 듯한 감정이 샘솟아 나왔다.

지켜주고 싶다. 소중히 여기고 싶다. 상처입히고 싶지 않다. 이 감정은 보호 욕구이자, 측은함……일 것이다.

(역시…… 사랑은 아닌 거야.)

예전에 그 아이에게 품었던 감정과는 다르다……고, 생각한다. 애초에 연심이라는 감정 자체가 이제는 잘 생각이 나지 않기에 확실하지는 않았다. 그 애에게 버림받은, 그 날부터—.

(어라?)

바로 그때, 마사치카는 자신이 방금 한 생각에 의문을 품었다.

(나…… 그 애한테 버림받았었나?)

미간을 찌푸리며 생각에 잠겼지만, 기억에 드리워진 안개가 걷히지 않았다. 그 애의 미소는, 그 안개에 가려져 있었다. 역시, 떠올릴 수가 없다. 그저…… 자신의 내면에서, 그 사랑이 아직 끝나지 않았다는 것만은 알 수 있었다.

(이러쿵저러쿵해도…… 아직도, 질질 끌고 있는 거야.)

잊고 싶지만, 잊을 수 없다. 불쑥 생각이 나고 만다. 분명 그것은 마사치카 본인이 마음 한편으로 잊고 싶지 않아 하기 때문이리라. 미련에 사로잡힌 채, 기억 속의 그 아이를 여전히 갈구하고 있는 것이다.

【마사아치카!】

지금도 머릿속에서, 그 묘한 호칭이 울려 퍼지고 있었다. 안개 너머에서 자신을 부르는 천진난만한 목소리에, 가슴이 옥죄어드는 것처럼 괴로웠다.

"으음……."

하지만 바로 그때, 왼편에서 들려온 희미한 목소리가 마사치카를 현실로 되돌려놨다. 눈을 깜빡이는 마사치카의 왼팔을, 아리사가 몸을 살짝 뒤척이며 다시 끌어안았다. 상냥하게 감싸이는 듯한 그 감촉에, 마사치카는 왠지 위로를 받는 듯한 느낌을 받았다.

(……제대로, 끝내야만 해.)

아리사의 얼굴을 보며, 자연스럽게 그런 결단을 내렸다.

이런 자신을 좋아해 주는 눈앞의 소녀와, 제대로 마주하기 위해서……. 그 애와의 첫사랑에 마침표를 찍어서, 그녀에게 사로잡혀 있는 연심을 돌려받자. 그렇게 하면, 분명…….

"……."

바로 그때, 유키가 천천히 고개를 들었다. 그리고 아무 말 없이 돌아보는 오빠의 시선을 깔끔하게 무시하더니, 마사치카의 왼팔을 꼭 끌어안은 채 잠들어 있는 아리사를 응시하며 고개를 끄덕였다.

"그래. 이게 NTR이구나."

"인마, 영원히 잠들고 싶냐."

■ 작가 후기

안녕하십니까, SUN SUN SUN입니다. 네, 거기, 당신. 지금「어? 벌써 후기? 아직 열 페이지 넘게 남았잖아」하고 생각했죠? 내용이 더 있는 줄 알고 어젯밤에「어쩔 수 없지. 너무 늦은 시간이니까, 남은 건 내일 아침에 전철이나 버스 안에서 읽을까」하며 더 읽고 싶은 걸 참으며 잠자리에 들었는데, 어떻게 책임질 거냐. 그런 생각을 했죠. 주무십시오. 시간이 생기면 조금이라도 더 잠을 청하는 겁니다. 당신도 알고 있을 겁니다.「너무 늦은 시간이니까」하고 생각한 시점에서, 당신은 수면 부족인 겁니다. 아, 스마트폰을 꺼내지 마세요! SNS를 훑어보려고 하지 말라고요! 일일 보너스를 취득하려고 하지 마세요!「오늘 갱신된 만화는~」도 하지 마세요! 스마트폰을 볼 바에야 주무세요! 후기를 읽으라는 건 아닙니다! 이런 후기를 읽어봤자 아무 도움 안 되니까요. 그러니까 주무세요! 알람 설정도 잊지 말고요! 그리고 이웃 사람에게 피해 주지 마세요! 조용히 잠이나 자요! 뭐, 저 같으면 주저 없이 스마트폰을 보겠지만요!

자, 첫머리부터 쓰레기 후기 느낌을 풀풀 풍기고 있습니다. 실제로 지금까지 통틀어서 가장 쓰레기 같은 후기입니다. 아, 방금 「수면 부족을 각오하고 한밤중에 여기까지 도달한 나는 승리자」라고 생각하는 거기 당신. 당신은 그냥 빨리 주무세요. 아까도 말했다시피, 이런 후기를 읽어봤자 아무 도움 안 됩니다. 본편의 여운에 젖으면서 빨리 잠자리에 드세요. 어쩌면 아랴가 나오는 꿈을 꿀 수 있을지도 모릅니다. 뭐, 저는 이제까지 러시부끄의 캐릭터가 꿈에 나온 적이 없지만요. 아~ 꿈속에서라도 좋으니까 마사치카가 되고 싶어요. 유키라도 땡큐입니다.

아, 방금 「유감이지만, 평일 낮에 읽고 있다고요」 하고 생각한 거기 당신. 당신도 오후부터의 일 혹은 수업에 대비해 눈 좀 붙이세요. 잠시만 눈을 붙여도 컨디션이 확 달라지거든요. 남은 점심시간에 후기를 읽을 바에야, 조금이라도 잠을 자두세요. 네? 점심시간이 아니라고요? 일도 안 하고, 수업도 안 들어요? ……그렇군요. 야근을 하시는 분인가요. 이거 실례했습니다. 아니, 야근을 한다면 이 시간에 왜 깨어 있는 거예요??

아, 「실은 금요일에 발매되는 것을 파악해서, 휴일을 이용해 읽고 있는 나야말로 진정한 승리자」라고 생각하는 거기 당신, 축하드립니다. 당신이 진정한 승리자입니다. 일단 책을 내려놓은 후, 각자가 생각하는 승리 포즈를 취하며 희열에 젖도록 하세요. 그 상태에서 10초 동안 버틴다면 진정한 강자입니다.

…………………………….

…………………………….

……아, 이것은 승리 포즈를 취한 여러분을 지켜보는 시간입니다. 결코 분량을 벌려는 게 아니에요. 진정한 승리자가 되지 못한 분들도, 일단 책을 내려놓고 눈을 감으며 진정한 승리자가 된 분들을 상상해 주십시오. 누구의 어떤 포즈가 머릿속에 떠오르죠? 참고로 저는 오늘 아침 뉴스에서 본 기상 캐스터 누님의 모습이 떠올랐습니다. 어째서일까요.

자. 항상 예쁜 여성으로 머릿속이 가득 차 있는 저와 다르게, 성실한 독자 여러분은 분명 진정한 승리자가 된 분들의 당당하고 신성한 자태를 뇌리에 떠올렸을 거라고 생각합니다. 그리고 그 모습을 떠올리며 선망을 느끼셨겠죠. 동경은 이상에 다가서기 위한 첫걸음입니다. 동경을 품었다면, 다음은 당신 차례입니다. 다음에는 당신이 진정한 승리자가 되는 겁니다.

그러기 위해 해야 할 일은 단 하나, 인터넷에서 점포 발매일 정보를 모아서 러시부끄 다음 권을 발매 당일에 입수하는 겁니다. 그러면 신간의 초동 판매량이 호조를 보일 것이며, 저와 편집자님이 싱글벙글할 겁니다. 그래요. 당신이 아까 떠올린 진정한 승리자의 모습이란, 사실 저 혹은 편집자님의 모습인 겁니다! ……훗, 무슨 말을 하는 건지 이해가 안 된다고 얼굴에 적혀 있군요. 저도 마찬가지입니다. 이 녀석이 진짜로 뭐라고 지껄이는 거야. 믿어져? 술 한 방울 입에 안 대고 이런 걸 썼다네. 무섭지 않아?

그러는 사이에 승리 포즈를 취하고 있던 분들이 돌아오셨군요. 수치심을 견디다 못해 다시 책의 세계로 돌아오신 여러분에게, 이 말씀을 드리고 싶습니다. 감사합니다. 발매일에 바로 구매해서 바로 읽어주셔서 정말 감사합니다. 그만큼 최신간을 고대해주셨다니, 작가로서 정말 행복합니다.

지금 「발매되자마자 읽지 않으면 애정이 부족한 걸까」 하고 생각한 당신. 그렇지 않습니다. 애정의 깊이에 언제 읽는지는 중요하지 않습니다. 이 작품에 당신의 소중한 시간을 할애해 주신 것만으로도, 충분히 사랑이 전해졌습니다. 어? 5분 만에 전부 읽었다고요? 애정이 부족한 것 같으니 다시 한번 처음부터 읽어주십시오……라고 썼습니다만, 「알았습니다. 다시 읽겠습니다」 하고 말한다면, 후기 내용까지도 다 파악하고 있는 거겠죠. 그렇다면 다시 읽지 않아도 될 겁니다. 그리고 그 속독 능력이 탐납니다. 저한테 주세요.

아, 후기를 먼저 읽는 타입인 당신. 보다시피 이번 후기는 굉장히 깁니다. 그리고 이미 눈치채셨겠지만, 아무 내용도 없습니다. 딱히 본편의 스포일러도 없으니 그 점은 안심해도 되겠습니다만, 이런 걸 읽을 짬이 있다면 본편이나 읽으시죠. 그래도 후기를 먼저 읽으려 하는 독특하신 분이라면, 더는 말리지 않겠습니다. 충고는 했거든요? 나중에 「뭐 이런 후기가 다 있어! 시간 낭비했네!」 하며 화내지 말아 주세요. 아, 이건 독자 여러분 전원에게 드리는 말씀입니다.

아, 전체 페이지 수를 파악하려고 뒷부분을 봤다가 이 엄청난 양의 후기를 보고 질려버린 당신은…… 이 부분을 읽고 있지 않겠죠. 평범하게 본편을 읽은 후에 이 부분을 읽으려나요. 아, 실수로 마지막 양면 일러스트를 본 당신께는 애도를 표합니다. 책 옆면을 보면서 삽화의 위치를 확인하지 않으니 그런 일이 벌어지는 거예요. 네? 확인했는데도 후기가 너무 길어서 그런 실수를 했다고요? 그럼…… 죄송합니다.

저는 자신한테 잘못이 있다고 생각하면 순순히 고개를 숙입니다. 어른이니까요. 거꾸로 저한테 잘못이 없다면 절대 고개를 숙이지 않습니다. 키즈니까요. 언제까지고 어른이 되지 못하는 어른. 분명 라이트노벨 작가는 다들 그럴 거라고 생각합니다. 다들 키즈의 마음을 버리지 못한 거죠. 뭐, 제가 교류하고 있는 라이트노벨 작가는 두 분뿐이지만요. 한 분은 저보다 훨씬 어른이고, 다른 한 분은 부처시죠. ……어라? 키즈인 건 저뿐일까요? 전국의 라이트노벨 작가 여러분, 죄송합니다. 멘탈이 약한 건 저 혼자뿐인데, 여러분이 괜한 오해를 사게 했습니다. 진심으로 사죄드립니다. 전국의 중고생 여러분은 저 같은 어중간한 어른이 되면 안 됩니다. 진심으로 하는 말입니다.

아, 거기 있는 「후기 되게 기네! 오예! 최고야!!」 하고 외치고 계신 아름답고 고아하며 멋진 당신은…… 없다고요? 없으려나~? 손님 중에 오예 님은 안 계신가요? 어, 아, 있나요? 어? 본편 내용보다 후기 분량이 많은 게 더 기쁘다고요? 으음~~ 뭐라고 하면 좋을지 모르겠으니, 일단 자리로 돌아가 주십시오.

어때요? 읽어 보니 별 내용 없죠?(진지) 아, 거기 있는 「이야~, 기네. 그냥 읽지 말고 모모코 선생님의 권말 일러스트나 봐야지」 하고 생각한 당신이야말로 옳습니다. 저라도 그럴 거예요. 그리고 다음 권이 발매되고 나서 「아, 그러고 보니 아직 지난 권의 후기를 안 읽었네……. 쳇, 어쩔 수 없지. 전부 안 읽고 다음 권을 보는 것도 기분 나쁘니까, 읽어 볼까」 하게 될 겁니다. 쉬이 상상되는군요.

아, 작가의 Twitter를 보고, 이번 후기가 길다는 것을 미리 알게 된 당신. 팔로우해주셔서 감사합니다. 아직 팔로우 안 하신 분은 부디 팔로우해 주십시오. 절대 손해 보는 일은 없을 겁니다. 득 되는 일도 없지만요.

휴우…… 일단 생각나는 패턴을 전부 열거했으니, 슬슬 진지한 이야기를 해볼까요. 여러분도 신경 쓰이실 겁니다. 어째서 이번 후기가 이렇게 긴 건지가 말이죠. 그 이유는…… 뭔, 단순합니다. 원고를 완성하고 며칠 후, 편집자님께 「이번에는 본편으로 페이지가 꽉 채워졌으니, SUN SUN SUN 선생님과 모모코 선생님의 후기는 싣지 못할 것 같습니다」란 말을 들었습니다. 이어서 「페이지 수를 늘리면 후기를 실을 수 있지만, 그러면 16페이지를 추가해야 합니다. 책 뒷부분에 광고를 가득 싣는 것도 좀 보기 그렇죠」라고 하셨죠. 그래서 저는 바로 물어봤습니다. 「페이지를 추가하면, 책 가격에 변동이 있습니까?」 하고 말이죠.

그렇습니다. 저는 독자 여러분의 주머니 사정을 걱정하는, 배려심 넘치는 작가입니다. 설령 수십 엔일지라도, 러시부끄의 메인 독자층인 중고생 여러분에게 귀중하리라는 것을 잘 알고 있습니다. 그래서 저는 가장 먼저 책의 가격을…… 거짓말입니다. 「안 그래도 번외편인데, 가격까지 비싸면 안 팔릴지도 몰라~」 하고 생각했을 뿐입니다. 순도 100퍼센트 제 아집입니다. 진지한 이야기를 하자고 해놓고 500자도 쓰기도 전에 이 꼴입니다. 저란 놈은 참 못났군요.

하던 이야기를 계속하자면, 가격 문제를 물어보니 「딱히 달라지지 않을 겁니다」란 답변을 들었습니다. 뭐야, 별 차이 없는 거구나. 그럼 당연히 페이지를 추가해야지, 하고 생각하게 됐습니다. 솔직히 말해 제 후기는 아무래도 상관없습니다만, 모모코 선생님의 권말 일러스트가 빠지는 건 세계적인 손실! 독자 여러분도 실망하실 테죠! 죄송합니다! 또 허세를 부렸습니다! 단순히 제가 보고 싶었을 뿐입니다! 순도 100퍼센트 사심입니다!

하아, 너무 흥분해서 피곤하군요. 이래 봬도 저는 평소에 분위기가 꽤 어두운 편입니다. 아싸란 소리를 들은 정도는 아니지만, 굳이 따지자면 통명한 편에 속합니다. 인싸의 극치 같은 펜네임을 지녔는데도 말이죠. 평소의 저는 글루미~ 흐림일 때가 많습니다.

이야기가 엇나갔습니다만, 아무튼 모모코 선생님의 권말 일러스트를 보기 위해 페이지를 추가하기로 했습니다. 그랬더니 편집자님께서 이렇게 말씀하시더군요. 「14페이지, 최대 6,000자가량의 후기를 쓸 수 있어요!」라고요. ……점포 특전 SS 두 편 분량의 분량이군요. 무시무시하네요. 그 말을 듣고 「그건 무리♡」 하고 거절할까 생각했습니다만, 거절하기도 전에 이런 말을 들었습니다. 「그렇게 후기를 길게 쓴 작품은 본 적 없으니, 진짜로 쓴다면 사상 최초일지도 모르겠네요」란 말을요. 그런 소리를 들었으면, 쓸 수 밖에 없지 않냐고요.

저도 권말이 광고로 채워지는 건 좀 그렇다고 생각했습니다. 전설이 될 수 있다니(그런 말 한 적 없음), 6,000자 한번 써보죠. 여기까지 해서 4,000자가량 썼으니 문제없습니다. 이 기나긴 후기에 관한 내용으로 절반 이상을 채웠다고요. 남은 분량은 뭐로 채우죠.

어? 눈치 못 챈 척하지 말라고요? 할 이야기라면 이미 정해져 있다고요? 그걸 언급하는 겁니까……. 아니, 물론 알고 있거든요? 애초에 왜 이 타이밍에 번외편을 내느냐는 이야기죠? 4권을 그렇게 신경 쓰이는 엔딩으로 끝내놓고, 바로 다음 내용을 안 쓰고 번외편이나 내놓다니 제정신이냐는 이야기 맞죠? 알고 있다고요……. 그럼 솔직하게 말하겠어요! 이벤트로 가득 찬 여름 방학 이야기를 한 권에 다 담는 건 무리였다고요! 애초에 1권부터 3권까지의 내용이 약 한 달 동안 펼쳐진 이야기거든요? 작중 시간으로 거기에 버금가는 여름 방학 파트를 겨우 한 권에 다 담을 수 있을 리가 없잖아요! 제 늘어지는 문장을 얕보지 말라고요! 오히려 다음 권에서 2학기에 들어가는 걸 칭찬해 줬으면 좋겠다고요. 그러니까 제가 하고 싶은 말이 뭐냐면, 전부 제 잘못입니다. 죄송합니다. 다음 권도 금방 독자 여러분께 전해드릴 테니 용서해 주십시오. 저는 자신한테 잘못이 있다고 생각하면 순순히(이하 생략). 훗, 후기를 6,000자나 써야 하는 이 상황에서도 이하 생략 같은 걸로 글자 수를 줄이는 저의 이 성실함은 정말…… 하고 저한테 취하면서, 분량을 조금이라도 늘려봤습니다.

애초에 이렇게 아무 생각 없이 글을 휘갈겨 쓰는 시점에서 성실하고 자시고도 없지만요. 후기는 머리를 텅 비우고, 본편의 내용을 언급하지 않으며 쓰는 거라고 생각합니다. 또 이야기가 어긋났습니다만, 이번 권에 관련된 중요한 점을 밝혀둘까 합니다.

이번 권은 번외편입니다만, 솔직하게 말해서 읽지 않더라도 5권 이후의 내용을 읽는데 전혀 지장이 없습니다.

5권 이후로, 이번 권을 읽어야만 이해가 되는 내용은 존재하지 않습니다. 읽어두면 4권의 내용을 더욱 깊이 이해할 수 있으며, 또한 본편보다 먼저 등장한 캐릭터가 몇 명 있으니 그들이 5권 이후에 등장했을 때 반가워할 수 있는 게 다일 겁니다. 어? 그걸 먼저 이야기하라고요? 그럼 안 샀을 거라고요? 그런 분이 있다는 걸 아니까, 일부러 후기의 이렇게 눈에 안 띄는 부분에서 말하는 겁니다. 네, 저는 더러운 어른입니다. 어릴 적에는 깨끗했냐면, 고개를 갸웃거리겠지만 말이에요.

……으~음, 이번에는 좀 잡설이 많은걸? 이런 걸 천하의 카도카와에서 출판해도 괜찮은 걸까? 이럴 바에야 광고를 넣는 편이 낫지 않을까 싶은데…… 하고 생각하면서도 기왕 일을 벌였으니, 슬슬 본격적으로 진지한 이야기를 할까 합니다. 이번에야말로 진짜입니다. 여기서부터는 각계각층의 분들께 감사 인사를 드릴 것이니, 저도 진지하게 할 생각입니다. 이 이야기도 너무 질질 끌면 좀 애매하니, 이쯤에도 끝내도록 할까요.

우선 이 책의 띠지에서 적혀 있다시피, 드디어 러시부끄도 코미컬라이즈를 하게 됐습니다. 담당 만화가는 테나마치 사호 선생님입니다. 앞으로 잘 부탁드립니다. 띠지에 실린 아랴의 미모 좀 봐주십시오. 초인기 일러스트레이터께서 그려주셨다고 해도 확 믿어버릴 수준의, 멋진 일러스트입니다. 이 압도적인 작화 실력으로 러시부끄를 코미컬라이즈해주신다니, 승낙해주신 테나마치 선생님과 의뢰를 해주신 편집자님께는 진심으로 감사드립니다. 게다가 테나마치 선생님은 단순히 그림만 아름다운 게 아니라, 감정 표현 또한 탁월하십니다. 러브 코미디의 재밌는 부분은 물론이고, 청춘의 진지한 부분의 표현력도 대단하시죠. 젊은이의 고뇌하는 모습을 안주 삼아 와인을 즐기는 교활한 늙은이 타입 최종 보스 캐릭터인 저조차도, 벌써부터 마사치카의 고뇌에 어울리는 와인을 골라야 할 것 같습니다. 저는 술을 그다지 좋아하지 않지만요.

게다가 테나마치 선생님은 성품도 참 멋진 분입니다. 코미컬라이즈 담당으로 선정된 후, 저에게 손으로 쓴 편지를 보내주셨죠. 게다가 직접 그린 아랴의 일러스트까지 그려서 말입니다. 설마 만화가로부터 인사 편지를 받을 줄은 생각도 못 했기에, 정말 감동했습니다. 그때는 정말 감사했습니다. 받은 편지는 아크릴 액자에 넣어서 전시해뒀습니다. 제 가보입니다.

그런 만큼, 저 또한 테나마치 선생님의 코미컬라이즈를 진심으로 기대하고 있습니다. 소문으로 들었던 콘티 작업이 시작될 때가 벌써 기대됩니다. 분명 멋진 코미컬라이즈가 될 거라고 생각하니, 여러분도 러시부끄 코미컬라이즈가 연재될 매거진 포켓 앱을 미리 깔아놔 주십시오. 방금 「어라? 매거진 포켓은 코단샤의 플랫폼 아냐?」 하고 생각하신 감이 좋은 당신. 이 세상에는 말이죠? 눈치 못 채는 편이 좋은 일도 있거든요? ……이라고 말할 만큼, 심각한 속사정이 있는 건 아닙니다. 이야기하자면 길어질 거라서 귀찮…… 쿨럭쿨럭. 복잡한 이야기라서 자세하게 이야기해 드리지 못하는 것뿐입니다.

자, 이어서 이번에도 대단한 일러스트레이터 두 분으로부터 게스트 일러스트를 받았습니다.

한 분은 쿠로토 유우 선생님. 선생님이 일러스트를 담당하고 있는 모 작품의 표지를 Twitter로 우연히 보고 너무 멋진 나머지, 편집자님께 오퍼를 넣어달라고 제가 요청드렸습니다. 제가 게스트 일러스트를 의뢰하는 일이 거의 없었던지라, 오퍼를 받아주셨다는 연락을 받고 정말 기뻤습니다. 그리고 그려주신 수영복 아랴는 정말 끝내줬습니다……. 그 압도적인 투명감은 대체 뭔가요? 물과 햇살도 아름다워서, 한여름의 요정 느낌이 어마어마했습니다. 게다가, 눈이 정말…… 끝내줬습니다. 츤데레 느낌이 넘쳐흐르면서도, 어딘가 요염한 눈빛은 정말……. 게다가 로우 앵글에서 묘사된 매. 혹. 적. 인 몸매!! 범죄적일 만큼 잘록한 허리! 육감적인 허벅지! 감사합니다! 이 일러스트를 본 적이 없는 분께서는 모 매장의 점포 특전으로 굿즈화되어 있으니 찾아봐 주십시오. 그리고 사주십시오. 남는 책을 보존용이나 포교용으로 쓰면 실질적으로 공짜입니다. 이 말도 안 되는 논리에 납득하는 건, 아마 러시부끄를 향한 사랑 탓에 어휘력 및 표현력이 한계를 맞이한 오타쿠뿐일 겁니다.

그리고 다른 한 분은…… 바로, 카즈하루 키나 선생님입니다. 감사합니다. 정말 감사합니다. 제 꿈이 하나 이뤄졌습니다.

카즈하루 키나 선생님은 제가 오타쿠가 된 후로 처음 좋아하게 된 일러스트레이터십니다. 과거에는 일러스트레이터하면 이토 노이지 선생님만 알던 제가, 처음으로 이름을 알아본 일러스트레이터십니다. 화집을 산 것도, 달력을 산 것도, 사인본을 산 것도, 선생님이 처음입니다. 소설가가 되자의 단편 종합 랭킹에서 1위를 한 모 작품이 선생님의 일러스트로 서적화됐을 때는 「맙소사. 이게 소설가가 되자 단편 드림인가……!」 하며 한 명의 단편 글쟁이로서 전율했을 정도입니다. 하지만 선생님이 게스트 일러스트를 그려주신 지금, 저야말로 소설가가 되자 단편 드림입니다. 이 부분은 그냥 무시하고 넘어가 주셔도 됩니다.

그런 카즈하루 키나 선생님이 그려주신 것은 당연히 아랴……가 아니라 유키입니다. 카즈하루 키나 선생님하면 흑발 히로인이니까요. 아무리 아랴가 메인 히로인이라도, 선생님께 은발 히로인을 부탁드리는 어리석은 짓을 저지를 수는 없습니다. 그리하여 완성된 게스트 일러스트는 정말 아름답기 그지없습니다! 청량음료 광고에 그대로 써도 될 듯한, 압도적 건전함과 상쾌함! 바람에 휘날리는 검은 머리카락! 너무 아름답습니다! 카즈하루 키나 선생님의 흑발은 세계 제이이이이이일—!!

……하며 고함을 지르다 보니, 6,000자를 넘어선 것 같네요? 아니, 7,000자를 넘었으려나요? 그럼 괜히 글자 수

를 늘릴 필요가 없었겠군요. 뭐, 편집자님이 꽤 여유를 두고 분량을 제시하셨을 테니 1,000자 정도 초과해도 문제없겠죠. 다 들어가지 않는다면 영문 모를 대기 타임을 없애면 될…… 어, 어라? 교정지 양식으로 맞추니 13페이지가 됐다고요? 한 페이지 남으니, 거기만 광고를 넣는다고요?

……오우예에에에엣—!! 연장전이다아아앗—!! 이제부터 700자를 더 써서, 광고가 들어갈 여지를 없애주마—!! 700자라고 하면 얼마 안 되는 것 같지만, 일반적인 양면 후기에서 감사 인사 파트를 뺀 분량이죠! 교정지가 완성된 단계에서 이렇게 분량을 추가하다니…… 편집자님께 폐 좀 끼치지 말란 말이야! ……정말 죄송합니다. 편집자님의 넓으신 아량에 진심으로 감사드립니다.

자, 연장전인가……. 뭘 쓰지. 으음~, 편집자님께 억지를 부려놓고 잡설만 쓰는 것도 좀…… 어쩔 수 없지. 본편 내용과 쪼~~~끔 관련 있는 이야기를 해볼까요.

이번 권에 나온 세 종류의 러시아 요리, 펠메니, 바레니키, 솔랸카의 생김새와 맛은 작가가 실제로 러시아 요리점에서 먹어 본 것을 참고했습니다. 놀랍게도 솔랸카는 진짜로 피자 맛이 났으며, 예상대로 펠메니는 물만두 그 자체였습니다. 그리고 바레니키와 펠메니는 내용물이 다를 뿐, 요리로서는 크게 다르지 않았습니다. 뭐, 같은 가게에서 먹었으니 당연한 걸지도 모르겠군요.

그리고 치킨을 이용해 만든 묵 같은 것도 먹어 봤는데…… 그건 꽤 엄청났습니다. 전율했죠. 아야노가 아닌데도 말입니다. 흥미 있으신 분은 이야깃거리 삼아 한번 먹어 보는 것도 괜찮지 않을까 합니다. 꽤 호불호가 갈리는 음식이니, 여럿이서 먹으러 가보는 것을 권하죠. 자기가 도저히 다 먹을 수 없을 때, 잘 먹는 사람에게 떠넘길 수 있도록 말입니다. 경험자가 드리는 조언입니다.

음…… 추가 부분이 가장 후기다운 건 대체 어째서일까요? 아니, 최종적인 후기 분량이 8,200자나 되네요? 차라리 본편을 1화 더 추가할 걸 그랬나요.

뭐…… 이미 사고를 쳤으니 어쩔 수 없죠. 그럼 마지막으로 감사 인사를 드릴까 합니다. 이번에도 원고 진행이 늦어져서 폐를 끼치고 만 미야카와 편집자님. 바쁘신 와중에 정말 멋진 일러스트를 몇 장이나 그려주신 일러스트레이터 모모코 선생님. 표지의 마샤와 새로 그려주신 바니걸 아랴와 서큐버스 아랴를 봤을 때는 혼까지 떨렸으며, 오타쿠 사야카와 핸섬한 마사치카를 보고는 무심코 웃음을 터뜨렸습니다. 정말 최고였어요. 그리고 이 책의 제작에 관여해주신 모든 분과 이 책을 읽어주신 독자 여러분에게, 진심으로 감사드립니다. 정말 고맙습니다! 5권을 통해 다시 뵐 수 있기를 빌며, 이만 줄이겠습니다.

『러시부끄』
잘 부탁드립니다!

■ 역자 후기

안녕하십니까. 근로청년 번역가 이승원입니다.

이번에 『가끔씩 툭하고 러시아어로 부끄러워하는 옆자리의 아랴 양』 4.5권을 구매해주셔서 진심으로 감사드립니다.

올해도 벌써 여름이 코앞까지 다가왔습니다.

5월 초인데도 더위가 기승을 부려서 에어컨을 켰더니, 너무 더럽습니다.

마감만 끝나면 여름을 대비해 에어컨 필터 청소를 해줘야겠네요.

진공청소기와 물티슈로 얼추 닦아준 후, 베이킹 소다와 식초와 물을 1:1:1로 섞은 걸 뿌려서 찌든 때를 씻어낼 생각입니다.

겸사겸사 선풍기와 공기청정기도 청소해야겠네요.

본격적인 더위가 시작되기 전에 여름 대비를 해줘야겠습니다만…… 스, 스케줄이ㅠㅜ

6월 중순까지만 에어컨 안 켜도 되는 선선한 날씨가 이어지길 빌고 있습니다, AHAHA.

그럼 『가끔씩 툭하고 러시아어로 부끄러워하는 옆자리의 아랴 양』 4.5권에 관해 이야기를 좀 해볼까 합니다.

스포일러가 포함되어 있을 수도 있으니 본편을 안 읽으신 분은 유의해주시길!

『가끔씩 툭하고 러시아어로 부끄러워하는 옆자리의 아랴 양』 4.5권은 여름 방학 파트2!

지난번이 학생회 합숙을 메인으로 다뤘다면, 이번 권은 다른 여름 이벤트들을 다루고 있습니다. 대량의 단편을 통해 여러 캐릭터들의 새로운 일면이 그려지고 있죠. 특히 이제까지 크게 주목받지 않았던 학생회 2학년 멤버의 활약이 참 돋보입니다.

하지만…… 가장 돋보이는 건 작가님의 후기가 아닐까 싶네요, AHAHA.

제가 나름 소설 및 코믹스 번역으로 업계에서 잔뼈가 굵다고 생각합니다만, 역대급 분량의 작가 후기였다고 생각합니다. 마치 무저갱으로 빠져드는 듯한 어마어마한 분량이 정말……. 후기의 임팩트가 너무 강렬한 탓에, 본편의 재미가 머릿속에서 삭제된 듯한 느낌마저 드네요.

앞으로 이렇게 충격과 공포로 가득한 후기를 번역할 일이 또 있을지 의문마저 듭니다.^^

독자 여러분께서도 이 충격과 공포를 맛봐주시길!

그럼 이만 줄이겠습니다.

L노벨 편집부 여러분, 항상 재미있는 작품을 맡겨주셔서 감사합니다. 앞으로도 잘 부탁드립니다!

작업실까지 놀러와준 악우여, 반가웠다. 와준 걸로도 고마운데, 밥까지 얻어먹었네. 다음에는 내가 밥을 대접할게. 일전에 이야기한 태국 요리점에 같이 가자고~.

마지막으로 언제나 제게 버팀목이 되어주시는 어머니와 『가끔씩 툭하고 러시아어로 부끄러워하는 옆자리의 아랴 양』을 읽어주신 모든 분께 진심으로 감사드립니다.

언니의 반격(?)과 파란의 문화제가 시작되는 『가끔씩 툭하고 러시아어로 부끄러워하는 옆자리의 아랴 양』 5권 역자 후기 코너에서 다시 뵙겠습니다!

2023년 5월 중순

역자 이승원 올림

가끔씩 툭하고 러시아어로 부끄러워하는 옆자리의 아랴 양 4.5

1판 1쇄 발행 2023년 8월 10일
1판 3쇄 발행 2024년 8월 26일

지은이_ Sunsunsun
일러스트_ Momoco
옮긴이_ 이승원

발행인_ 최원영
본부장_ 장혜경
편집장_ 김승신
편집진행_ 권세라 · 최혁수 · 김경민 · 최정민
커버디자인_ 양우연
국제업무_ 박진해 · 조은지 · 남궁명일
관리 · 영업_ 김민원 · 조은결

펴낸곳_ (주)디앤씨미디어
등록_ 2002년 4월 25일 제20-260호
주소_ 서울시 구로구 디지털로 32길 30, 코오롱디지털타워빌란트 1301-1308호
전화_ 02-333-2513(대표)
팩시밀리_ 02-333-2514
이메일_ lnovellove@naver.com
L노벨 공식 카페_ http://cafe.naver.com/lnovel11

TOKIDOKI BOSOTTO ROSHIAGO DE DERERU TONARI NO ARYA SAN Vol.4.5

ISBN 979-11-278-6937-3 04830
ISBN 979-11-278-6439-2 (세트)

값 8,500원